# *Lola & ses ex*

DU MÊME AUTEUR
DANS LA COLLECTION RED DRESS INK

*Absolutely fantastic* (n° 21)

TYNE O'CONNELL

# Lola & ses ex

RED DRESS INK®

*Cet ouvrage a été publié en langue anglaise sous le titre :*
SEX WITH THE EX

*Traduction française de*
F.M.J. WRIGHT

HARLEQUIN®
et Red Dress Ink® sont des marques déposées du Groupe Harlequin

*Illustration couverture :*
VIRGINIE JACQUIOT


83-85, boulevard Vincent-Auriol, 75646 PARIS CEDEX 13
Tél. : 01 42 16 63 63
Service Lectrices — Tél. : 01 45 82 47 47
www.harlequin.fr
ISBN 978-2-2802-2136-8 — ISSN 1761-4007

**EX- :** du grec *ex* : « hors de ». Comme dans « exorcisme ». Couramment utilisé comme préfixe pour former des noms composés à partir de professions ou de statuts divers, comme ex-détenu, ex-mari ou ex-petit ami.

**X :** lettre capitale souvent employée pour signaler une inexactitude. Ainsi que pour notifier sur une carte un lieu qui n'existe plus.

**PASSION :** substantif. Vient du vieux français et du latin *patior* : « souffrir ». A l'origine, il exprimait la souffrance des martyrs ; désordre douloureux ou affliction, émotion difficile à contrôler qui submerge quelqu'un ; désir sexuel intense ; objet de convoitise que l'on cherche à obtenir avec une énergie débridée et souvent irrationnelle.

***POSH* :** anglais, adjectif, verbe et adverbe. Terme familier d'origine inconnue signifiant : vêtu avec élégance, chic, maniéré ; affecter une position sociale supérieure. Façon de se comporter, de parler et de s'habiller de l'aristocratie. Souvent utilisé de façon ironique.

# 1

*La Posche House se dressait avec majesté à l'épicentre de la vie aristocratique londonienne de la fin du* XVIII*e siècle. La maîtresse des lieux, lady Posche, était sans rivale. L'influence qu'elle exerçait alors est impossible à imaginer selon les critères actuels.*

*C'était une femme tout à fait surprenante.*

*Pour être plus précis, disons que c'était elle qui créait l'événement. Figurer sur la liste de ses invités était devenu un* must. *Etre exclu d'un bal ou de toute autre manifestation se tenant à la Posche House faisait inéluctablement de vous un* has been.

*Toute l'aristocratie londonienne à l'affût de la mode était attirée par ses réceptions comme des papillons par la flamme. C'était en grande partie dû à la réputation dont jouissait la maîtresse des lieux, lady Posche, et aux fêtes fabuleuses qu'elle donnait.*

*Il arrivait à des dames d'un certain standing de mentir pour cacher à leur entourage qu'elles ne figuraient plus sur la liste des invités de la Posche House. Elles donnaient ensuite le change à leurs amis, prétextant un malaise pour expliquer leur absence. Le bruit courait que certaines femmes auraient tout donné, jusqu'à leur vie, pour être vues à la Posche House... ce qui rendait leurs mensonges d'autant plus absurdes et dérisoires.*

Passage secret vers le passé :
*Biographie de Lady Henrietta Posche*
Par MICHAEL CARPENDUM

*Aujourd'hui.*
*Posh House, Londres.*
*23 h 45*

Les flashes sont des phénomènes étranges. Ils arrivent sans prévenir.

Je me trouve sur mon lieu de travail luxueux et raffiné – le grand salon aux lustres de cristal et aux colonnes de marbre du club privé le plus prisé et le plus sélect de Londres – et je suis occupée à observer les jeunes aristocrates de la capitale faire la fête. Quand je *les* vois.

Autour de moi, rien que de très habituel : les élèves des écoles les plus prestigieuses et les plus tendance d'Angleterre, parlant d'une voix forte et avinée avec cet accent snob qui les caractérise, des gens au nom de famille ronflant et bardés de titres… sans oublier le monde très fermé des célébrités soucieuses de faire valoir leurs privilèges et qui détestent les gens ordinaires. Même ce milliardaire homo d'une vingtaine d'années, à la dent endiamantée et visiblement égaré, qui se fraye un chemin d'un pas téméraire (quoique vacillant) dans cette soirée privée, fait partie du lot habituel des clients. Une soirée de travail normale, en somme.

Je susurre quelques mots dans mon micro pour alerter la sécurité. Cet homme n'est pas invité à la réception, bien qu'il soit membre du club. Et quand il boit quelques verres de trop, il a tendance à devenir turbulent… Mais il faut bien un zest de drame pour pimenter un peu la soirée. Mon boulot, c'est de faire en sorte que ça ne dégénère pas et, surtout, qu'aucun V.I.P. ne soit témoin de la scène.

— La sécurité au salon Toscane, s'il vous plaît !

Les types de la sécurité arrivent une seconde après, en costume Armani ample très tendance et en T-shirt noir. Mais pas assez vite pour empêcher notre mouton égaré d'empoigner les bonnets D d'une fille de rêve en s'exclamant à voix haute :

— Putain, mais c'est qu'ils sont vrais !

Fort heureusement, la fille en question, lady Tarmilla (le bruit court qu'elle a une aventure avec William *et* Harry), ne se formalise pas de ce geste déplacé. Elle éclate de rire, comme si l'invasion de son espace vital était un compliment. Il va falloir quand même que je rédige un rapport sur l'incident, au cas où elle changerait d'avis. On ne sait jamais. Une fois les vapeurs d'alcool dissipées demain matin, elle pourrait regretter ce qui s'est passé et porter plainte. Je note aussi mentalement de vérifier combien de rapports de ce genre j'ai rédigés ces derniers temps sur la conduite de cette pop-star au sourire éclatant…

A la Posh House, les drogues sont strictement interdites, mais comme dans n'importe quel club fermé de Londres, il est très difficile de tout contrôler. Notre politique « tolérance zéro » a pourtant été renforcée. Récemment, nous avons même installé une caméra de télévision en circuit fermé pour nous assurer que certains clients, profitant d'une pause de notre dame pipi, n'entrent pas ensemble dans l'un des box.

Mais dans un club tel que la Posh House, où les membres se sentent en droit de faire ce qu'ils veulent, il faut toujours s'attendre à des incidents de ce genre. Je dirais même que pour avoir sa carte de membre, le fait de s'arroger ce droit est pour ainsi dire une condition *sine qua non*.

J'observe tous ces beaux partis déguster leur champagne hors de prix en riant haut et fort – un rire de nantis. On dirait des gravures de mode, comme toutes les personnes présentes ce soir. Certains *people* que je connais relativement bien m'ont abordée au cours de la soirée. Parmi eux, quelques messieurs célèbres m'ont même fait un brin de cour et, par politesse, j'ai joué le jeu. Dans mon job, le flirt est aussi important que le sens de l'organisation.

Mais la plupart de ces célébrités sont accompagnées (au sens le plus large du terme) par des filles qui ont l'habitude de fréquenter ce genre d'hommes et ce genre de soirées. Des filles aux longs cheveux blonds, maigres comme des clous, à l'accent snob et au rire affecté.

Cela étant, je ne suis pas ici pour étudier les beaux partis. La seule pensée qui m'occupe en ce moment précis, c'est d'évaluer combien de temps il me reste avant de prendre la tangente pour rejoindre mes copines au Met Bar afin de siroter un bon cocktail. Disons les choses clairement : je ne suis pas à la recherche de l'homme idéal. Non que je dédaigne une petite aventure à l'occasion – merci, j'ai déjà donné. Je me suis même mariée une fois ! Mais dénicher un homme avec qui je puisse partager ma vie n'est pas ma raison d'être. Je viens de lire aujourd'hui même un article qui définit les nouvelles célibataires en cinq points comme des « filles hors normes ». Apparemment, c'est tout à fait moi, car j'ai coché les cinq cases… Jugez plutôt :

- □ Un métier épanouissant (c'est le cas).
- □ De nombreux amis dignes de ce nom (oui, beaucoup).
- □ Une vie sociale riche ! (Je travaille dans les relations publiques. On ne peut pas faire plus social ni plus riche…)
- □ Financièrement indépendante (c'est tout à fait moi).
- □ Monogame en série et sexuellement épanouie (pas de doute, c'est bien moi !).

Si j'étais une de ces filles à la recherche de l'homme idéal, ou même simplement d'un homme acceptable, je serais en cet instant précis en train de faire du repérage. Et je flirterais avec tout le sérieux requis. Je considérerais chaque rassemblement de beaux mecs comme une chance de mettre la main sur le bon numéro… Mais, Dieu merci, je n'ai pas ce comportement ringard qui date de la fin du siècle dernier. Ah, ça, non ! Je me contente d'observer les couples et d'essayer d'évaluer l'amour qu'ils se portent.

Bon, d'accord, c'est pathétique. Mais… mon approche est originale, non ?

Ma mère (qui insiste pour que je l'appelle Kitty) pense que ma vie est une tragédie parce que je m'épanouis dans mon boulot et – comble de malheur ! – parce que je laisse ma vie sentimentale, enfin, ce qu'il en reste, suivre son bonhomme de chemin sans l'ombre d'un regret. Pour quelqu'un d'aussi romantique que Kitty, cela revient à dire que je suis une sans-cœur.

Je ne me contente pas d'être heureuse dans mon boulot, *j'adore* ce que je fais. En tant que responsable des R.P. du club archi-tendance et archi-privé de la Posh House, j'ai une vie dont rêvent toutes les filles de mon âge (c'est-à-dire de plus de trente ans).

J'adore mes horaires de travail (du crépuscule à l'aube).

J'adore le monde où j'évolue (excitant et très glamour), les gens (les aristos, la rock/pop-ocratie, la média-cratie, les gens lettrés… et ceux qui préfèrent les paillettes aux lettres. J'en passe et des meilleurs !).

J'adore leur façon de faire la fête jusqu'à l'épuisement…

Et j'aime par-dessus tout ce côté déjanté qui règne ici. J'ai l'impression d'approcher l'œil d'un cyclone, celui de notre époque. L'esprit de l'époque.

Kitty porte sur ce monde un regard moins indulgent. Pour elle, mon job est pire qu'un crime et mériterait la pendaison. Son sens de la justice n'a rien à voir avec celui du reste du monde. Pour elle, m'entendre parler de « carrière » lorsque j'évoque mon travail est une véritable tragédie. Ce simple mot a même le don de la faire démarrer au quart de tour.

— C'est tragique, cette façon que tu as de parler de ça à tout le monde, comme s'il s'agissait d'un véritable élixir de jouvence !

C'est bien simple, chaque fois que Kitty prononce le mot « carrière », on dirait qu'elle dit un gros mot !

— Lola ! Que fais-tu de la passion, de ton amour de la vie ? Il y a des moments où je me demande si c'est bien moi qui t'ai donné le jour. Ton cœur est-il encore capable de s'emballer pour quelqu'un ?

Kitty est allongée sur une chaise longue. Sa chevelure d'un blond parfait est ramenée en chignon qui défie la loi de la pesanteur. Son maquillage est impeccable. On dirait toujours qu'elle sort des pages d'un numéro de *Vogue* des années 60.

Contrairement à moi, qui mets un temps fou à me battre avec mes longues tresses brunes pour avoir le cheveu raide à la Jennifer Aniston, Kitty est toujours bien coiffée. Ses cheveux lui obéissent au doigt et à l'œil, et elle voudrait que tout le monde soit comme elle.

En plus, Kitty a l'art de se mettre en scène. Elle avait l'habitude de fumer des cigarettes fines à bout doré, mais depuis qu'elle a passé une radio et qu'on a diagnostiqué des « traces suspectes », elle a arrêté. Elle arbore à présent un fume-cigarettes Nicorette qu'elle agite dans tous les sens avec Chopin en fond sonore.

Elle finit par m'asséner le coup final.

— Tu ressembles à un de ces personnages blafards tout droit sortis d'un roman de Jane Austen.

Elle ne fait même pas allusion au personnage principal, mais à l'une de ces vieilles filles pour qui la vie se résume à faire de la broderie. Des femmes qui n'ont aucune vie amoureuse et qui passent leur temps à guetter les cancans sur les vraies héroïnes. Entendez par là celles qui ont l'âme romantique… et un homme à leurs pieds.

— Je te préviens, Lola, tu finiras comme ta tante Camilla !

Tante Camilla a passé le cap des quatre-vingt-dix ans. Comme elle ne s'est jamais mariée, elle se fait toujours taquiner dans les réunions de famille. La pauvre est confinée dans un fauteuil roulant depuis son attaque de l'an dernier.

Kitty pointe vers elle un ongle rouge sang et déclare de son ton théâtral :

— Tu finiras comme elle, Lola ! Sans passion, desséchée, vide. Mal-aimée et seule. Est-ce vraiment ce que tu souhaites ? Dis-moi…

Je suppose que tout ça n'a rien de drôle pour tante Camilla, qui est tout sauf sourde. Mais Kitty est le genre de personne avec qui on ne discute pas. Tante Camilla se contente donc de me faire un clin d'œil que je m'empresse de lui rendre, comme si nous étions deux héroïnes engagées dans un même combat contre un ennemi commun : l'amour.

Chaque fois que je fais une petite visite à mes parents, il n'est question que de cela. L'amour… et mon manque de passion romantique. C'en est désespérant !

Quand je dis « mes parents », je devrais dire Kitty, car c'est elle qui ne cesse d'en parler. Moi, je n'arrive même pas à placer un mot ! Quant à mon père, Martin, il est bien trop occupé à s'occuper de sa collection d'anciennes pendules françaises pour s'en mêler. Il s'est découvert ce nouveau hobby juste après son cinquième voyage de noces… avec ma mère. Oui, vous m'avez parfaitement comprise, ils ont divorcé et se sont remariés quatre fois avant même que je ne fête mes dix-huit printemps ! Ma mère adore me faire remarquer que « c'est ça, la vraie passion » tout en échangeant avec Martin des œillades à l'autre bout du salon.

Lorsqu'il évoquait mes parents, je me souviens que le

psychologue de mon école parlait de « dysfonctionnement dangereux, à la limite du désordre mental ». Mais peu importe.

Kitty a pris l'habitude de prendre un petit sherry chaque fois qu'elle désespère de m'entendre dire que j'adore mon métier d'organisatrice d'événements. Selon elle, « je brise le cœur de celle qui m'a naguère donné le sein ».

Eh oui, c'est sa façon de parler.

Il paraît que je l'épuise…

— Lola, tu m'épuises !

Elle gémit, la main sur le front, et arrache mon père à ses occupations pour réclamer un sherry. Comme c'est un homme passionné, mon père accède aussitôt à son désir.

Chaque fois que je vais les voir dans leur vaste demeure à la sortie de Richmond, j'ai envie de hurler. Mais je fonds dès que j'aperçois mon père avec son cardigan défraîchi, toujours aussi fringant à soixante-huit ans. Il cède au moindre caprice de ma mère et il a pris l'habitude de me caresser gentiment la tête en m'appelant sa « jolie petite Lola ».

J'adore son sourire, même s'il n'en abuse pas avec moi. Il n'a d'yeux que pour Kitty, qui a l'habitude de porter un pyjama d'intérieur en mousseline de soie rose. C'est la couleur préférée de Kitty. Grand bien lui fasse !

Oui, Martin voue une véritable vénération à ma chère maman, et même si je sais qu'il m'adore, je vois bien qu'il se fait du mauvais sang chaque fois que je passe les voir et que j'« épuise » ma mère.

Nous sommes dans cette impasse depuis que j'ai divorcé de Richard. A chacune de mes visites, ma mère se désespère tandis que Martin tente d'apaiser l'amour de sa vie en faisant des allers-retours incessants pour lui apporter ses dés à coudre de sherry. Car Kitty a horreur de boire son sherry dans un verre, ce serait banal. Non, elle préfère le boire dans un dé en cristal taillé.

Il semblerait que je sois la seule personne à épuiser ma mère. Son cœur ne s'emballe contre personne d'autre, à part peut-être les contractuelles qu'elle déteste cordialement. Elle a comparu une fois devant un tribunal pour s'en être prise à l'une d'elles avec une sarbacane, depuis la fenêtre de sa chambre mansardée.

Il faut croire que Kitty est une ensorceleuse car le juge a trouvé ses exploits hilarants. Beaucoup de gens la trouvent drôle. Même mon psychologue scolaire a succombé à son charme lorsqu'il s'est décidé à convoquer toute la famille pour mon bien. Lui qui n'arrêtait pas de parler de « dysfonctionnement dangereux » à propos de son couple, il en a presque bavé d'admiration lorsque ma mère a fait une entrée théâtrale dans sa mousseline froufroutante, couverte de diamants et de fourrure.

Toute ma vie, j'ai éreinté ma mère. Quand j'étais gamine, je l'épuisais avec mes histoires d'école. « Oh, Lola, comment peux-tu parler d'orthographe et d'additions alors que ta mère a le cœur brisé! » Kitty n'hésitait pas à m'impliquer dans les péripéties de son couple. Quand j'étais petite, c'est moi qui trouvais « épuisante » l'énergie qu'elle déployait pour ses affaires de cœur. Car dès qu'il s'agit d'amour, cette femme que l'on voit rarement quitter sa chaise longue fait preuve d'une incroyable vitalité.

Kitty prétend que je compense mon manque d'amour

– pardon, de *passion* ! – par le travail. Je ne manque pas de lui rappeler que des tas de gens m'envient mon job, que les plus grands magazines ont publié des articles sur moi et mon métier. *Vogue* m'a désignée comme « la reine des réceptions londoniennes », et l'*Evening Standard* m'a même classée parmi les cent personnes les plus influentes du tout-Londres. Bon, pour être franche, c'est mon patron qui figurait dans le classement et pas moi, mais ils ont quand même mentionné mon nom. Ma mère échangerait volontiers cette réussite professionnelle contre une passion torride… de préférence avec beaucoup d'émotion et de rebondissements.

Mais mon job ne laisse guère la place aux amours romantiques de ce genre. Je dois rester en toutes circonstances calmc, cool, zen… En tant que créatrice d'événements en charge des R.P. de la Posh House (ironiquement baptisée ainsi en référence à lady Posche, qui a résidé en ces murs au XVIIIe siècle et qui était – d'après ce qu'on dit – une femme passionnée), je suis à moi seule une sorte d'agent du gouvernement, totalement maîtresse de ses émotions.

Au cours des dernières décennies, la Posh House est devenue le lieu à la mode de l'élite londonienne. Tout en étant chargée des relations publiques du club, je suis organisatrice d'événements majeurs. Mon rôle est de réunir, à l'occasion de réceptions grandioses, les *fashionistas*, l'aristocratie et toute la clique des gens branchés.

Enfin, ça, c'est ce qu'on dit dans les journaux.

*Vogue*, *Harpers* et autres revues m'ont présentée à diverses reprises comme *la* référence dès lors qu'il s'agit d'organiser « des soirées inoubliables jusque dans le moindre détail, avec intelligence, esprit, attention, flair et imagination, dans un cadre somptueux et unique, sans conteste le plus luxueux du tout-Londres ».

La vérité ? Je cours comme une folle en m'accrochant à mon étiquette de fille zen. Je donne aux gens l'impression que je vis pour faire plaisir à tout le monde, mais je me fais violence pour ne pas nourrir de pensées meurtrières… par exemple, pousser certains membres du club particulièrement horripilants dans le majestueux escalier de marbre.

Mais je dois avouer que, de tous les défis à relever, celui qui me plaît le plus est de réussir à transformer une série de minicatastrophes en fête mémorable… Pour ce faire, je dois bien sûr veiller à inviter, pour chacune de ces réceptions, les bonnes personnes. Mais mon rôle ne s'arrête pas là. Tous ces invités, je me dois de les *connaître*. En d'autres termes, après avoir bossé toute la nuit, je suis tenue de sortir jusqu'à l'aube pour rencontrer les *people*. En hiver, je vois rarement la lumière du jour. Je dois me montrer, occuper le devant de la scène. Si je traduis le langage des R.P. en langage courant, ça signifie : interdiction absolue d'aller me coucher !

Il est vrai que pour créer des événements dignes de ce nom, il faut commencer par les fréquenter soi-même ! Du Star Bar de *Top of the Pops* jusqu'au lancement du dernier club branché, je suis toujours là. Connaître les stars du rock, les D.J., les responsables de maisons de disques, les stylistes, les stars, la scène (sans parler de la concurrence), cela fait partie de mon métier.

Officiellement, je ne travaille que trois jours par semaine à la Posh House, mais en dehors de mes horaires de travail, j'utilise mon carnet d'adresses pour créer de nouveaux réseaux professionnels, comme le font les griffes prestigieuses ou les grands magasins. Si vous voulez réussir à Londres, de deux choses l'une : ou il faut naître avec une cuiller d'argent dans la bouche, ou il faut bosser comme une folle. Heureusement que j'aime ce que je fais ! Ça aide. Ce serait tellement bien si Kitty pouvait me soutenir, juste un petit peu !

Je rappelle à Kitty que le grand amour n'est pas tout dans la vie et que de nombreuses mères seraient fières de mon succès, mais c'est comme si je discutais des joies de Top Shop avec une héritière italienne qui n'a jamais fait les boutiques en dehors de Milan ! Ma mère a cessé de travailler depuis son premier mariage avec mon père, en dehors de quelques petits rôles çà et là avec la troupe de théâtre de la région. Grâce à ses revenus personnels (à savoir un énorme héritage), elle n'a jamais été obligée de travailler. Mais elle considère cette chance comme une réussite personnelle.

— La vie est trop courte, chérie. Le travail est fait pour les paresseux, pour ceux qui n'osent pas rêver !

Kitty n'a même pas été impressionnée par ma promotion du mois dernier.

A vrai dire, je n'ai pas été enthousiaste non plus.

Mon patron, Charlie – le célibataire le plus désirable du tout-Londres (*alias* lord Charles Mannox MacField Orbington. C'est sous ce nom qu'il apparaît dans le guide *Debrett's* et le *Bottin mondain*) – m'a convoquée dans son luxueux bureau lambrissé de chêne pour boire un petit « remontant ». C'est le nom qu'il donne au champagne… Il m'a dit que j'aurais désormais le titre de « responsable senior de l'événementiel ».

Au début, j'étais excitée comme une puce, jusqu'à ce qu'il m'explique que je ne serais pas augmentée, même si mes nouvelles fonctions étaient synonymes de surcroît de travail et de nouvelles responsabilités.

— Bon, très bien.

J'imaginais déjà à l'avance les sarcasmes de Kitty.

Ensuite, Charlie a toussoté, comme il le fait toujours pour cacher son embarras, et m'a collé dans les mains un énorme sac YSL noir, enrubanné avec art. J'ai pris le sac, mais j'ai résisté à ma furieuse envie d'ouvrir le paquet. Parfaitement zen (en apparence), j'ai posé le sac délicatement à mes pieds. Un véritable exploit, car j'étais au bord de l'attaque, mourant d'envie de savoir ce qu'il contenait !

Charlie a ajouté :

— Mais… hum… il va de soi que vous aurez en quelque sorte votre propre bureau.

J'ai hoché la tête, agréablement surprise.

— Eh bien ! C'est un progrès…

C'était exact, puisque je n'avais pu compter jusqu'ici que sur mon téléphone portable, en prenant mes quartiers à la réception. Mais comme je n'arrivais pas à chasser ce grand sac YSL de mes pensées, cette histoire de bureau ne m'a pas paru d'une extrême importance. Je suis du genre à me contenter de peu. Je suppose que c'est à cause de mes parents, lesquels, dès que j'ai été en âge de le faire, ont utilisé mes services – en me graissant la patte – pour se transmettre mutuellement des messages d'amour ou de haine.

Charlie continuait de parler.

— En fait, ça ressemble davantage à un placard, mais

vous aurez votre ligne de téléphone et... hum... un siège, un bureau de style... indéfinissable, et un genre de classeur, si ma mémoire est bonne.

J'ai répété :

— Bon, très bien.

Quand je suis avec Charlie, c'est plus fort que moi, je finis toujours par imiter sa façon incroyablement snob de s'exprimer. Même le simple mot « oui », que j'ai personnellement tendance à prononcer « ouais » si je n'y prends pas garde, peut facilement virer au « c'est cela, oui » en sa présence. C'est une sorte de tic, et il faudrait que je travaille à m'en débarrasser... enfin, dès que je me serai débarrassée de la longue liste des défauts sur lesquels Kitty attire sans cesse mon attention. Autant dire que ce n'est pas gagné !

— En revanche, il n'y a pas de fenêtre.

Je me souviens qu'il avait l'air gêné.

— Dommage !

— Mais ne craignez rien, ma chère Lola, dès qu'une fenêtre sera disponible, sachez qu'elle vous reviendra de droit. Vous êtes en tête de liste.

— C'est cela, oui... je veux dire, très bien, c'est... génial. Merci... enfin, j'attends avec impatience qu'une fenêtre se libère.

— Quant à cette histoire de téléphone, sachez que vous pouvez l'utiliser à votre guise pour vos activités extraprofessionnelles.

Il faisait allusion à mes heures supplémentaires, qui lui sont utiles autant qu'à moi. Car il sait parfaitement que plus mon réseau s'étoffe, plus le club en profite.

— Naturellement.

Je me suis levée pour partir, prenant la liberté de loucher sur l'intérieur du grand sac YSL. J'ai immédiatement repéré, élégamment niché dans du papier de soie noir, le modèle YSL en cuir blanc avec des fleurs, le sac le plus convoité de la dernière collection. Le magazine *Tatler* l'a même qualifié de « *must* de la saison » !

J'ai été très touchée. Et je me suis exclamée en le sortant de sa cachette :

— Oh, mon Dieu, Charlie… c'est trop cool. Je l'adore !

Puis j'ai pris Charlie dans mes bras, ce qui est plutôt agréable. Je l'imaginais au bord de la crise d'apoplexie, le rose aux joues comme un collégien de *public school*, et j'ai trouvé adorable sa façon d'essayer de modérer son accent, même s'il est incapable de cacher ses origines aristocratiques dès qu'il devient nerveux ou sous le coup de la colère. Il faut savoir que toutes mes copines sont folles de Charlie, et que c'en est parfois un peu gênant. Chaque fois que je les fais venir au club – ce qui est très, très rare –, elles se mettent à pouffer et à minauder. Il n'y a rien de plus dramatique que de voir ses copines se cacher derrière les colonnades et, dès que Charlie arrive dans leur ligne de mire, chuchoter entre elles des trucs du genre : « Le voilà ! Vite, vite, il arrive… Il est vraiment craquant, non ? »

— Le sac ? Oh… j'ai pensé que ça pourrait être très utile pour transporter Lily. Vous pourrez l'emmener en cachette partout où les lapins sont interdits.

Il y a trois ans, lorsque j'ai hérité de ma petite lapine noire baptisée Lily Marlène, Charlie m'a dit que je pouvais l'amener plutôt que de la laisser seule à la maison.

Il a même insisté.

— Non, pas question ! Vous ne pouvez pas laisser un lapin seul à la maison, vous aurez toute la communauté européenne sur le dos ! Laisser les petits lapins livrés à eux-mêmes, je suis certain que cela va à l'encontre de toutes les conventions sur le droit des animaux. Non, prenez-la avec vous. Elle tiendra compagnie à Cinders.

Cinders est la vieille chienne labrador noire de Charlie. Elle doit avoir dans les six mille ans et des poussières, en « années chien », naturellement.

J'ai sauté de joie en entendant que j'avais l'autorisation d'amener Lily au bureau, même si je reste convaincue que les lapins peuvent très bien rester seuls à la maison ! Quoique… dans le cas de Lily, ça pourrait poser des problèmes. Il faut dire qu'elle est très… comment dire ?… très tactile. Je veux dire par là qu'elle essaie en permanence de se frotter à tout ce qui bouge et même ce qui ne bouge pas ! C'est vraiment très humiliant. La première fois qu'elle s'est frottée à Cinders, j'ai été à deux doigts de me jeter dans l'escalier. Charlie m'a pourtant fait remarquer que Cinders ne semblait pas en prendre ombrage. Au contraire, elle avait l'air d'adorer ça et s'employait à lécher les oreilles de Lily. A mon avis, elle a pris ma petite lapine pour un de ses chiots disparus.

En fait, Lily essaie de se frotter à tout ce qu'elle trouve sur son chemin. Kitty pense qu'elle a des problèmes d'identité sexuelle parce qu'elle passe trop de temps avec moi. Je n'apprécie pas outre mesure cette allusion à peine voilée à ma vie sexuelle.

Bref… revenons à Charlie. J'ai vraiment apprécié sa proposition. Des tas de patrons sont méprisants et n'acceptent pas qu'on amène un animal domestique au bureau, surtout les lapines qui se frottent aux meubles et font des crottes (on appelle ça des « accidents » dès que les patrons se plaignent).

Charlie trouve l'expression ridicule.

— On a l'impression que tout ça tombe du ciel et que le lapin n'y est pour rien !

J'ai tenté de faire comprendre à Charlie ce qui l'attendait. Mais il est resté droit dans ses bottes.

— Elle pourra sautiller partout et vous pourriez même la laisser traîner dans le jardin, en été. S'il n'y a pas trop de monde ici, bien sûr. Enfin quoi, laissez-la vivre sa vie !

Et c'est ce qu'elle a fait. Où qu'elle aille, elle fait des ravages et sème la pagaille. Mais chaque fois que les magazines prennent des photos de Charlie ou de la Posh House, Charlie insiste pour poser avec Lily. Il a décrété qu'elle serait la mascotte du club, ce qui est vraiment sympa de sa part, compte tenu de la prédisposition de Lily à se frotter contre son bras !

Bref, pour en revenir à ma promotion, ce n'était peut-être pas exactement conforme à ce que j'attendais, mais ça m'a fait plaisir. Surtout le sac. J'ai aussitôt fourré Lily Marlene dedans et elle s'est blottie dans son nouveau nid comme si elle avait rêvé de ça toute sa vie. Je me suis empressée de refermer le sac en m'émerveillant de l'accueil que Lily lui avait réservé. C'est ce que j'aime chez les lapins : ils ne peuvent pas s'exprimer, il leur faut un interprète. Mais je ne pense pas avoir trahi sa pensée, je suis convaincue qu'elle a adoré ce sac car elle a sorti son petit nez rose dehors et l'a remué joyeusement. Alors je lui ai fait un gros bisou.

Si ma mémoire est bonne, Charlie m'a ensuite fourré dans les mains une boîte de cartes de visite avec mon nom imprimé dessus en relief et des caractères tout en volutes et en spirales.

*Lola Morton*
*Responsable Senior de l'Événementiel &*
*Chargée des Relations Publiques*
*Posh House, Marlow Gardens, London W1*

Je ne sais pas trop ce que « Responsable Senior » veut dire, vu que je n'ai personne sous mes ordres. Mais j'apprécie le geste.

— J'espère que ça vous plaît.

— J'adore.

— Je me demande s'il ne faudrait pas en imprimer quelques-unes pour Lily Marlene, pour justifier sa présence ici. Quelque chose comme « Assistante en création d'événements », peut-être ?

Je lui ai fait une bise sur la joue. Sa peau était fraîche et sentait bon le citron, comme toujours. Charlie est un de ces mecs sur lesquels on peut compter. Avec lui, jamais de mauvaises surprises. J'ai vraiment beaucoup de chance.

Lorsque je suis allée rendre visite à mes parents, j'ai exhibé fièrement mes cartes de visite et mon nouveau sac.

Kitty s'est mise à crier comme si je venais de lui montrer une tête de cheval coupée par un homme de main de la Mafia.

— Martin, s'il te plaît, apporte-moi tout de suite un sherry. Qu'allons-nous faire de notre fille ?

Il arrive souvent à mes parents de parler de moi comme si je n'étais pas dans la pièce.

Martin a poussé un soupir à fendre l'âme en lui tendant le verre.

— Je ne sais pas, Kitty. Le problème, c'est qu'elle devrait se concentrer un peu plus sur la recherche d'un partenaire. Il doit quand même bien y avoir un garçon dans notre bonne ville de Londres qui soit preneur d'une fille aussi jolie que Lola, non ? Elle n'est pas mal du tout, même si elle n'est pas aussi canon que toi, mon amour.

Et il m'a caressé la tête.

Kitty a bu son sherry cul sec et s'est exclamée :

— Martin, il suffit à n'importe quel homme digne de ce nom de jeter un regard sur elle pour partir en courant ! Tu as vu le tailleur qu'elle a sur le dos ? Sans parler de cette lapine en rut qu'elle trimballe toujours avec elle…

J'ai bouché les oreilles délicates de ma petite Lily pour lui épargner d'être blessée par les propos de ma mère.

— Dites… je vous signale que je suis là ! Et Lily aussi. En plus, je ne porte pas de tailleur.

— Martin, apporte-moi un autre sherry, veux-tu ?

Ma mère semblait plus abattue que jamais… et nous n'étions que samedi. Nous avions encore un dimanche entier devant nous !

Pas étonnant que je préfère travailler à Londres plutôt que de me retrouver dans leur horrible demeure gothique du Surrey. Dieu sait si j'aime mes parents, mais rester bloquée ici avec deux vieux toqués l'un de l'autre et leur gouvernante servile, c'est l'enfer !

Kitty est totalement hermétique à mes arguments lorsque je lui confie ce que je peux ressentir à les voir baver d'admiration l'un devant l'autre (naturellement, j'évite alors d'utiliser les termes « vieux toqués l'un de l'autre » et « baver d'admiration »...)

Généralement, la riposte ne se fait pas attendre.

— Tu ferais bien d'aller consulter un psychiatre. Biologiquement, tu n'as aucune raison de faire une fixation sur des parents qui s'aiment !

Je suis toujours à deux doigts de lui parler de ce conseiller scolaire qui m'a aidée à supporter leurs quatre divorces et leurs cinq mariages sans trop de bobos, mais je préfère m'abstenir.

Martin m'a dit que je devrais être fière de l'amour qu'ils se portent, et j'ai eu droit à une nouvelle caresse sur la tête. J'ai commencé à me sentir dans la peau de la chienne Cinders... Charlie lui flatte la tête chaque fois qu'elle aboie après un des membres du club qui ne lui revient pas. Il lui arrive de manifester son mécontentement sans raison apparente. Moi, j'ai parfois des envies de mordre Kitty...

Cela dit, mon père a peut-être raison. Dieu sait que les parents de mes amies ne sont pas aussi démonstratifs que les miens, et pour cause : ils sont tous divorcés, ou sur le point de le faire. Ils font chambre à part et ferment les yeux sur les aventures de leur conjoint. Mes deux amies proches – Elizabeth et Clemmie (diminutif de Clementine) – trouvent attendrissant que mes parents soient toujours aussi amoureux... même s'ils sont un peu trop expansifs.

Ma meilleure amie, Elizabeth, estime même que c'est un véritable exploit qu'au bout de trente-huit années, avec leur lot de divorces et de remariages, mes parents soient aussi épris l'un de l'autre !

C'est ça, mon dilemme. Même s'ils me rendent complètement cinglée tous les deux, il m'est difficile de ne pas être admirative devant la passion qui est la clé de leur couple. Lorsque je supervise les réceptions que j'organise, c'est plus fort que moi : je ne peux m'empêcher d'observer les couples. J'étudie leur alchimie, leur langage corporel, en un mot tout ce qui fait la passion. C'est comme regarder un film *gore*, à la fois violent et captivant. Impossible de résister.

La réception que je suis en train de superviser a été organisée pour célébrer l'anniversaire d'un des grands manitous londoniens de l'immobilier... Désolée, je voulais dire « propriétaires fonciers », c'est le terme utilisé dans la jet-set.

Originaire du Pérou, ce type exporte des cargaisons entières d'alcool de son pays natal, un truc qui assommerait un bœuf. A ma connaissance, ce Machu Picchu est l'équivalent d'une bouteille de Bollinger dans un dé à vodka ! La responsable des R.P. de Machu Picchu, une fille ridiculement jeune, m'a assuré que Rudyard Kipling lui-même avait l'habitude d'en boire.

La première fois que j'ai vu cette fille, j'ai craint qu'elle n'ait même pas l'âge requis pour consommer de l'alcool, mais elle a réussi à me convaincre. C'est vrai que dès qu'on boit un verre de ce breuvage, on se sent une âme de poète.

Ce soir, elle insiste tandis que je pars à la pêche au portable au fond d'un verre de Picchu Sour. C'est celui d'une célébrissime top model.

— Rudyard Kipling ? Ça alors, c'est superintéressant !

J'en rajoute toujours un peu lorsque mes invités me cassent les pieds. Ça fait partie du jeu de rôle. Mes amies me disent parfois que j'ai la même attitude avec elles quand je m'ennuie ou quand je ne suis pas d'accord avec elles.

Je sèche le portable de la top model avec la manche de mon nouveau Dolce & Gabbana en mousseline de soie, puis j'utilise mon micro pour qu'on vienne chercher ledit portable et le mettre en lieu sûr dans le coffre. La sécurité est déjà intervenue un peu plus tôt dans la soirée pour « aider » le top model en question à monter dans sa limousine. Il faut dire qu'elle était un peu trop imbibée pour se débrouiller toute seule.

Naturellement, je savais que je devais m'attendre à ce genre de contretemps. J'ai pris les dispositions nécessaires avec les services de sécurité, en tenant compte des souhaits un peu spéciaux de certains invités.

En dépit de leur côté glamour, de leur célébrité et de leur prestige, tous ces gens ne sont jamais qu'une bande de nantis endimanchés accompagnés de leurs courtisanes au maquillage tape-à-l'œil.

Pardon, je voulais dire « compagnes »... Quoi qu'il en soit, il est clair qu'il n'y a pas une once d'amour ou de passion entre eux.

C'est au moment où je me dis que mon boulot de la soirée est terminé que ça me tombe dessus. Un flash...

J'étais totalement zen (juste un peu exubérante) jusqu'à ce que je lève la tête. Et que je *les* voie.

Mes ex.

Du moins, trois d'entre eux : Richard, Hamish et Jeremy. Des *ex* sur mon territoire !

Je suis tellement sciée que j'en laisse tomber la pauvre Lily par terre.

# 2

*Lady Posche, 1789-1827. Surnommée « Hen » par ses amis, elle est issue d'une grande famille d'Angleterre dont l'arbre généalogique remonte à Guillaume le Conquérant. Henrietta était considérée comme l'une des femmes les plus belles de son temps. C'était la fille du duc de Bilterten, non-conformiste notoire, renommé pour tirer – droit dans les yeux – sur les portraits de ses ancêtres dont la tête ne lui revenait pas. Apparemment, il avait la sensation que certains regards le suivaient partout.*

*Ces excentricités mises à part, il était passionnément amoureux de sa femme, Caroline, à laquelle il écrivait tous les jours des lettres d'amour, alors que tous deux résidaient dans la même demeure.*

*A l'âge de dix-sept ans, Henrietta tomba éperdument amoureuse de lord Edward Haversham, le fils cadet d'un marquis, un jeune homme très séduisant.*

*Il est pratiquement certain que cette union fut consommée avant que la demande en mariage officielle fût faite – demande aussitôt rejetée par le père d'Henrietta, un homme réaliste. Lord Haversham n'avait pas de fortune, ce qui inquiéta sans doute le duc, lequel cependant n'invoqua pas cette raison pour lui refuser la main de sa fille.*

*En fait, même si les arguments avancés parurent spécieux à l'époque, on s'aperçut plus tard qu'ils étaient prémonitoires. « L'homme était indigne, un véritable goujat. »*

Passage secret vers le passé :
*Biographie de Lady Henrietta Posche*
Par MICHAEL CARPENDUM

Ma première pensée, c'est de me dire : « Comment osent-ils ! »

Sérieusement, j'ai l'impression de participer à une émission de télé-réalité, ainsi confrontée aux trois hommes qui ont compté le plus dans ma vie. Lesquels sont présentement en train de deviser gaiement en descendant leur verre de Machu Picchu sans se soucier d'autre chose.

Plus grave encore, sans se soucier de *moi* !

Quels salauds !

Il m'est déjà arrivé de les rencontrer à la Posh House, mais pas en formation groupée comme des haricots dans leur cosse, là, sous mon nez. Je trouve ça nul, pour ne pas dire obscène.

Je me cache derrière le distributeur de Machu Picchu pour continuer à les observer. Ce faisant, j'aperçois mon patron, Charlie, attraper Lily juste au moment où elle s'apprêtait à se frotter sans vergogne contre le pied d'un invité. Charlie cherche désespérément à me repérer dans la foule.

Je chuchote discrètement dans mon micro ; « Je suis cachée derrière le distributeur de Machu Picchu. » Il me répond sur le même ton : « Reçu cinq sur cinq », et repose Lily par terre, laquelle s'empresse de me rejoindre en sautillant.

Je la prends dans mes bras, puis je me concentre de nouveau

sur mes ex. Le problème n'est pas qu'ils ont l'air insouciants et totalement décontractés, ni même qu'ils paraissent en pleine forme – ce qui m'agace quand même un peu. Non, le pire… c'est qu'ils ne sont pas avec moi. Ou, pour être plus précise, que l'un d'entre eux n'est pas avec moi.

Richard.

Il y a deux ans, je m'appelais encore Mme Richard Arbiter Bisque. Oui, je sais, c'est assez grotesque. La première fois que Richard a décliné son nom, j'ai hurlé de rire. Je le revois encore tendant vers moi une main parfaitement manucurée, en se présentant d'une voix à peine audible comme s'il redoutait cette épreuve…

— Richard Arbiter Bisque.

J'ai bien aimé l'idée qu'il ait honte de son nom. Il y a quelque chose de très attachant chez un homme qui sait rire de lui-même. Surtout quand l'homme en question a le rire le plus sexy qui soit. Elizabeth m'a dit un jour que si son nom le gênait à ce point, il pouvait toujours n'en conserver qu'une partie… Mais moi, je n'ai jamais vu les choses de cette manière… enfin pas à l'époque.

Dès l'instant où nous nous sommes rencontrés, ma vie a été un conte de fées, un sublime conte de fées, une aventure romantique et enivrante. Je l'ai épousé six semaines plus tard. Naturellement, Kitty et Martin étaient aux anges. Mes amies ont fait mine de se réjouir pour moi, mais je savais qu'elles n'en pensaient pas un mot car elles n'arrêtaient pas de me faire des réflexions du genre : « Lola, tu es sûre que tu ne t'emballes pas un peu vite ? »

Pendant ce temps, Kitty et Martin – qui se prenaient pour

la version « Surrey » de Richard Burton et Elizabeth Taylor – ont claqué un fric fou pour la réception du mariage.

Lorsque j'ai appelé Kitty depuis la maison de Richard à Chelsea pour lui annoncer que j'allais me marier, Kitty s'est exclamée :

— Quelle merveilleuse nouvelle !

Lorsque j'ai appelé mes parents pour leur annoncer que j'étais sortie major de Bristol, tout ce qu'ils ont trouvé à me répondre, c'est : « C'est bien, ma chérie, mais ça ne t'ennuie pas si nous te rappelons plus tard ? Nous sommes en train de lire les journaux du matin… »

Et ils ne m'ont jamais plus reparlé de mon diplôme.

En revanche, ils étaient excités au plus haut point par le tour que prenait ma vie sentimentale : le grand amour, le mariage, la passion… Impossible de tempérer leur enthousiasme !

Je me rappelle leur avoir dit :

— Je sais, les choses vont un peu vite. Six semaines, vous devez vous dire que nous nous connaissons à peine…

Ce à quoi ma mère m'a répondu :

— Ne dis pas de bêtises ! Six semaines, c'est une éternité. Tu sais, il a suffi à Martin d'apercevoir mon ombre pour savoir que j'étais faite pour lui. N'est-ce pas, mon chéri ?

Mes parents répondent toujours au téléphone ensemble. Il y a deux téléphones dans chaque pièce de la maison.

Martin a commencé à chanter les louanges de sa bien-aimée.

— Ton ombre, oui… mais quelle ombre ! Malgré l'obscurité, je sentais déjà à quel point ton âme était belle.

J'aurais préféré que mes parents soient moins enthousiastes…

d'autant que Richard était là et que j'avais mis le téléphone sur haut-parleur !

Enfin, bref. Je suis devenue Mme Richard Arbiter Bisque au cours d'un mariage civil qui a eu lieu à la mairie de Chelsea. En fait, j'ai conservé le nom de Morton parce que Lola Arbiter Bisque, ce n'était vraiment pas possible ! Les parents de Richard n'ont même pas pris la peine d'assister à la cérémonie, ce que j'ai trouvé bizarre. Il faut dire qu'ils avaient déménagé pour vivre dans le sud de la France quelques années plus tôt. Ils ne nous ont même pas passé un coup de fil pour nous féliciter ! Richard avait pourtant laissé un message sur leur répondeur avec tous les détails du mariage.

La réception s'est tenue au Claridge. En tant que parents de la mariée, Kitty et Martin ont mis le paquet ! Déjà que je trouvais bizarre de confier cette tâche à quelqu'un d'autre (surtout que ce quelqu'un d'autre était ma mère), moi dont le métier était organisatrice d'événements, j'ai été dépassée… Trop, c'est trop.

Pour commencer, nous avons eu droit à un vrai festin : des huîtres, du homard et du caviar.

— Et les gens qui n'aiment pas les fruits de mer ?

— Quelle sottise ! Tout le monde aime les fruits de mer, voyons ! Qu'y a-t-il de plus simple et de plus modeste que les fruits de mer ?

— Il y aura bien des juifs, à ce mariage, non ? Et que je sache, ils ne…

— Ne dis pas de bêtises, ma pauvre fille… Comme si les juifs ne mangeaient pas d'huîtres ! A ton avis, comment ont-ils fait pour se nourrir lorsqu'ils ont traversé la mer Rouge à pied ?

Kitty n'est pas le genre de personne qu'on a envie de prendre de front.

Et puis il y a eu les discours...

— N'est-ce pas merveilleux ? Elle ne le connaît que depuis six semaines, vous savez... mais quand l'amour vous emporte, inutile de résister. Si vous saviez comme je suis fière !

Ça, c'était le début du discours de Kitty. Mais après, il a pris le chemin des écoliers et nous avons eu droit à une foule d'anecdotes sur le couple qu'elle forme avec mon père et sur leurs nombreux remariages.

Tante Camilla aimait Richard, elle aussi. Bon, d'accord, elle était vieille et n'arrêtait pas de l'appeler Oliver, mais elle a pleuré de joie et nous a offert le plus beau cadeau qu'une tante célibataire puisse faire à sa nièce : une semaine de thalasso. Le hic, c'est que c'était une cure... pour *une* personne ! Je vous rappelle quand même que tante Camilla avait quatre-vingt-dix ans.

C'est au cours de la réception que Richard a fait la connaissance de Jeremy et de Hamish. Quand une fille est amoureuse, elle pardonne tout et ne souhaite qu'une chose : partager son bonheur. En ce qui me concerne, j'ai voulu montrer à mon premier amour, Jeremy, et à mon petit ami de fac, Hamish, ce qu'ils avaient bêtement perdu...

Moi.

Mais au lieu de sangloter à fendre l'âme parce qu'ils avaient laissé passer leur chance et de me regarder d'un air malheureux découper le gâteau avec mon mari – comme je le croyais – je me suis fait avoir en beauté. Ils sont devenus copains avec le marié. Mon mari !

Je me souviens qu'à l'époque j'étais furieuse. Je suis allée me plaindre auprès de mes demoiselles d'honneur, Elizabeth et Clemmie.

— S'abstenir de devenir le copain du nouveau mari de votre ex-petite amie, c'est quand même la règle numéro un du savoir-vivre, non ?

Mais Elizabeth m'a mouchée aussitôt.

— Absolument pas. La règle numéro un, c'est de ne pas inviter ses ex à son mariage.

Accroupie derrière le distributeur de Machu Picchu, je serre Lily contre ma poitrine. Mon cœur bat la chamade et j'ai la bouche aussi sèche que le désert de Gobi. J'ai l'impression d'être encore hier…

En voyant mes trois ex papoter comme de vieux potes, je suis la proie d'un mélange confus d'émotions contradictoires. Richard est plus beau que jamais, grand, mince et… oh et puis zut ! Je ne peux supporter ni de le voir ni de regarder ailleurs.

Hamish a peut-être pris un peu de poids, mais il semble plus en forme que jamais, et il a toujours le rire aussi facile. En plus, il a conservé ce port d'aristocrate devant lequel je me pâmais lorsque j'étais étudiante. Hamish et moi n'avons jamais vraiment rompu, au sens strict du terme. Nos routes ont simplement divergé après la fac. Lui avait son domaine à gérer en Ecosse, et moi un diplôme de littérature anglaise à passer. Un choix un peu curieux, mais je rêvais de m'installer à Londres.

Et puis il y a eu Jeremy, qui a conservé cet air adorable de petit garçon perdu. Mais c'est à présent un grand brun, millionnaire de surcroît, ce qui le rend plutôt sexy.

Tandis que je les observe depuis ma cachette, je ne peux m'empêcher de les comparer aux hommes avec qui je suis sortie depuis mon divorce. Je me demande soudain quelle folie a pu s'emparer de moi pour que je laisse sortir de ma vie trois mecs aussi charmants. Comme dit l'autre, l'ennui quand on a vingt ans, c'est qu'on n'a pas la sagesse ni la maturité de ses trente ans !

Charlie me rejoint discrètement dans ma cachette – un véritable agent secret !

— Sur quelle opération travaillez-vous, agent Lola ?

— L'opération « Ex ».

— Avez-vous besoin de renforts ? Faut-il faire appel à notre arme secrète ?

Je lève un sourcil interrogateur.

— Vous parlez de l'agent Daphné ?

Daphné est la fille du vestiaire qui chante du gospel. Elle est à peu près aussi dangereuse qu'une bonne tasse de thé accompagnée d'un sablé.

Je demande d'un air faussement détaché :

— Quel qualificatif donneriez-vous à une réunion d'ex ? Je pensais à « ex-citante ». Qu'en dites-vous ?

Mon cœur bat à tout rompre. Je commence vraiment à me mettre dans la peau d'un agent secret en mission dangereuse.

Charlie, qui ne perçoit absolument pas le traumatisme dont je suis victime, prend tout ça pour un jeu. Il ne m'a jamais vue nerveuse ou effondrée. Et même lorsque je m'enflamme pour quelqu'un, il est d'accord avec l'analyse de mes copines : je ne le fais qu'avec les hommes qui m'indiffèrent.

Ses yeux parcourent la pièce, essayant de suivre la direction de mon regard.

— Ça dépend des ex en question, ma chère. Si je devais parler de mes ex à moi, j'aurais tendance à utiliser le mot « ex-ocet ». Au fait, ne me dites pas que vous en avez repéré quelques-unes… ? Tout sauf Tamara.

Charlie a toujours eu une vie sentimentale agitée, changeant de petite amie bien plus souvent que la plupart des hommes ne changent leurs draps. Mes copines et moi trouvons qu'elles se ressemblent toutes… En d'autres termes, elles sont carrément le contraire de nous ! On dirait qu'il les choisit toutes dans le même catalogue : des grandes blondes longilignes à la peau claire et aux yeux bleus, snobs au possible. Et pour couronner le tout, de vraies planches à pain !

Lorsque j'ai posé ma candidature pour le poste de chargée de l'événementiel, j'ai cru que Charlie était le fils du patron. Il ne m'est pas venu à l'esprit que quelqu'un d'aussi jeune (et beau) puisse être le propriétaire d'un club aussi réputé. En plus, j'étais incapable de me concentrer sur ses questions, tant j'étais envoûtée par sa voix. Je suis sûre que si un meuble ancien de bonne facture pouvait parler, il aurait la voix de Charlie… C'est sans doute la raison pour laquelle, au cours de l'entretien, j'ai peu à peu abandonné tout espoir de décrocher le job. Mais je me suis dit que si j'arrivais au moins à décrocher un rancard avec un des célibataires les plus convoités de toute l'Angleterre, ce serait déjà un exploit.

Après avoir quitté la fac de Bristol, j'avais déjà travaillé dans quelques hôtels assez miteux tout en continuant à envoyer des C.V. J'avais pris l'habitude de recevoir des courriers d'employeurs potentiels (des directeurs d'établissement nettement plus « classe » que les miens) qui commençaient invariablement par : « J'ai le regret de... » Et les postes auxquels je postulais étaient plutôt « bas de gamme » dans les R.P., bien moins prestigieux en tout cas que celui proposé par la Posh House. C'est pourquoi j'ai eu le choc de ma vie lorsque Charlie m'a annoncé pendant l'entretien que, si j'étais toujours intéressée, le poste était à moi.

Il me semble lui avoir répondu :

— Quoiiii ?

— Ouiii, il est à vous. Si vous le souhaitez. Je ne vais quand même pas passer des journées à rencontrer d'autres candidates. Et vous êtes de loin la plus jolie et la plus spirituelle des postulantes que j'ai rencontrées.

— Euh, eh bien, c'est...

Il a passé la main dans son épaisse chevelure.

— Franchement, si vous aviez vu le nombre d'horreurs que j'ai vu défiler aujourd'hui. Une vraie horde de cannibales... Je craignais même pour ma vie ! Je ne sais pas ce qui passe avec ces gens des R.P., ils ont tous le même sourire figé. C'est sinistre.

J'ai pris mon air le plus sérieux.

— Vous avez raison. Mais c'est génial.

— Pas tant que ça quand c'est la version féminine d'Attila le Hun qui vous reluque d'un air gourmand, une hache à la main.

— Non, je voulais dire que c'est génial pour moi d'avoir ce boulot ! Pas que vous ayez dû affronter une bande de femmes vikings prêtes à tout. Vous savez que je vous plains...

Il m'a embrassée (à côté de la joue) et s'est dirigé vers la porte.

— Bien. Maintenant, il faut que je file. La journée a été longue !

Je me suis exclamée :

— Dans notre métier, il est rare qu'elles soient courtes, non ?

Je me suis arrêtée, choquée par ce que je venais de dire. Il pouvait très bien revenir sur sa décision à cause de mon impertinence... Mais non, il a éclaté de rire.

— Vous avez raison. A très bientôt !

Du coup, toute velléité d'avoir un rendez-vous avec Charlie s'est envolée... Et voilà comment a démarré ma carrière dans les R.P.

J'étudie son profil tandis qu'il s'accroupit près de moi dans ma cachette. C'est drôle comme on peut être un jour attirée par un homme et ne plus savoir le lendemain ce qui vous a pris la veille ! J'imagine que l'instinct de conservation joue un grand rôle, même si cette façon qu'a Charlie de collectionner les petites amies me donne raison de ne pas avoir tâté le terrain.

Mon esprit cesse de vagabonder. Je m'empresse de rassurer mon patron.

— Non, Charlie, vous êtes en sécurité. Aucune de vos ex n'est ici. Mais... n'êtes-vous pas d'avis qu'il faudrait promulguer une loi contre l'amitié entre ex ? A ma connaissance, il n'y a aucun comportement préconisé par le savoir-vivre dans ce domaine.

— Là, vous me posez une colle. Il faut que je consulte mon manuel, au chapitre « Comment l'homme moderne doit-il se comporter avec ses ex » pour être absolument certain de ma réponse. Mais je crains fort que non. A ma connaissance, le cas des ex qui tissent des liens d'amitié avec d'autres ex doit être inclus dans la section « En amour comme à la guerre, tout est permis ».

Lily commence à s'ennuyer et ne tient pas en place. Je ne peux pas la garder indéfiniment ici avec moi.

— Jeremy m'a l'air d'avoir une mine superbe, non ?

Jeremy est un ami de Charlie. Rien à voir avec la liaison que j'ai eue avec lui. Ils sont allés à l'école ensemble.

— Vous trouvez ? J'ai l'impression qu'il se dégarnit un peu…

Réponse vacharde et totalement hypocrite de ma part. Jeremy a l'air plus sémillant que lorsque nous nous fréquentions. Apparemment, tout va bien pour lui, je dirais même très bien.

Soucieux de ne pas se laisser entraîner plus longtemps sur ce terrain, Charlie me demande, l'air enjoué :

— Bon, dans l'ensemble, la soirée s'est bien passée, non ?

Il faut que je me tire de cette situation.

Je lui réponds d'un ton brusque qui me surprend moi-même.

— Il faut que je mette fin à tout ça.

Charlie me regarde, le visage inquiet. C'est vraiment la crème des hommes !

— Lola… vous allez bien ?

Je quitte le mode « nunuche romantique » pour me remettre en mode « femme d'affaires ».

— Oui, la soirée a été une réussite. Je dirais même, une réussite totale. Les invités n'ont pas trop fait parler d'eux, malgré ce satané Picchu !

Je pars d'un rire léger… Je suis pourtant au bord de l'évanouissement à cause du choc reçu.

Voilà des mois que je n'avais pas vu Richard et notre dernière rencontre a été plutôt... électrique. Nous avons évité de justesse de refaire l'amour ensemble.

Nous nous sommes quand même embrassés goulûment. Usant d'arguments... très persuasifs, Richard est allé jusqu'à me caresser le dos de façon très suggestive : « Je t'en prie, Lola. Reste avec moi cette nuit. »

Mais j'ai entendu la voix d'Elizabeth résonner dans ma tête : « Non ! Pas ça ! »

De toutes mes amies, Elizabeth est celle qui a le plus grand pouvoir de persuasion. En plus, elle a une expérience non négligeable dans le domaine du « sexe avec un ex ».

Alors après un bref bouche-à-bouche, j'ai trouvé la force de résister. Elle m'avait persuadé que ce genre de comportement avec un ex conduisait au désastre. Il faut dire qu'Elizabeth est la preuve vivante de sa théorie. Il y a un an, elle a rompu avec Mike – *alias* le « coureur de jupons en série » – mais toutes les trois semaines, elle finit par se retrouver au lit avec lui. Nous avons beau lui répéter que ce penchant pour les relations sexuelles avec son ex l'empêche d'avancer, elle a réponse à tout. « Nous avons été longtemps ensemble. Je connais ses défauts et lui les miens. C'est très sécurisant. » En d'autres termes, il n'ignore rien des traces de cellulite qu'elle pourrait avoir...

Elizabeth n'a *jamais* – pas même une fois – fait l'amour avec un autre que Mike ! Ce qui ne l'empêche pas d'admettre que coucher avec son ex la retient d'aller de l'avant.

— Le problème, c'est que tout est si simple... Vous pouvez appeler votre ex au beau milieu de la nuit, il rapplique comme une fusée. Mieux encore, vous pouvez le virer du lit après sans passer pour une garce. Franchement, il n'y a qu'avec mon ex que je peux m'envoyer en l'air sans complexes et sans essayer de cacher la vérité sur mes petites faiblesses. Faire l'amour avec un ex, c'est confortable... Sans oublier le piment et l'excitation d'une aventure sans lendemain.

Sauf que, ces derniers temps, Elizabeth a commencé à en avoir marre de jouer le même scénario. Voilà plus de deux mois qu'elle n'a pas revu Mike. L'amour avec un ex a beau être simple et sécurisant, elle jure qu'elle ne se laissera pas retenter. Elle a même viré le téléphone de sa chambre pour éviter de lancer un nouvel appel désespéré en pleine nuit.

La voix de Charlie me ramène dans le présent. Je viens de prendre conscience qu'il est en train de me poser d'autres questions sur le déroulement de la soirée.

— Est-ce que la super top model a fait une apparition ?

— Oui, mais il y a un bon moment qu'on l'a raccompagnée. Je crois que là, vous avez raté une occasion... mais tout n'est pas perdu car elle a laissé tomber son portable dans un verre de Picchu... Vous avez un prétexte tout trouvé pour l'appeler...

Je lui tends le téléphone.

— Non. Je parlais juste de la soirée en général.

Mais je note qu'il fourre quand même le portable dans sa poche. Ça, c'est bien lui !

— Tout s'est passé comme sur des roulettes, pas de problème particulier. A part la courtisane qui a vomi sur une banquette.

— La courtisane... ?

Il ignore que je donne ce surnom aux filles décharnées et maquillées à la truelle qui s'accrochent à tout ce que Londres compte d'hommes riches.

— Je parle de ces jeunes et jolies filles qui accompagnent… comment dire?… des hommes plus âgés.

— Oh, vous voulez dire de ces filles qui traînent derrière les *pajama boys*?

— Les *pajama boys*…?

Cette fois, c'est à moi de m'étonner.

— Le style Hugh Heffner. Vous savez bien qu'il porte toujours…

Sa phrase reste en suspens. Charlie vient de comprendre pourquoi je flippe à ce point.

— Ce n'est pas votre ex-mari qui est là-bas, en train de parler à Jeremy?

Je confirme d'un hochement de tête.

— Au fait, vous êtes aussi sortie avec Jeremy, ce me semble?

— Mmm.

Décidément, cette ville devient trop petite pour moi.

La voix de la raison me somme de changer de sujet. « Allez, change de sujet et tire-toi! »

Je lâche d'un ton désinvolte :

— Oui, en effet. Et je suis également sortie avec Hamish. Si mon compte est bon, cela fait trois ex dans la même pièce.

— Bigre! Un brelan royal…

Je suis soulagée qu'il ne fasse aucun commentaire douteux sur mon passé sentimental. Il y a des moments où j'aime particulièrement mon patron et son savoir-vivre sans faille. Je pousse un soupir de soulagement et je serre Lily très fort contre moi.

— Tu sais que c'est très vilain de t'exciter sur le canapé et de te frotter contre le joli postiche de la dame!

Lily me regarde d'un air innocent, puis cligne des yeux comme si elle ignorait de quoi je parlais.

— Attendez ! Si je comprends bien, vous êtes sortie avec les trois ? Otez-moi un doute, ma chère, prendriez-vous pour cible tous les membres du club ?

Il y a des moments où je déteste mon patron. Je mets les points sur les « i ».

— Oui, je suis sortie avec les trois, mais c'était bien avant de travailler *ici* ! Enfin, à part Richard. Je suppose qu'ils tiennent un genre de conférence au sommet. Maintenant, si vous n'y voyez pas d'inconvénient, Charlie, j'aimerais bien aller voir ailleurs si j'y suis.

— Serait-ce un *ex-orcisme* ?

— Quoi ?

— Désolé, un mauvais jeu de mots ! Je faisais allusion à vos ex. A propos, vous n'envisagez pas d'aller leur dire un mot ?

Je pique un fard en lui rétorquant d'un air indigné :

— Surtout pas ! Je vais déposer Lily chez moi et rejoindre mes copines au Met Bar.

— Très bien, allez-y. Apparemment tout est sous contrôle ici, agent Lola.

Il est en train de me mettre en boîte parce que je continue de chuchoter dans mon micro alors qu'il n'est qu'à quelques pas de moi. Puis il m'embrasse sur le front et Lily sur le nez, et il s'éloigne tranquillement.

Lily lève ses grands yeux dorés vers moi en remuant son petit nez. Je lui fais une petite caresse sur les oreilles.

Du coup, la voilà qui se frotte à mon bras… Dieu m'est

témoin que j'ai tout fait pour l'éduquer. Si seulement il y avait des maisons de correction pour lapins!

Une fois de retour dans mon bureau sans fenêtre, je ferme la porte et je reprends un peu mes esprits, mais je ne pense qu'à Richard. Je ressens… En fait, je n'ai aucune idée de ce que je ressens, mais ce n'est pas désagréable.

Je rassemble mes affaires, je fourre Lily dans son grand sac de cuir blanc YSL et j'essaie de me concentrer sur les doux accords de piano à queue qui me parviennent à travers le mur du placard qui me sert de bureau.

Au moment où je ferme ma porte à clé et où j'enfile mon manteau, Charlie m'appelle du haut de l'escalier. J'attends près du pilier de marbre devant mon bureau tandis qu'il descend les marches quatre à quatre en athlète confirmé, comme il a l'habitude de le faire.

— J'ai demandé une voiture pour vous ramener chez vous. Elle sera là dans cinq minutes.

Quand je vous disais que c'est un patron en or…!

Je me penche pour lui dire au revoir et c'est alors que je les vois. Richard et la blonde aux jambes interminables. Je pousse Charlie derrière le pilier pour mieux voir. La blonde est en pleurs et Richard a l'air furieux. Ça me rappelle les derniers mois de notre mariage. Richard avait toujours ce regard furibond.

Charlie me demande :

— A quoi jouez-vous? C'est encore une mission secrète?

Je lui donne un coup de coude dans les côtes pour le faire taire et j'attends de voir ce qui va se passer en tremblant d'appréhension. La grande perche blonde lui jette son manteau à la figure. C'est alors que Richard fait une chose horrible, si horrible que j'en ai l'estomac tout retourné et que j'ai envie de hurler. Il prend la blonde dans ses bras et l'embrasse tendrement sur le front, comme il le faisait avec moi chaque fois que je piquais une crise. Puis il pose le manteau de la fille sur ses épaules et l'enlace… Je repense à toutes ces fois où il m'a prise dans ses bras en me disant : « Je t'aime tellement, Lola. Je ne peux pas vivre sans toi. »

Il est clair qu'il a survécu. Là, sous mes yeux, il continue de respirer et de vivre sa vie sans moi. Il en aime une autre.

J'ai l'impression de vivre un cauchemar. Je fais alors ce que je n'avais encore jamais fait en public. Je me mets à pleurer.

C'est Charlie qui met fin à mon calvaire.

— Je crois que vous avez besoin d'un petit remontant…

J'essuie mes larmes et je me ressaisis, allant même jusqu'à reprendre ma voix « total zen » pour le rassurer.

— Non, ça ira, ne vous inquiétez pas ! Je dois être dans ma phase d'hyperémotivité… Et puis, la nuit a été longue.

Charlie passe son bras sur mon épaule et m'attire à lui pour tenter de me consoler tandis que nous regardons tous deux Richard et la blonde grimper dans un taxi et disparaître dans la nuit.

Je demande un peu vite, pour bien montrer que j'ai d'autres soucis que Richard en tête :

— Mon taxi est sûrement arrivé, non ?

Après, je ne me rappelle plus très bien ce qui s'est passé. J'ignore ce que m'a dit Charlie – je ne suis même pas sûre qu'il m'ait parlé – mais une chose est certaine : il a dû m'aider à monter dans la voiture, car lorsque j'émerge du brouillard, je constate que le chauffeur vient de laisser Selfridges derrière nous. Je repense à tous les bons moments que j'ai passés avec Richard. Oui, j'ai vraiment passé avec lui des supermoments... Quand vous épousez un homme, quand vous acceptez de partager avec lui votre vie, votre corps, vos secrets et votre compte en banque, il y a forcément des moments merveilleux !

Lorsque j'ai décidé de quitter Richard, Kitty m'a d'ailleurs dit que j'étais folle.

Je me souviens de NOS longs week-ends d'hiver... Nous passions la matinée blottis l'un contre l'autre dans notre lit douillet, à lire les journaux. Des journaux que nous laissions souvent tomber pour faire l'amour... C'était délicieux. Rien à voir avec ce que j'ai vécu plus tard, ces coups de cœur d'un soir, ces hommes sur lesquels je jetais mon dévolu pour les larguer le lendemain sans le moindre scrupule... un peu comme Charlie le fait avec ses copines aux longues jambes, finalement.

Je me souviens jusque dans le moindre détail du corps de Richard, de sa peau, de son odeur. Tous les souvenirs reviennent pêle-mêle tandis que le taxi s'arrête dans Grosvenor Street, devant chez moi.

Une fois de retour dans mon appartement microscopique de Mayfair (il est à peine plus grand que le placard qui me sert de bureau), j'essaie de m'arracher à ma nostalgie et de chasser Richard de mon esprit en remettant les pendules à l'heure : je suis célibataire et je vis comme je l'entends, point barre.

Je pose Lily devant la télé pour qu'elle regarde le J.T. Allez savoir pourquoi, Lily adore se tenir au courant de l'actualité. Et sa chaîne favorite, c'est Sky News.

Bon, il serait peut-être temps de choisir ma tenue pour sortir ce soir avec mes copines. Mon choix se porte sur un jean Earl, une paire de sandales et mon nouveau T-shirt hypermoulant Top Shop. Comme Clemmie ne cesse de me le rappeler, une fille se doit de mettre ses bonnets C en valeur !

Je me pavane devant la glace façon Mike Jagger. Je me tourne vers Lily pour avoir son avis, mais elle est trop absorbée par le récit d'un accident sur l'autoroute M4. Je vide mon armoire et je jette toute ma garde-robe sur mon lit, puis je commence mes essayages. Je choisis une tenue, puis une autre, je change encore… Finalement, j'opte pour mon vieux jean Levi's troué au niveau des genoux et un T-shirt moulant. Le tout agrémenté d'une grosse ceinture verte en cuir Voyage, celle avec un V en tissu diamanté vert sur la boucle. V comme dans « vachement cool ».

Comme je commence à être sérieusement en retard, je me coiffe *glam rock*, ce qui est une façon originale de dire que je ne vais pas me faire suer à me faire un brushing. Je laisse donc mes cheveux pendre dans mon dos dans une cascade de boucles rebelles. Je passe une rapide couche de mascara et de gloss à lèvres et j'enfile mes sandales Gina aux talons d'une hauteur vertigineuse. C'est Charlie qui me les a offertes pour mon dernier anniversaire. Moi qui mesure un malheureux mètre soixante-trois, je me retrouve d'un seul coup avec onze centimètres de plus ! Pour finir, j'attrape au vol ma toute nouvelle pochette (c'est ma préférée, celle que j'ai payée 6 livres chez H & M) et je fourre tout mon arsenal de maquillage dedans. Puis je glisse mon portable dans mon décolleté et je prends mes clés.

— Ne t'inquiète pas, Lily. Ce soir, je ne reviendrai pas très tard.

Je tente de la prendre pour lui faire un petit câlin, mais elle s'échappe en sautillant, visiblement fâchée, préférant se concentrer sur sa télé.

Il faut dire que Lily a un don infaillible pour reconnaître un mensonge.

# 3

*A vingt-deux ans, n'ayant pas réussi à persuader son père de lui donner la permission d'épouser son bien-aimé, lord Haversham, Henrietta finit par accepter d'épouser lord Posche. A cette époque, lord Haversham avait une solide réputation de joueur et d'amateur de prostituées dans le quartier de Shepherd Market, à Londres. Il avait perdu tout son argent au jeu et dans des combines douteuses.*

*Son mariage avec lord Posche ne fut pas un simple mariage de raison, mais Henrietta ne renonça jamais à attendre Edward,* alias *lord Haversham, son premier amour.*

Passage secret vers le passé :
*Biographie de Lady Henrietta Posche*
Par MICHAEL CARPENDUM

Une heure après, je me retrouve dans mon coin préféré, un divan confortable tapissé de velours rouge. Je suis au Met Bar, un club privé de Park Lane. Elizabeth, Clemmie et moi nous retrouvons ici chaque soir après le boulot, vers les minuit, autour d'un cocktail. Le bar est ouvert jusqu'à 3 heures du matin.

Elizabeth et moi nous sommes connues à la fac de Bristol, où nous étudiions toutes les deux la littérature anglaise. C'est l'époque où nous rêvions l'une comme l'autre de créer notre propre boîte de R.P., un rêve que seule Elizabeth a réussi à concrétiser. Elle dirige la société Quantum avec l'indomptable Clemmie, que rien n'arrête. L'alliance du cerveau d'Elizabeth et des relations de Clemmie leur a permis de devenir « numéro un » de l'événementiel chez les ados. Leurs prestations vont de l'organisation de fêtes privées pour les gosses de riches à celle de bals huppés style « bal des débutantes ».

Difficile de dire pourquoi on devient amie avec quelqu'un, les raisons sont en général un peu floues. Mais, dans notre cas, il est clair que c'est notre style de vie qui nous a rapprochées. Nous sommes toutes les trois des oiseaux de nuit. Il arrive périodiquement que l'une de nous pique sa crise et pleure sur son sort, un destin de vampire… mais aucune n'a jamais rien fait de concret pour changer de vie.

Personnellement, j'adore la folie des nuits londoniennes où tout peut arriver et plus encore, j'adore le calme absolu des premières heures du matin. Je ne pourrais pas m'en passer.

— Mon Dieu, Lolly, ta coiffure ! Tu as fait quoi à tes cheveux ? C'est génial.

Ça, c'est une question de Clemmie qui fuse dès que je me glisse dans le box en forme de demi-cercle.

Elizabeth nous donne sa version.

— Une coiffure vite fait, comme à la fac ?

Elle fait allusion à l'époque où nous partagions à cinq notre sèche-cheveux.

— Bien vu !

Je me penche pour l'embrasser tout en faisant signe à l'un de nos serveurs préférés, un mec supercraquant.

Je ne leur parle pas tout de suite de l'épisode des ex (même si je meurs d'envie de le faire !). Je préfère écouter Clemmie et Elizabeth m'expliquer qu'elles ont décidé d'étendre leur activité professionnelle à tout le marché européen.

Ce n'est qu'après avoir ingurgité deux daiquiris à la pastèque que je craque… Je me décide enfin à leur raconter la scène que j'ai observée en cachette, en prenant bien soin de leur cacher à quel point j'ai été tourneboulée en revoyant Richard. Nous voilà aussitôt parties à chercher des centaines de noms pour qualifier une réunion entre ex… Peu à peu, je commence à me détendre.

Sans doute plus que je le pensais, d'ailleurs, car le lendemain matin, je me réveille avec un amas de boucles noires sur l'oreiller d'à côté.

Son corps a cette douce odeur qu'exhale la peau après l'amour, une odeur sublime sur un homme qui vous fait des câlins durant des heures, mais qui n'est jamais la même avec les aventures d'un soir dont la peau a plutôt tendance à sentir… la sueur.

Je l'observe tandis qu'il commence à cligner les yeux, prémices du réveil. J'essaie de comprendre quelle force de la nature ou quel destin nous a réunis… à part les verres de tequila qu'il a bus à même mon corps à Soho House.

Nous nous sommes assoupis tous les deux une petite heure après une séance mémorable de Sexe avec un grand S… Nous avons fait l'amour dans les moindres recoins de sa maison victorienne de Fulham, qui ressemble à un squat aménagé à grands frais par un architecte d'intérieur, avec des jouets de gosse un peu partout. Vous voyez ce que je veux dire ?

Une télé à écran plasma géant.

Une chaîne hi-fi Bang & Olufsen.

Des flippers *vintage*.

Tout en chrome et en cuir noir hors de prix.

Bref, le bordel et le chaos un peu partout.

Le tout, je dois l'admettre, soigneusement épousseté. Voilà un nouvel élément qui s'ajoute à la panoplie du parfait célibataire londonien… La femme de ménage ! Dans son cas, c'est un couple de gays. Il m'en a fait une description minutieuse hier soir, comme s'ils faisaient partie, eux aussi, de sa panoplie d'enfant gâté.

Notre joute amoureuse a été un peu trop athlétique pour

mon goût, nos élans passionnés nous ayant conduits à casser un micro, éclater un sacco, déchirer un store et casser un pied de table basse. Mais, après tout, c'est *sa* maison et j'ai dû brûler quelque chose comme un million de calories à faire l'amour. D'ailleurs, je sens que mon ventre est déjà beaucoup plus plat…

Juste après nos ébats, il m'a regardée avec des yeux de crapaud mort d'amour en chassant une mèche de cheveux de mon visage comme s'il s'inquiétait vraiment de savoir si j'étais capable de le voir ou pas, et il m'a murmuré dans un soupir :

— Lisa, c'était génial.

Lisa !

C'est qui, cette Lisa ? Mon nom à moi, c'est Lola, Lolly pour les intimes. Mais comme je suis une femme du monde, je savais qu'il était inutile de rectifier à ce stade du jeu. Il avait beau être charmant avec ses mèches à la Caravage et son teint olive, ce n'était jamais qu'une rencontre sans lendemain, et c'est d'ailleurs ce qui faisait tout son charme. Une fois dégrisée, je me demande même si nous avons bien fait de commencer.

Il a fait les présentations au bar, alors que j'étais venue commander des consommations pour mes copines, et je me souviens m'être dit qu'il était redoutablement séduisant. Puis il a fait une remarque un peu lourde sur mon nom (à ce stade des événements, il a au moins réussi à le dire correctement). Bien que je n'aie pas trouvé ça très drôle, j'ai éclaté de rire. Après tout, il y a des moments où une fille a besoin de s'envoyer en l'air sans chercher de complication.

Les copines m'ont quasiment donné le feu vert en levant le pouce… sans doute pour me permettre d'exorciser ma rencontre avec mes trois ex. Et hop, c'est parti ! Nous avons tous passablement bu, nous avons papoté, nous avons ri et, lorsqu'il m'a proposé de passer chez lui, je me souviens avoir répondu : « Pourquoi pas ? »

Ce « pourquoi pas ? » résume assez bien ce que je déteste dans ma vie amoureuse, depuis quelque temps. Une attitude désinvolte, voire cynique face à l'amour, plus exactement au sexe. Tout à coup, mon étiquette de « célibataire hors normes » a viré à celle de « célibataire en manque d'Amour ».

Il y a trois ans, jamais je n'aurais couché avec un type comme David. Au fait, c'est bien David son prénom ?

Il y a trois ans, j'étais convaincue que les aventures d'une nuit étaient le chantre des imbéciles qui se préparaient des déceptions et des M.S.T. A mes yeux, c'était comme certaines pièces de Broadway qui ne jouent qu'un seul soir parce que personne ne s'y intéresse.

Seulement voilà, à cette époque, j'étais l'heureuse épouse de Richard et je savourais les bénéfices et la gloire d'une pièce qui serait toujours à l'affiche. Enfin, c'est ce que je croyais.

Avant ça, il y a eu Jeremy, et avant Jeremy, Christo. Aujourd'hui, c'est ce qu'on appelle un bon parti, il est riche, joue au polo et navigue dans la haute finance. Il m'a trompée, mais je crois bien qu'il ne pouvait pas s'en empêcher. Il disait d'ailleurs que c'était dans ses gènes.

— Tu veux dire, être incapable de s'attacher une fille ?

Il a ri.

— Tu as vraiment des réactions d'Anglaise sur ce genre de choses.

Mais Christo et moi sommes quand même restés ensemble

un an et nous avons rompu à l'amiable. Je me souviens que Kitty m'a même dit :

— Les femmes ont toutes besoin de savoir ce que le véritable amour *n'est pas*.

Avant Christo, il y a eu Hamish, bien sûr.

C'est le premier homme pour qui mon cœur s'est arrêté de battre. Nous nous sommes rencontrés à la fac, à l'époque où Elizabeth sortait avec son ex (Mike !), sauf que Mike n'était pas encore son ex, mais son petit ami et le coloc de Hamish. Nous étions deux couples sans histoires. Les quatre inséparables…

Après avoir décroché notre diplôme, Hamish et moi nous sommes éloignés l'un de l'autre, comme dans la plupart des couples d'étudiants. Nous nous étions promis de rester en contact, mais naturellement, nous n'avons pas tenu parole. Nous avions vécu une belle histoire, mais mon cœur s'était remis à battre et je n'avais plus l'enthousiasme nécessaire pour poursuivre une relation qui était arrivée à son terme.

A la vérité, j'ai toujours eu quelqu'un pour remplacer le mec d'avant.

Clemmie, l'éternelle célibataire, n'arrêtait pas de me répéter :

— Les filles qui s'appellent Lola ont *toujours* quelqu'un !

Ça me faisait bondir.

— Clemmie, tu dis des bêtises ! Ce n'est qu'un prénom, et pas terrible, en plus.

— Peut-être, mais un prénom de femme fatale…

Naturellement, je n'ai jamais voulu l'admettre. Mais dans les profondeurs insondables de mon moi freudien/jungien, je pensais sans doute qu'elle était dans le vrai. Je veux dire, quand elle disait que je n'étais jamais seule – pas cette histoire de femme fatale. Je suis aussi « fatale » qu'une crème glacée Ben & Jerry's ! Avec mes bonnets C et mon mètre soixante-trois, il me manque au moins quinze centimètres et deux tailles de bonnet pour faire une femme fatale digne de ce nom… Et puis les femmes fatales se doivent d'avoir des yeux violets sublissimes, avec d'immenses cils noir corbeau, c'est bien connu ! Pas des yeux noisette et des cils bruns d'une longueur ordinaire !

Richard m'a toujours dit qu'il adorait mes yeux. Il disait que leur couleur changeait en fonction de mes humeurs.

Richard.

Je repense à hier soir. A cette blonde aux jambes interminables qui lui a jeté son manteau à la figure, et à Richard, qui l'a prise dans ses bras. Je repense à ce que j'ai ressenti alors : c'est comme si une lame m'avait transpercé le cœur.

C'était *mon* Richard. Je l'avais choisi pour mari, enfin, nous nous étions choisis tous les deux.

— Richard Arbiter Bisque, acceptez-vous de prendre pour épouse Lola Morton ?

Il a répondu « oui » en me regardant tendrement dans les yeux, sans l'ombre d'une hésitation.

Je me souviens aussi avoir entendu « jusqu'à ce que la mort nous sépare »… Pas seulement de la bouche de la femme qui présidait au mariage civil, mais aussi de la bouche de Richard.

Lorsque nous sommes allés nous coucher dans notre suite du Claridge, le premier soir, il m'a dit : « C'est une jolie phrase, non ? » Alors j'ai répété : « Jusqu'à ce que la mort nous sépare ! » pour ne pas passer pour une idiote. Bon, d'accord, il était complètement rétamé, mais comme on dit : *in vino veritas*.

Plus je repasse le passé dans ma tête, plus je l'idéalise. J'ai le sentiment que tout allait bien. Au lit, notamment, c'était super. Je me souviens tout à coup du jour où nous sommes allés faire les boutiques après notre lune de miel et où nous avons acheté notre grand lit en ébène.

Lola aime Richard.

Richard aime Lola.

Après l'installation du lit, Richard a gravé ces mots dans la tête de lit. L'a-t-il conservé, ce lit ? Si c'est le cas, je me demande ce que la grande perche blonde peut bien en penser. Richard n'est pas du genre à faire les magasins pour acheter une nouvelle tête de lit, il y a donc des chances pour que notre serment d'amour éternel soit toujours là, gravé dans l'ébène, visible par tous.

Notamment par la grande blonde.

Depuis Richard, je n'ai pas eu de mec digne de ce nom. Il est incontestable que, depuis deux ans, je vis bien mon célibat, sans me poser de questions. Mais j'ai adoré ma vie de femme mariée. J'ai adoré faire des câlins à Richard, la nuit. J'ai adoré ces moments où nous restions chez nous pour regarder des DVD à l'occasion, blottis l'un contre l'autre sous notre couverture favorite. J'ai toujours rêvé d'avoir un beau labrador noir à nos pieds, mais nous n'en avons jamais eu. Richard était allergique aux poils d'animaux… à part les lapins.

Je pensais sincèrement que mon mariage avec Richard serait à l'image de ces pièces de Broadway qui font un tabac, et que notre pièce à nous serait toujours à l'affiche. Richard était d'accord, il me disait que la seule chose dont il était certain dans la vie, c'était de réussir dans la finance et de réussir son mariage avec moi.

La suite a prouvé qu'il s'était planté sur les deux tableaux.

Le sosie du Caravage commence à bouger. Il donne un coup de poing dans son oreiller avant de reprendre sa place sous les couvertures et me murmure à l'oreille :

— Il y a un Starbucks juste en bas. Tu pourrais descendre nous chercher un petit café ?

A part le fait que le Starbucks n'ouvrira pas avant plusieurs heures, je suis indignée de sa demande.

— Tu veux que *moi*, j'aille chercher des cafés ? Tu ne voudrais pas que je fasse un peu de ménage, pendant que j'y suis ? Je pourrais aussi passer le chiffon à poussière, laver tes chaussettes et passer un coup d'aspirateur ?

En fait, je ne lui dis rien. Je me contente de le penser tout bas en le regardant. Lui et les autres mecs sortis du même moule, je commence à en avoir marre ! Tous les hommes avec qui j'ai couché depuis ma séparation avec Richard me sont tombés dessus comme la gueule de bois qui ne va pas tarder à se manifester…

J'en ai ma claque de ces David, Edward, Jamie et autres mecs sans intérêt. Et puis d'abord, pourquoi ai-je divorcé ? Qu'y avait-il de si nul dans notre mariage pour me pousser à échanger Richard contre *ça* ? Richard avait au moins l'habitude de m'apporter *mon* café au lit le matin, lui ! Il lui arrivait aussi de préparer mon petit déjeuner le dimanche et de me le servir avec tous les journaux… encore que, en y repensant, c'était seulement les dimanches où il avait prévu de filer au boulot.

David me crie de loin :

— Un café avec triple dose de lait. Et dis bien au mec d'utiliser du lait écrémé.

L'aube peine encore à se lever, autant dire que les chances de trouver un Starbucks ouvert sont nulles. Ce type est fou, c'est clair. Je viens de passer la nuit avec un malade mental.

Je lui lance :

— D'accord!

Puis je rassemble mes affaires, j'enfile mon jean Earl et mes sandales Gina, et je ferme la porte de son squat de célibataire. A 5 heures du matin, c'est toujours l'obscurité et je dois rejoindre une grande artère pour essayer de trouver un taxi. Et c'est en marchant en direction de Wandsworth Bridge Road dans la lumière naissante de l'aube, en ce mois de mai, que j'ai un flash. J'ai fini par atteindre le point de non-retour.

Lorsque je grimpe dans un taxi quelques instants plus tard, je ne suis pas seulement en train de fermer la porte sur David ou sur Fulham. Je termine un chapitre entier de ma vie, un chapitre intitulé « Aventures d'un soir ». La coupe est pleine!

Lorsque j'ouvre la porte de mon minuscule appartement, Lily est là. La lumière commence à filtrer à travers les stores entrouverts. Je prends ma petite lapine dans mes bras et j'embrasse son petit nez rose. Mais elle se tortille pour échapper à mon étreinte. Elle veut sa promenade.

Je la fourre dans son sac et je fais un saut jusqu'à Berkeley Square. Les portiers en uniforme d'Annabel, un autre club privé de Londres, sont habitués à cette fille avec son lapin qui adore escalader la grille. Ils me regardent sortir Lily du sac pour son jogging matinal rituel. Je me laisse tomber sur un banc dédié à un type qui a vécu de nombreux moments de bonheur ici même et je me mets à réfléchir sur mon existence. Une réflexion de fond.

La fatigue commence à m'envahir, mais en regardant Lily gambader à droite à gauche et se frotter avec délices aux pieds de chaise, aux arbres et tout ce qu'elle peut trouver sur son chemin tout en grignotant de l'herbe, je repense à Richard. C'est lui qui m'a offert Lily pour fêter notre premier mois de mariage. A l'époque, nous avions encore notre maison, et Lily avait son petit clapier personnel. Je parlerais même de résidence…

Comment se fait-il qu'en évoquant le passé tout me semble plus grand, plus joyeux et tellement mieux que maintenant ?

# 4

*Bien que considérée comme une femme de grande beauté par les gens de son époque, Henrietta refusait de faire peindre son portrait, car un tel portrait serait la somme des impressions et des souvenirs laissés derrière elle. Son aversion de l'art du portrait venait sans doute de l'habitude qu'avait son père de tirer dans les yeux des ancêtres qu'il n'aimait pas. Henrietta écrivit cependant un livre intitulé* Tiens ton verre comme un poème *qui connut un énorme succès durant plusieurs « saisons », même s'il n'a jamais été réimprimé après sa mort.*

*Mais l'œuvre de lady Posche que l'on retiendra le plus fut sans conteste la somptueuse résidence londonienne qu'elle convainquit son mari de construire. La Posche House devint bientôt le centre d'intérêt de toute la bonne société de Londres. Une invitation à l'une des fêtes données par Henrietta était beaucoup plus prisée qu'une invitation au palais. Ses fêtes étaient connues pour durer jusqu'à l'aube. Parfois même, elles se poursuivaient durant des jours entiers.*

Passage secret vers le passé :
*Biographie de Lady Henrietta Posche*
Par Michael Carpendum

Richard et moi nous sommes rencontrés à la Posh House quelques années après mon embauche. Pourtant, Richard n'avait rien de ces types snobs qui fréquentaient les cercles huppés de la ville. C'était un garçon ordinaire, si ce n'est qu'il possédait assez d'argent pour se permettre de payer les 1 500 £ de droit d'entrée – plus la cotisation annuelle de 1 500 £ – et cette sorte d'insolence des gens pleins aux as que l'on retrouve chez tous les membres du Club. A cette époque, je n'étais pas encore responsable senior de l'événementiel, juste responsable des relations publiques.

Richard possédait une start-up Internet qui marchait très bien. Six semaines après notre rencontre, après avoir pris sa petite dose habituelle de drogue, il m'a fait sa demande en mariage. J'ai passé cet épisode sous silence… celui de la drogue, j'entends. Mon père n'aurait pas cessé de faire des blagues douteuses pleines de sous-entendus.

Martin et Kitty aiment à se croire branchés en ce qui concerne ce genre de choses.

Mes parents sont branchés et larges d'esprit.

Martin a tout de suite sympathisé avec Richard. Kitty aussi l'adorait, mais je pense qu'elle n'aurait pas été très chaude d'apprendre qu'il avait un sérieux penchant pour la drogue. Elle m'aurait sorti un truc du genre : « Les drogues et la passion ne font pas bon ménage. » A dire vrai, je n'étais moi-même pas ravie, mais Richard et moi nous entendions tellement bien par ailleurs ! Et puis je préférais avoir un mari avec quelques vices plutôt que d'avoir à l'écouter me faire la lecture du *Financial Times* pendant le petit déj ! Ce qu'il faisait rarement, je dois le dire.

Non, plus j'y pense, moins je comprends pourquoi notre amour a fini par un divorce. Richard était vraiment gentil et généreux. Qui n'apprécie pas les beaux cadeaux ? Non, je plaisante, enfin… en partie. Non, sérieusement, je ne cours pas spécialement après les hommes riches, je trouve agaçante leur propension à croire qu'ils ont tous les droits. Sortir avec un mec atteint du syndrome « Je me crois tout permis », c'est comme aller à une cérémonie de remise de prix couronnant l'Ego de l'année ! Dès le premier rendez-vous, on entend un bruit de tambours tandis qu'on passe en boucle un résumé de la vie et des exploits de son cher nominé pendant toute la soirée.

Moi, les hommes que je préfère, ce sont ceux qui ne font pas de chichis, qui me font rire et qui ne comptent pas mentalement le prix du moindre cadeau. J'aime aussi qu'ils soient en pleine forme et qu'ils aient plein de cheveux sur la tête. Richard a eu la meilleure note sur tous les plans, avec une mention spéciale pour son aptitude à me faire rire. Il débordait d'enthousiasme et il avait une telle énergie vitale – conjuguée à une capacité hors normes à rire de tout – que je me sentais comme emportée par un ouragan. Il vivait chaque jour comme si c'était le plus important de sa vie, et j'adorais ça. Il me disait toujours : « Il faut profiter de chaque instant, Lolly ! » C'est ce qu'il faisait avec moi en me lisant des poèmes au petit déj ou en débarquant avec des céréales, un bol, du lait, du sucre et une cuiller le lendemain d'une journée harassante, alors que j'étais convaincue que rien ne pourrait me dérider…

Richard me faisait croire que tout se passerait toujours bien, que le lendemain serait encore mieux que la veille et que les choses les plus ordinaires pouvaient être extraordinaires.

N'allez pas en déduire qu'il était nul au lit ! Il n'était peut-être pas aussi athlétique que ce David, mais il y avait une véritable alchimie entre nous que je n'avais jamais connue avant, et que je n'ai jamais retrouvée depuis. Pour un type qui travaillait dans le domaine de l'Internet, il en connaissait un rayon sur toutes les positions du *Kama Sutra*.

Ce qui est drôle – enfin, façon de parler – c'est que, un an après notre mariage, j'ai dit à tout le monde (y compris à Richard) que je demandais le divorce parce que la passion avait disparu. J'imagine qu'à part pour mes parents mon explication a dû paraître un peu mince. Aujourd'hui, en tout cas, c'est comme ça que je le ressens. Mais, à l'époque, il faut croire que je misais un peu trop sur la passion…

Kitty et Martin en sont responsables pour beaucoup.

Mais ce n'était pas seulement la passion qui s'était envolée. Nous nous disputions sans arrêt, notamment parce que sa start-up avait fait un bide et qu'il avait tout perdu. Je dis bien *tout*. Nous avons dû vendre notre magnifique maison de Chelsea, y compris la résidence de Lily. Nous avons dû aussi changer nos habitudes, troquer nos voitures pour le métro. J'ai recommencé à travailler à la Posh House et j'ai laissé tomber les cours de décoration d'intérieur que Richard m'avait demandé de suivre pour transformer notre maison en salle de réunion pour ses collègues de bureau. Ce n'est pas ça qui m'a coûté le plus – ces cours étaient totalement nuls. Mais la maison et les voitures m'ont beaucoup manqué.

J'aurais pu facilement supporter les disputes, la pauvreté, les trajets debout dans le métro pour aller bosser et même la drogue, si j'avais été convaincue que Richard m'aimait toujours. Oui, si j'avais été sûre de rester numéro un dans son cœur, j'aurais pu tout accepter… Seulement voilà, la passion s'était envolée, sans grand espoir de retour. En fait, après le dépôt de bilan de sa boîte, j'ai eu l'impression de devenir le cadet de ses soucis. Quand les gens me demandaient pourquoi nous avions rompu, Richard et moi, je disais toujours que « la passion était morte ». Ça peut paraître un peu superficiel, comme explication, mais j'y croyais. Enfin, il me semble.

Aujourd'hui, j'en suis beaucoup moins sûre.

Après avoir passé deux années à sortir avec d'autres hommes, je ne suis plus sûre de rien. J'aurais préféré rencontrer Richard par hasard et passer la nuit à regarder la télé avec un plateau repas sur les genoux plutôt que de passer la nuit à réviser le *Kama Sutra* avec mon tout dernier joujou d'un soir…

A Londres, le circuit des « bons coups » est un peu comme la ligne de métro qui fait le tour de la ville, la fameuse Circle Line. Ce n'est pas forcément une partie de plaisir, mais on avance, jour après jour. On rêve de s'asseoir, mais on s'habitue à rester debout, accroché à une poignée. En fin de compte, c'est plutôt sinistre, et je finis par me dire que j'ai envie d'autre chose que le célibat. Pour retrouver tout ce que je partageais avec Richard.

Voilà ce qui me passe par la tête ici, à Berkeley Square, tandis que l'aube éclaire le ciel et que Lily grignote un peu d'herbe. Ça fait des siècles que Richard et moi ne nous sommes pas adressé la parole. Tout en observant Lily, je commence à imaginer des prétextes pour lui passer un coup de fil. Je pourrais lui parler du nouveau sac de voyage de Lily ou de ma promotion au boulot. Ou lui raconter que Kitty a acheté à Martin pour son anniversaire une montre à gousset de l'époque napoléonienne. Richard a toujours fait semblant de s'intéresser au hobby de mon père… Enfin, j'espère qu'il faisait semblant. Parce que, franchement, avoir une passion quasi obsessionnelle pour les pendules et les montres françaises anciennes, ce serait plutôt pathétique pour un trentenaire, non ?

Plus je me mets dans la tête de l'appeler, plus l'idée me paraît sensée. Je dirais même que tout à coup, il me semble impensable de ne pas le faire ! Naturellement, pas question de lui dire que je l'ai vu hier soir. Non, je jouerai les filles désinvoltes, décontractées. Totalement zen.

Et puis zut ! Je n'ai pas besoin de faire semblant.

Ni de me chercher un prétexte.

C'est mon ex-mari, après tout. Celui qui est censé avoir été l'Amour de ma vie !

Nous avons échangé des promesses de mariage et il a gravé mon nom dans sa tête de lit ! C'est seulement maintenant que je prends conscience de raisonner comme Kitty.

Une femme n'a pas besoin de trouver une excuse pour

appeler son ex-mari. J'empoigne Lily et je la remets dans son sac de voyage, puis j'escalade de nouveau la grille. Dès que je me retrouve dans mon appart de Grosvenor Street – une adresse super, mais croyez-moi, c'est la mort de toutes les réglementations sur les droits de l'homme en terme d'espace vital – je décroche mon téléphone et j'appuie sur la touche rapide correspondant au portable de Richard. Il est toujours sur la touche 1. C'est triste, non ?

Lily est sur mes genoux et se fait allègrement les dents sur mon jean sans aucun état d'âme. Il est 6 heures du matin, je sais que c'est un peu tôt, mais Richard a toujours été un lève-tôt. En plus, j'estime que mon statut d'ex-épouse m'autorise à l'appeler à cette heure-là.

Il décroche à la première sonnerie, ce que je considère comme un heureux présage.

— C'est toi, chérie ?

Oh, mon Dieu, il a su que c'était moi avant même que j'appelle… Peut-être rêvait-il de moi ? Je n'en reviens pas.

Il est possible qu'il m'ait vue, lui aussi, hier soir à la Posh House, mais peut-être était-il trop gêné pour venir me dire bonjour…

Et si la dispute dont j'ai été témoin entre lui et la grande sauterelle était une scène de rupture ?

Après tout, le baiser sur le front était peut-être un baiser d'adieu, dans le genre « j'aimerais que nous restions bons amis, mais je n'arrive pas à oublier mon ex »…

Je réponds d'une voix exagérément sensuelle (il a toujours trouvée ça hilarant) :

— Richaard.

Le voilà qui aboie alors au téléphone :

— Excusez-moi, mais qui êtes-vous ?

On peut dire que je tombe de haut ! Même Lily a l'air choquée. Elle saute par terre et s'assied sur mes pieds en me regardant d'un air malheureux.

Bon, d'accord. Ça s'annonce moins facile que je ne le pensais.

— Richard… c'est, heu… c'est *moi.*

— Moi ? Mais, bon sang, qui êtes-vous ?

Maintenant, il est carrément furieux.

Comment ça, « qui êtes-vous » ? A qui croyait-il parler ? Je suis sa femme, enfin, son ex-femme. J'ai été Mme Richard Arbiter Bisque et, à ce jour, la seule femme à qui il ait jamais dit « oui ». Alors entendre « bon sang, qui êtes-vous ? », ça passe plutôt mal !

Mais je ne vais pas abandonner. C'est l'engagement de toute une vie qui est en jeu, et mon bonheur. Je me ressaisis et lui dis d'une voix pleine d'humilité :

— Heu… c'est moi, Lola.

Il change immédiatement de ton.

— Lolly ? Merde ! Désolé. Tu vas bien ? Un problème ?

Comment se fait-il que, lorsqu'on appelle un ex, il s'imagine aussitôt qu'il vous est arrivé malheur ? C'est vrai que, dans les dix mois qui ont suivi notre rupture, je l'ai fait venir pour changer mes ampoules, faire la chasse à l'araignée dans mon évier et m'aider à déplacer des meubles. Mais, excusez-moi, nous avons pris des engagements l'un envers l'autre le jour du mariage ! « Pour le meilleur et pour le pire », ce n'est quand même pas rien… On ne peut pas décider de se désengager comme ça, du jour au lendemain.

Je lui réponds avec une pointe d'agacement dans la voix :

— Mais non, ça va. Je peux bien appeler mon ex-mari pour bavarder un peu, non ?

C'est le moment ou jamais de lui rappeler que nous avons été mariés.

— Oui… sûrement, enfin je suppose. Mais pourquoi ? Lola, tu es *certaine* que tout va bien ?

— Mais naturellement… ! Pourquoi veux-tu que ça n'aille pas ? Je suis au top. Je me suis défoncée à la gym et je tiens vraiment la forme. Côté boulot, ça marche du tonnerre. Charlie vient de me nommer responsable senior de l'événementiel. J'ai même un bureau à moi et des cartes de visite avec une écriture tout en spirales et en volutes. Oh, j'allais oublier : Lily a hérité d'un nouveau sac, le tout dernier modèle YSL, tu sais, celui avec la rose… Comme il est blanc, on repère plus facilement ses crottes. Euh, désolée, je voulais dire ses déjections.

— Lola, il est 6 heures du matin !

Bon, d'accord. Ce n'était peut-être pas une bonne idée de l'appeler aussi tôt. Du coup, mon moral en prend un coup. Lily Marlene abandonne mes pieds et commence à renifler sa litière. Elle a bien pris l'habitude d'y faire ses besoins.

Je prends la direction de mon minifrigo (dans mon appartement, tout est miniature) pour chercher une carotte que je découpe en morceaux, le téléphone coincé entre mon oreille et mon épaule.

Dès qu'elle en a fini avec sa litière, Lily s'approche en sautillant des morceaux de carotte et commence à mordre dedans avec une satisfaction évidente. Si seulement j'étais comme elle ! Un rien suffit à son bonheur : une carotte à manger, quelques gambades dans le parc et un pied de chaise pour le fun… Oui, ce serait génial de pouvoir me contenter d'aussi peu.

— Tu as raison, Richard. Ce n'était pas une bonne idée.

— Mais non, Lolly, je suis désolé, ce n'est pas ta faute. C'est moi.

— Tu sais que cette fois, c'est toi qui m'inquiètes ? C'est exactement la phrase que j'ai dite avant notre séparation.

Mais Richard n'est décidément pas d'humeur à rire.

— Je viens d'avoir une prise de bec sérieuse avec Sally. Il se peut même que ça se termine par une rupture. Quand le téléphone a sonné, j'ai cru que c'était elle. Je l'ai rappelée sur son portable, mais elle l'avait éteint.

Si j'en juge au ton de sa voix, il doit être en train de se passer la main dans les cheveux. Il fait toujours ça, quand il s'affole ! A l'époque où sa boîte s'est cassé la figure, j'ai bien cru qu'il allait se retrouver chauve !

Je n'apprécie pas beaucoup sa réaction. Je suis là, à essayer de trouver un moyen de ranimer la flamme, et monsieur se ronge les sangs pour une autre ! Mais je réussis à rester zen. C'est mon job à la Posh House qui m'a appris ça. Quand tout se met à foirer… et que ça devient vraiment sérieux – ce qui est la règle, il faut bien le dire –, il est plus important que jamais de garder la tête froide, de rester calme.

— Je ne savais pas que tu étais toujours avec Sally. Je croyais que vous aviez rompu.

Richard me répond d'une voix nettement moins zen que la mienne.

— Non. Ça, c'était l'autre Sally, Sally Grant. Mais je sors depuis trois mois avec une autre Sally.

J'ai dû appuyer là où ça fait mal car, maintenant, il est carrément furieux.

Mieux vaut ne pas le contrarier. Je change de registre en jouant la carte de l'humour.

— Ça te fait combien de Sally à ton tableau de chasse ?

La réponse est cinglante.

— Ça veut dire quoi ? Le nom n'a rien à voir là-dedans. Je l'aime vraiment, Lolly. Ça me fait vraiment ch…, tu sais, on s'entendait si bien ! J'ai cru que c'était la bonne. Cette fois, je suis amoureux. Très, très amoureux, si tu vois ce que je veux dire.

Oui, très bien. Mes yeux commencent à se remplir de larmes.

Lily me regarde d'un air compatissant, comme si elle percevait ma peine. C'est peut-être uniquement pour avoir du rab de carottes, mais je préfère interpréter ce regard comme un signe de solidarité et de compassion.

Je ferme les yeux en repensant à la première fois où Richard m'a déclaré sa flamme.

— Je t'aime, Lolly. Comme dans les films. Comme Bogey et Bacall !

Richard a toujours adoré les vieux films, et Lily Marlene est une de ses héroïnes préférées. C'est d'ailleurs pour ça que nous avons donné son nom à ma lapine.

Je reste silencieuse. Je sens une larme couler le long de ma joue et j'ai la gorge sèche.

Inconscient de ce qui se passe, Richard en remet une couche.

— On s'est disputés, pour une broutille, vraiment. A cause de la drogue… Je ne suis pourtant pas un drogué, tu le sais bien. J'en ai juste pris un peu avec Kev en souvenir du bon vieux temps. Tu me comprends, toi.

A propos, est-ce que je vous ai parlé de mes engueulades avec Richard à cause de la drogue ? A l'époque où nous nous sommes rencontrés, tous les gens branchés avaient fait ce genre d'expérience au moins une fois, tous… sauf moi. Il est clair que rester zen et prendre de la drogue, c'est inconciliable. Mais les temps changent, et lorsque – comme Richard – on voit disparaître sa société, on commence à devenir adulte et à se remettre en cause.

Richard, lui, n'a jamais remis ses habitudes en cause. Et quand les choses ont vraiment tourné au vinaigre entre nous, j'ai commencé à douter qu'il puisse le faire un jour.

Il continue à enfoncer le clou.

— J'ai cru que c'était Sally.

— Pas étonnant puisque la plupart de tes conquêtes s'appellent Sally !

Du coup, il éclate de rire et me dit que je lui manque. Comme ça, sans prévenir.

— Si tu savais ce que tu me manques, Lolly !

Mon cœur s'emballe, mais je reste circonspecte.

— Toi aussi tu nous manques. Je parle de Lily.

— Lily… ?

— Lily Marlene… notre petite lapine.

— Ah, oui ! Excuse-moi, je l'avais oubliée.

Il a oublié Lily… C'est pourtant lui qui me l'a offerte pour fêter notre premier mois de mariage ! Je ne dis rien, mais je n'en pense pas moins.

— Dis-moi, Richard, qu'as-tu fait à cette pauvre Sally pour qu'elle parte en courant en pleine nuit ?

C'est fou ce que je suis zen, quand je veux !

— Elle m'a demandé de vivre avec elle.

— Toi ?

— Non, le facteur ! Bref, j'ai pété les plombs et elle est partie en courant.

— Mais pourquoi as-tu pété les plombs ? Je ne comprends pas.

— Eh bien, vivre avec quelqu'un, c'est… une grave décision. Nous ne nous connaissons que depuis trois mois.

— Tu m'as bien demandée en mariage au bout de six semaines !

Je jubile intérieurement. Ça doit transparaître dans ma voix.

— Je sais, mais toi, tu étais différente.

*Yes !* Je lance (mentalement) un poing victorieux en l'air. Bien sûr que je suis différente, je le savais ! Il m'aime toujours, il a toujours envie de moi. J'ai eu raison de l'appeler.

J'entends sa respiration à l'autre bout de la ligne. Je l'imagine allongé, nu, sur son lit, le téléphone à la main. Il a complètement occulté le nom même de Sally. Un bien joli rêve… qu'il s'empresse de briser en quelques mots.

— Nous étions jeunes et j'avais pris ma dose. Et puis j'ai bien retenu la leçon. Je sais ce qui arrive quand on précipite les choses.

Charmant ! Notre histoire d'amour n'est pour lui qu'une erreur de jeunesse due à la précipitation et à la drogue !

— Mieux vaut se précipiter que le faire sous la contrainte.

Mon ton amer n'a pas dû lui échapper.

— Désolé, Lolly, mais tu vois ce que je veux dire.

— Très bien, oui.

En fait, je n'en suis pas si sûre. Lorsque nous nous sommes séparés, au début, c'était temporaire. Juste un petit break. Je lui ai dit que j'avais besoin de me retrouver seule, mais en vérité, je ne savais pas très bien ce que je voulais. J'avais juste besoin de faire cesser toutes ces disputes. Nous avons passé les premiers mois de notre séparation à nous hurler dessus et à nous disputer comme des chiffonniers, tantôt chez lui, tantôt chez moi. Il nous arrivait même de faire l'amour. A la réflexion, je crois bien que nous l'avons fait plus souvent immédiatement après notre séparation que pendant les trois derniers mois de notre mariage. Mais au bout d'un moment, mes amies ont mis le holà.

Lorsque la start-up de Richard a plongé, il n'a pas seulement perdu sa chemise – ses dettes sont devenues les miennes. J'avais beau savoir qu'il faisait tout ce qu'il pouvait, mes amies et ma famille n'en revenaient pas qu'il ait pris autant de risques. Ils n'acceptaient pas le fait que Richard soit financièrement dépendant de moi pendant qu'il essayait de renflouer sa boîte. Moi, je m'en fichais. Je savais qu'il m'aimait et j'étais heureuse de lui faire confiance, de le laisser rêver. Kitty et Martin m'ont proposé de m'aider, mais nous avons refusé d'un commun accord.

— Ou nous nous débrouillerons tout seuls comme des grands, ou nous coulerons ensemble.

Finalement, nous avons coulé.

Ironie du sort, dix mois après notre rupture, sa boîte a fait une percée sur le marché et Richard a pu me rembourser. Mais, à l'époque, tout ça ne nous semblait pas important.

Et puis la décision provisoire de divorce est venue à son terme, le divorce définitif devant être prononcé dans un délai de six semaines. Et nous avons tous les deux tourné la page.

Lily fait des sauts de cabri pour que je la prenne dans mes bras. Elle a droit à un gros câlin.

— Excuse-moi, Lolly, mais j'ai un autre appel. Dis-moi, et si on se voyait, un de ces jours ?

Il espère que l'appel émane de Sally, je le sens à sa voix. Mais je lui réponds :

— Pourquoi pas ? Que dirais-tu de ce soir ?

Il a déjà raccroché.

# 5

*Lorsqu'on lit les lettres de lady Posche, il est évident que son mariage avec Charles – couronné de succès à plus d'un titre (ils ont eu trois enfants) – ne réfréna en rien son ardeur pour Edward. On sait maintenant qu'elle fit construire un escalier secret menant à sa chambre afin qu'Edward puisse la rejoindre la nuit, après avoir cédé à sa passion du jeu.*

*La Posche House fut bâtie par un éminent architecte, sir Richard Ables, un homme d'honneur très respecté. C'est lord Posche qui le payait, mais le charme d'Henrietta était si puissant qu'elle réussit à convaincre sir Richard de ne pas faire figurer l'escalier secret sur ses plans.*

*Edward était devenu si pauvre qu'il vécut à la Posche House pendant pratiquement tout le temps du mariage d'Henrietta. Et il semble que lord Posche se soit accommodé de la situation durant des années, peut-être même en tirait-il un certain plaisir. Plus intéressant encore, tout pousse à croire – d'après les archives et les anecdotes de l'époque – que la société londonienne ne soupçonna jamais la liaison d'Henrietta et d'Edward.*

*Apparemment, la seule personne à qui lady Posche ait confié son amour secret pour Edward fut sa sœur Elizabeth.*

Passage secret vers le passé :
*Biographie de Lady Henrietta Posche*
Par Michael Carpendum

Après avoir profité d'un bon petit somme – un véritable luxe, si vous voulez mon avis –, je partage avec Clemmie mon café du petit déjeuner… en fin d'après-midi. Nous nous débrouillons toujours, Clemmie et moi – ou Elizabeth et moi – pour nous accorder cette petite pause avant que je me remette au travail. Nous en profitons pour parler boulot, mecs, mode et santé… nos sujets de conversation habituels. Clemmie a une approche très pragmatique de la vie, avec un sens de l'organisation qui confine presque à l'obsession. Comme elle a tendance à s'énerver facilement, elle ne donne pas l'impression d'être un monstre de sang-froid, mais elle gère quand même soigneusement tous les imprévus dans tous les domaines. Il y a des moments où je me dis que c'est pour ça qu'elle n'est jamais tombée amoureuse. Il y a des choses qui ne se planifient pas… Et puis le seul fait de « tomber » amoureux implique pas mal de tergiversations, d'hésitations. C'est d'ailleurs ce que je lui dis.

Ce à quoi elle rétorque :

— Tu es cinglée, Lola.

Ce qui n'est pas forcément agréable à entendre.

Si j'ai voulu la voir aujourd'hui, c'est pour lui parler de

Richard. De toutes mes amies, c'est d'Elizabeth que je me sens la plus proche, mais je sais très bien que mon envie soudaine de ranimer la flamme avec mon ex-mari ne recevra pas un accueil enthousiaste de sa part. Elle n'a jamais aimé Richard… Clemmie non plus, d'ailleurs… mais c'est Elizabeth qui a toujours été la plus convaincante pour me dissuader de rester avec lui. Et je n'ai aucune envie d'entendre le même refrain aujourd'hui.

— Clemmie, j'ai vraiment besoin que tu m'aides. J'ai un dilemme…

— Si je peux faire quelque chose… C'est un problème de boulot ?

— Non, de mec. Je crois que j'ai envie de retourner avec Richard.

La voilà qui pouffe, un vrai rire de gamine. En général, je trouve ça adorable, mais pas maintenant. Je lui dis que je ne vois pas ce qu'il y a de drôle.

— Excuse-moi, je pensais juste à Kitty et Martin : mariage, divorce, puis remariage, re-divorce… Vous avez un petit côté Henry VIII, dans la famille !

— Sauf que personne n'a été décapité. Et puis Richard et moi ne nous sommes mariés qu'*une* fois.

Elle pose sur moi ses grands yeux pervenche.

— Mais alors… tu parlais sérieusement ?

— Je crois, oui.

— Mais d'où t'est venue cette idée ? Je n'y comprends rien. Tu n'en parlais plus depuis longtemps, et voilà que tout à coup, tu tombes sur lui et sa petite amie et tu te mets à avoir des doutes. Pourquoi ?

Juste à ce moment-là, une serveuse ronchon au visage rougeaud nous apporte nos cafés. J'y vais de mon plus gracieux sourire, celui que j'ai mis au point à la Posh House en côtoyant des milliers de clients qui passent leur temps à se plaindre de tout : des peintures du plafond à la lumière dispensée par les lustres en passant par la taille ou le nombre de bulles dans le champagne Cristal qui leur est servi. Eh oui, il y a des gens qui tiennent ce genre de comptabilité ! Le comptage des bulles devient même un passe-temps très prisé. Je parie que Tiffany va sortir des boucles d'oreilles en forme de bulle pour les prochaines fêtes de Noël.

Je sais très bien que cette serveuse nous déteste toujours autant, mais elle est décontenancée par mon amabilité et finit par s'éclipser.

Clemmie fait rouler ses boucles sous ses doigts. Elle ouvre de grands yeux ronds, toujours sous le choc.

— Tu disais donc que Richard…

— Oui, Richard. Pourquoi est-ce si surprenant ? Après tout, nous avons déjà été mariés.

— Lolly, tu débloques complètement. En as-tu parlé à Elizabeth ?

— Non. Je sais déjà ce qu'elle va dire et je ne sais vraiment plus où j'en suis.

Je baisse d'un ton pour lui faire comprendre que je suis très sérieuse.

— Et si je m'étais trompée quand j'ai divorcé… ?

Clemmie tombe des nues.

— Mais… tu n'as pas pris la décision seule ! Vous avez été deux à la prendre, non ?

— Mmm. Je n'en suis pas si sûre.

Je tourne ma cuiller pour mélanger la mousse à mon café. Je ne supporte pas de me retrouver avec une moustache quand je bois un cappuccino. Mais, d'un autre côté, je préfère le cappuccino au café au lait parce qu'il y a un côté voluptueux à jouer avec ces petits nuages de mousse et les faire disparaître.

— Comment ça, tu n'es pas sûre? Tu as bien signé des papiers et fait appel à des avocats, non? Nous en avons discuté je ne sais combien de fois autour d'un Martini à l'époque où tu te posais la question : « Est-ce que c'est la bonne décision ? » Tout ça pour être vraiment *certaine* de faire le bon choix. Nous étions toutes au bord de la cirrhose quand tu as enfin compris que c'était vraiment, vraiment ce que tu voulais.

La voilà qui se fiche de moi, maintenant. Moi qui espérais qu'elle prenne les choses au sérieux! Elle est aussi redoutable qu'Elizabeth et ça ne me plaît pas du tout!

— Mais c'est justement ça, le problème. Je me dis que si j'ai mis tant de temps à prendre ma décision, c'est peut-être parce que je n'étais *pas sûre* de moi... Si j'hésite aujourd'hui, c'est parce que j'avais déjà des doutes à l'époque.

De toute façon, chaque fois que je dois prendre une décision importante dans ma vie, j'ai toujours des doutes.

Je me souviens de la première fois où on m'a laissée choisir mes nouvelles chaussures pour aller à l'école. Martin n'arrêtait pas de me demander : « Tu préfères des boucles ou des lacets? » A l'époque, Kitty et lui s'acheminaient vers leur premier divorce. Jamais je n'oublierai la pression que je me suis mise toute seule! Est-ce que les autres filles vont rigoler si je porte des chaussures à boucles? Est-ce qu'elles ne risquent pas de penser que je suis incapable de nouer mes lacets ? Pourtant les boucles, c'est tellement joli…

Martin m'a demandé :

— Tu as bien eu un coup de cœur, non ?

Tu parles ! Je n'avais que cinq ans, mais j'ai fait de mon mieux pour écouter « la voix du cœur ». Il faut dire que mon père commençait à s'impatienter… Les boucles étaient brillantes, mais d'un autre côté j'étais assez grande pour attacher mes lacets toute seule ! Et ça, je rêvais d'en faire la preuve.

J'avais beau essayer, impossible de me décider. C'est donc Martin qui a pris la décision pour moi.

Il a choisi les boucles.

Naturellement, j'ai été la risée de mes copines de classe pendant tout le trimestre, mais Kitty et Martin ne s'en sont même pas aperçus. Ils étaient bien trop occupés à gérer leur premier divorce.

Prendre une décision me traumatise. Pour Kitty, tout repose sur la passion. Chaque fois que je remets le sujet sur le tapis, elle me dit : « Si tu avais eu un coup de foudre pour ces boucles, tu te serais pas mal fichue de l'avis des autres. » Pourquoi reparler de tout ça, d'ailleurs ? Je n'en ai aucune envie et pourtant, à chaque week-end que je passe chez mes parents, il faut que j'en parle ! Lorsque le dimanche arrive, je ne suis plus en possession de toutes mes facultés.

Pour en revenir à mon mariage, Richard et moi avons été *d'accord* pour divorcer, mais s'agissait-il bien d'une décision ? N'était-ce pas plutôt une sorte de démission devant tous les problèmes causés par la faillite de la société de Richard ?

Une nouvelle déclinaison de cette vieille histoire de boucles et de lacets ?

J'aurais peut-être dû m'impliquer davantage pour sauver notre couple. La passion est-elle vraiment tout ? Ou suis-je comme ces hommes entre deux âges qui troquent leur femme contre une plus jeune, plus jolie et plus féconde ? Après tout, quand on se marie, c'est pour la vie, pour le meilleur et pour le pire… Je me demande si nous n'avons pas cédé au premier obstacle sans prendre la peine de nous donner une chance de préserver notre couple.

Je réponds à Clemmie dans un souffle :

— L'autre soir, j'ai appelé Richard en rentrant chez moi.

Clemmie pousse un cri aigu qui attire l'attention de la serveuse grognonne.

— Tu as *quoi* ?

— Ecoute, Clemmie, j'avais l'impression d'avoir fait la plus grosse erreur de ma vie !

J'essaie de lui expliquer calmement la gravité de mon traumatisme. En bonne rouquine, elle a tendance à s'exciter à la moindre provocation.

Mais elle finit par surmonter le choc et à se calmer.

— Les gens créatifs ont tendance à s'inquiéter davantage car ils ont plus d'imagination.

Sur ces bonnes paroles, elle prend un gros morceau de muffin qu'elle trempe dans son café au lait. Clemmie est capable d'avaler des muffins jusqu'à la Saint-Glinglin sans jamais prendre un gramme ! Je la regarde avec envie, plutôt furieuse qu'elle ne prenne pas mon dilemme au sérieux.

Je préfère donc en rester là et changer de sujet. Ni elle ni moi ne parlons plus de Richard. Nous réglons la note et nous partons.

Plus tard dans la soirée, nous nous retrouvons autour d'un verre avec une autre copine, Josie, très heureuse en ménage et que nous voyons rarement, à présent. Elle fait tout pour ne pas se comporter comme bonne petite épouse comblée et tient à nous faire savoir qu'être mariée à l'homme de ses rêves, c'est un peu la barbe. Emmanuel et elle se connaissent depuis la fac. Ensuite, ils sont restés des années sans se voir, puis ils sont tombés l'un sur l'autre à une biennale sur les arts à laquelle Clemmie l'a traînée l'année dernière, et… *vlan*, ils ont pris subitement conscience qu'ils étaient faits l'un pour l'autre. Comme Richard et moi, peut-être ? Je glisse la main dans le sac de Lily pour lui chatouiller les oreilles.

Clemmie reverse un peu de champagne dans le verre de Josie.

— A t'entendre, ce pauvre Emmanuel est ton geôlier.

Moi, je continue à carburer à l'eau, car officiellement, je suis toujours en service. David Bowie donne une réception au club et je suis chargée de m'assurer que tout se passe au mieux. Bizarrement, lorsque vous êtes organisatrice d'événements, les gens s'imaginent que vous avez une vie de rêve… C'est tellement glamour d'organiser des fêtes pour les célébrités ! En fait, la plupart du temps, votre réputation est en jeu et vous avez tellement peur qu'un incident se produise que vous en oubliez pour qui vous travaillez, que ce soit Robbie, Kylie ou Kate…

Surtout que les choses finissent toujours par mal tourner. Toujours. Les célébrités convient deux fois plus d'invités que prévu, et la salle devient bien trop petite pour accueillir tout le monde. Leurs assistants piquent une crise en relisant la liste des invités ; or, on ne peut pas forcer des invités à participer à une fête. Vous avez beau avoir le meilleur D.J., les petits cadeaux les plus originaux et la meilleure volonté du monde, ce sont les invités qui décident de venir ou pas.

Pour ce soir, ça n'arrivera pas. Au contraire. J'ai dû m'assurer que nous pourrions refuser l'accès des jardins aux membres du club si jamais les invités de David (Bowie) décidaient de s'échapper. Je sors mon Blackberry pour prendre des notes.

Josie est toujours en train de jouer les martyres.

— Parfois, j'ai l'impression d'être en prison. Tous les soirs, c'est le même homme que je retrouve dans mon lit, et tous les matins, le même homme qui me fait l'amour. Tous les jours, je reçois les mêmes e-mails pour me rappeler que ce même homme m'aime plus que tout au monde.

Elle éclate de rire avec Clemmie tandis que je fais mine de jouer du violon...

Lily commence à devenir intenable et, malgré l'obscurité ambiante, le personnel risque d'avoir des soupçons. Je me lève donc pour partir au moment même où Elizabeth arrive. Malheureusement pour moi, Clemmie – cette chère Clemmie, toujours aussi honnête et pleine de scrupules, fiche mon plan par terre.

Tout en léchant sa cuiller à cocktail, elle me lance :

— As-tu dit à Josie que tu avais appelé Richard ?

Aussitôt, Josie se tourne vers moi.

— Tu plaisantes, *j'espère* ?

Le ton est tel que je devine facilement sa pensée : si ce n'est pas le cas, le pire m'attend.

Je la regarde droit dans les yeux.

— Tu es bien retournée avec Emmanuel et maintenant, vous êtes très heureux. Qui te dit que la même chose ne nous arrivera pas, à Richard et à moi ?

— Je suis sortie avec Emmanuel dès la fac, c'est totalement différent. Et puis toi, tu as vécu des choses pas très drôles avec Richard : le mariage, les emprunts et tout le reste, et ça n'a pas marché. Vous n'avez même pas tenu un an !

— Mais justement, c'est là où je voulais en venir. Je ne lui ai peut-être pas laissé assez de temps pour que ça fonctionne.

Elizabeth se laisse tomber dans le box à côté de moi et me demande d'un air soupçonneux :

— Assez de temps pour que *quoi* fonctionne ?

— Je disais juste que j'ai peut-être fait une erreur en quittant Richard.

— Alors là, crois-moi : pas du tout. Est-ce que vous avez passé la commande pour moi ?

Elle pose la question comme s'il était évident que le débat était clos.

— Mais… c'est injuste ! Si on parlait de Mike et toi ?

— Tu as parfaitement raison de me prendre pour exemple. Faire l'amour avec un ex, ça te gâche la vie. Tu tiens donc tant à finir comme moi ? Un an après, je n'ai toujours pas de remplaçant.

Je m'écrie (un peu plus fort que je ne l'aurais voulu) :

— Mais qui te parle de sexe ? Je parle d'amour et d'engagement pour la vie. De passion…

Pourquoi n'y a-t-il donc personne pour me comprendre ?

Elizabeth me demande, son regard rivé au mien :

— Tu as pris les pilules de Kitty ?

Clemmie en rajoute une couche.

— C'est vrai, tu débloques complètement.

Elizabeth retire le peigne qui lui retient les cheveux et secoue sa longue crinière noire.

— Tu peux très bien faire l'amour avec un ex, mais tu ne peux pas revenir en arrière.

— Pourquoi pas ? Mes parents l'ont bien fait.

— Tes parents, au cas où tu ne l'aurais pas remarqué, sont des vrais cinglés. Ils se sont torturés l'un l'autre – toi avec, bien sûr – avec leurs mariages et leurs remariages. Ça n'a rien à voir.

Je m'obstine.

— Mais pourquoi ?

Clemmie pose la main sur mon bras et m'explique la situation gentiment.

— Kitty et Martin ont un sens hypertrophié du drame. Toi, tu es normale, enfin, *grosso modo.*

Elizabeth ajoute :

— Disons qu'elle essaie de l'être…

Tout le monde éclate de rire.

Armée de ma cuiller à cocktail, je fais tourner le glaçon et le citron dans mon eau en bougonnant.

Clemmie et Josie sirotent leur verre et aucune des deux, apparemment, n'a envie de poursuivre cette conversation. Clemmie prend une poignée d'amuse-gueule et les fourre dans sa bouche.

— Tu penses que Lily a envie d'un Twiglet ?

Je pose une main protectrice sur le sac de Lily.

— Non, c'est très mauvais pour elle.

— Se faire trimballer dans un sac YSL aussi et pourtant elle a l'air de s'en accommoder parfaitement. Allez, arrête de jouer les casse-pieds ! Laisse-la se régaler.

Avant même que je puisse esquisser le moindre geste pour l'arrêter, Clemmie glisse un Twiglet dans le sac de Lily. Je suis obligée d'aller le repêcher, sinon, c'est le dégazage assuré, et je préfère éviter !

— Ça vous ennuierait qu'on ait une petite conversation digne de ce nom sur mes doutes au sujet de Richard ?

Clemmie hausse les épaules.

— Tu as *toujours* des doutes !

— Tu l'as déjà dit.

Elizabeth ajoute son grain de sel.

— Et comme par hasard, c'est toujours quand tu rencontres quelqu'un qui pourrait t'aider à tourner la page.

Je suis indignée.

— Ça, c'est complètement faux !

— Pas du tout. Tu veux des exemples ? Soit. Macbeth, pour commencer. Tu es sortie pendant deux ans avec lui à la fac et tu l'as plaqué parce qu'il…

Clemmie pouffe.

— Parce qu'il ne s'appelait pas Macbeth !

Je réponds du tac au tac :

— Exact. Il s'appelait Hamish.

— Et puis, il y a eu Henry.

— C'est qui, ce Henry ?

C'est horrible, je n'ai plus aucun souvenir de lui.

— Pauvre Henry ! S'il t'entendait… Tu as osé sortir avec le

patron le jour même où tu as commencé à travailler. C'était une erreur.

— Ce n'était pas mon patron. C'était le chef réceptionniste, et moi, j'étais organisatrice d'événements. Nous suivions des chemins séparés jusqu'au moment où j'ai dû lui demander de régler un problème de fêtards indisciplinés qui refusaient de partir.

Clemmie vient à mon secours… à sa façon.

— En plus, il était gay, non ?

— Pas vraiment. Disons qu'il avait quelques penchants sexuels qui pouvaient prêter à confusion… mais rien de plus !

Par moments, mes copines sont presque insultantes envers les hommes que je fréquente…

— Enfin, bref. Tu l'as laissé tomber parce qu'il était gay. Et huit mois plus tard, quand tu l'as vu avec une autre fille, tu t'es soudain mis en tête de le récupérer.

— Je me suis trompée. Et alors ? Ce n'est pas un crime. Et puis au moins, ça prouve qu'il n'était pas gay.

— Revenons à Hamish. Peux-tu nous rappeler pourquoi tu l'as plaqué ?

Si seulement je m'en souvenais ! Du coup, j'improvise.

— Il… euh… il m'a trompée.

Finalement, je suis presque certaine que nos chemins se sont séparés parce qu'il n'y avait pas d'atomes crochus entre nous.

— Tu es sûre ?

J'ai soudain honte de salir le nom d'Hamish.

— Que veux-tu dire par là ? Comment être sûre à cent pour cent ? Tu aurais voulu le verdict des *Experts* ?

— Très bien. Maintenant explique-moi pourquoi tu as recommencé à le voir.

— Je me suis demandé si je ne devais pas lui pardonner. Et puis il faisait l'amour comme un dieu !

Sans aller jusque-là, disons qu'il était tout à fait à mon goût.

Clemmie hoche la tête.

— Tu es aveugle ou quoi ? La vérité, c'est que tu as commencé à te poser des questions quand il est sorti avec quelqu'un d'autre !

— Cette fille n'était qu'une roue de secours. C'est lui-même qui me l'a dit.

Elizabeth me regarde droit dans les yeux.

— Lola, tu es peut-être incapable d'analyser les faits, mais tu ne trouves quand même pas ça étrange ? Chaque fois que tu commences à te poser des questions sur la fin d'une liaison, c'est quand tu constates que le mec a tourné la page ! Tu devrais y réfléchir. Depuis que je te connais, chaque fois que tu as une relation sérieuse avec un mec, tu es persuadée que c'est le bon. Et puis tu te mets dans la tête que non, et tu le plaques. Et quand il réussit à tourner la page, tu as des doutes. C'est toujours le même schéma.

Sur ces bonnes paroles, elle boit une gorgée dans le verre de Clemmie.

Mes trois copines opinent du bonnet. Une petite voix intérieure me crie qu'Elizabeth a raison. Mais une autre voix, plus forte et plus stridente encore, se fait entendre : « Et si jamais c'était le bon ? »

Je leur traduis ma pensée.

— Et si jamais c'était le bon ?

— Lequel ?

— Richard, bien sûr !

Mes trois copines se regardent en soupirant. Clemmie pose sur moi une main protectrice.

— Peut-être n'acceptes-tu pas l'idée que tes ex tournent la page ? Après tout, c'est parfaitement naturel.

— D'autant que celui-là est un drôle de coco !

Josie tente de m'aider, mais elle est complètement à côté de la plaque.

— Tu veux un conseil ? Tourne la page, toi aussi. Et trouve ton Emmanuel à toi.

Ben voyons… C'est l'épouse comblée qui parle.

— Mais c'est justement ce que je me tue à vous dire ! Qu'est-ce qui prouve que je n'ai pas trouvé mon Emmanuel et que je ne l'ai pas laissé partir parce que j'ai eu peur de tous ces problèmes de fric ?

— Tu oublies la drogue.

— Et le fait qu'il ne t'amusait plus…

J'ignore Clemmie et Elizabeth, et je me tourne vers Josie.

— Comment être sûre que Richard n'était pas le bon ? Emmanuel et toi, vous vous êtes bien séparés, mais après, vous vous êtes retrouvés !

— La première fois que nous sommes sortis ensemble, nous avions quatorze ans. Mais nous n'avons rien fait, même pas un baiser avec la langue !

C'est alors que cette idiote de serveuse rapplique pour me dire que les chiens ne sont pas admis dans le restaurant. Comme je ne suis pas à prendre avec des pincettes à cause de l'attitude de mes copines, je réponds du tac au tac :

— Ah, bon ? Ils vous ont bien laissée entrer, *vous* !

Un ange passe… Mes copines se regardent d'un air gêné.

La serveuse me dit qu'elle va appeler le directeur, et je lui conseille de se dépêcher.

— Lola, calme-toi ! Cette fille fait juste son boulot. Tu devrais peut-être laisser tomber cette histoire avec Richard.

Elles s'empressent autour de moi comme on le fait avec un malade mental pour garder le contrôle avant l'arrivée de l'ambulance !

Elles ont toujours détesté Richard. Même lorsque je leur ai montré ma bague, elles ont fait une blague de très mauvais goût sur son poids. Elles disaient qu'il était accro à la drogue.

J'avise la serveuse qui me montre du doigt à son directeur. Je me lève.

— Bon, de toute façon, il faut que j'aille m'assurer que les préparatifs de la fête Bowie se passent bien.

Le directeur et son accorte serveuse arrivent au moment où je m'extrais avec beaucoup de difficultés du box à cause de tous mes sacs. Il faut dire que je trimballe toujours un bureau virtuel avec moi. Pour bosser dans les R.P. à Londres, il faut être hyperéquipée !

— Madame, une de nos employées vient d'attirer mon attention sur le fait que vous pourriez dissimuler un chien dans votre sac…

Alors là, je ne sais pas ce qui me prend. Ce directeur est pourtant très mignon, enfin, dans le genre homo. Mais moi qui suis toujours si polie, je lance :

— Eh bien, vous feriez mieux de dire à votre employée d'aller chez l'opticien ! Vous appelez ça un chien, vous ?

J'ouvre le sac de Lily. Elle sort le bout de son nez et ses yeux dorés clignent sous l'exposition soudaine à la lumière. Mon cœur fond en voyant ses oreilles si douces au toucher et je crois bien ne pas être la seule : le directeur sourit en lui faisant une caresse et me demande comment elle s'appelle.

Dès que je prononce le nom de « Lily Marlene », il m'embrasse, me dit que je suis adorable et formule même le souhait que je revienne bientôt avec Lily dans son établissement.

Je lance un sourire triomphant au dragon de service.

Je laisse même le directeur sortir Lily de son sac pour lui faire un câlin, et après un moment intense de fraternité homo/lapin, tout va pour le mieux.

Lorsque je m'apprête à partir, Clemmie saute de son siège pour m'embrasser.

— Débrouille-toi pour demander un autographe à David !

Elizabeth ajoute :

— Et dis-lui que je suis sa plus grande fan et que si Iman décide un jour de le plaquer, je suis partante pour recoller les morceaux.

— O.K., je vais noter ça tout de suite dans mon organiseur.

Je joins le geste à la parole. Mais à l'instant même où je sors mon téléphone, il se met à sonner.

— Lola ?

— Oui ?

— C'est Richard. Je me demandais si tu pouvais te libérer pour prendre un pot, un de ces soirs ?

# 6

*« Je suis heureuse que vous ayez renoncé à me faire des reproches et accepté de me rejoindre dans ma couche une fois encore. C'est sans doute faiblesse de ma part que d'aspirer à l'estime des autres, comme si je ne pouvais être heureuse sans. Mais certaines choses sont par tradition devenues pour moi une nécessité absolue, et la réputation en est une.*

*» Ne doutez jamais de l'inestimable valeur que vous avez, plus que tout autre, à mes yeux. Il est beaucoup plus aisé d'avoir bonne réputation que bon mari, même si je crois impossible qu'un homme puisse aimer s'il n'est pas aimé d'abord.*

*» Malgré tout l'amour que je vous porte, je ne vois pas en quoi un mariage d'amour peut valoriser une femme, pas plus que vous ne tireriez un quelconque avantage, ce me semble, à voir votre femme soupçonnée d'indiscrétion.*

*» S'il est vrai que l'amour s'épanouit dans le secret, peut-être ma discrétion vous fera-t-elle comprendre, Monsieur, l'ardeur et la sincérité de mon amour pour vous. Car, dans mon cœur, vous occupez la première place. »*

Extrait d'une lettre écrite par lady Henrietta Posche à son amant, Edward

Je propose à Richard de nous donner rendez-vous au Star Bar de l'émission *Top of the Pops*, qui aura lieu le lendemain. Je veux que Richard me voie évoluer dans mon milieu et qu'il retrouve la Lola *calme, cool, zen* dont il est autrefois tombé amoureux. Je fais souvent un saut à cette émission car, outre le fait de présenter des artistes de musique pop en direct chaque semaine à la télé, on s'ingénie à divertir les invités de marque en coulisse, pendant les pauses. Pour moi, ce bar où les *people* se retrouvent est l'endroit idéal pour tisser des liens avec les gens du business de la musique.

Charlie s'arrange toujours pour demander à son chauffeur de passer me chercher. C'est d'autant plus gentil qu'une grande partie des contacts que je prends à ce type de soirée n'apportent rien à la Posh House. Mais il est toujours important de savoir ce qui se passe et de connaître les gens qui font l'actualité musicale…

Richard ne cessait de répéter que, si certaines personnes vivent pour leur travail alors que d'autres travaillent pour vivre, moi je faisais les deux. Lorsque nous étions mariés, il m'accompagnait à l'occasion pour assister à l'émission. Au début, il faisait mine de ne pas être impressionné par les célébrités que je lui présentais, mais plus tard, lorsque j'ai pris conscience qu'il l'était, j'ai cessé de l'emmener. Il commençait à devenir suffisant avec tout le monde et ça devenait très gênant.

Mais, aujourd'hui, je chasse ces souvenirs de mon esprit pour n'en garder qu'un : la première fois qu'il est venu avec moi, et que *No Doubt* était numéro un au top 50. Je me souviens que dans le taxi qui nous emmenait jusqu'aux studios, nous nous tenions la main et que nous nous sommes pelotés pendant toute l'émission.

Je passe le prendre devant sa maison de Notting Hill. Enfin, c'est ce qu'il prétend car le « Londres de A à Z » la situerait plutôt à Shepherds Bush… Mais j'ai noté l'adresse qu'il me donnait en ignorant superbement la pointe d'agacement que sa prétention faisait naître en moi, et je lui ai dit d'un ton joyeux que je passerais à 18 h 30.

Il a dit « d'accord » et il a raccroché. Si ce « d'accord » est une expression très banale pour la plupart des gens, pour moi, elle revêt une signification spéciale que j'ai découverte à force d'analyses et de recherches psychanalytiques. En fait, elle est lourde de sens et plus chargée de promesses d'amour que n'importe quel autre mot dans la bouche d'un homme. Le pouvoir de suggestion est tel que j'ai l'impression d'avoir entendu : « D'accord ! Marions-nous ! »

Je pensais passer des heures à me faire belle pour nos retrouvailles, mais les choses ne se déroulent pas tout à fait comme je l'avais prévu. Pour commencer, je me réveille à 14 h 30 et comme nous sommes vendredi, le salon de beauté d'Elizabeth Arden en bas de mon immeuble, le Red Door, affiche complet. Au bord de la panique, je fais un cirque pas possible pour choisir ma tenue… La pauvre Lily sort de ma séance d'essayage presque aussi traumatisée que moi ! Je finis par choisir des sandales Jimmy Choo couleur chair (rose souris pour Kitty), un jean Voyage et, pour en mettre plein les yeux, un haut pailleté de chez Top Shop. Puis je range mes produits de maquillage dans une minuscule pochette garnie de perles et je fonce à la Posh House pour être d'attaque, prendre une bonne douche et bavarder avec Charlie.

Nous sommes assis dans le jardin à regarder Lily faire son numéro de frotti-frotta sur les jambes des membres du club, tandis qu'un des serveurs apporte à Cinders un bol d'eau. Charlie me demande si j'ai besoin d'un petit remontant.

— Non, merci. Je dois garder les idées claires.

— Ma chère, j'aurais préféré que ce soit quelqu'un d'autre qui vous le dise, mais vous avez mis du fard vert sur une paupière et du rose sur l'autre. Ce soir, vous êtes loin d'avoir les idées claires !

Et il fait signe au serveur d'apporter deux verres.

Lorsqu'il me demande pourquoi je suis paniquée à ce point, je craque.

— Si vous saviez… C'est à cause de Richard.

— Qu'est-ce qu'il a encore fait, celui-là ? On peut toujours l'exclure du club pour comportement illicite.

Bien que sa réponse ne me plaise pas outre mesure, je ne peux m'empêcher de rire.

— Sérieusement… je crois bien que je suis toujours amoureuse de lui.

— Ah, bon ?

Charlie m'a l'air un peu déconcerté, ce qui n'est guère

surprenant puisqu'il a été témoin de la scène d'hier avec la grande perche blonde.

Je le rassure.

— Je ne crois pas que son histoire avec cette blonde soit sérieuse.

— Elles le sont rarement, avec lui !

Charlie pousse un soupir comme s'il était au courant.

Je suis contente de pouvoir parler librement avec quelqu'un de ma flamme nouvelle pour Richard. Ça change des copines qui ne sont pas toujours très tendres avec moi.

— Charlie, si vous saviez… Je n'arrête pas de penser à lui. Je me demande si je n'ai pas fait une énorme bêtise en demandant le divorce.

— Je croyais que vous vous étiez séparés d'un commun accord…

— Le consentement mutuel, qui peut dire si ça existe vraiment ?

Je ne trouve rien de mieux à dire, mais Charlie s'abstient de tout commentaire, ce qui est très courtois de sa part. Quand vous vous attendez à recevoir une leçon de morale, le silence est très réconfortant. Nous restons là, assis tous les deux, à savourer quelques instants de paix. Charlie a les yeux rivés sur les minuscules traînées de bulles dans son verre tandis que je m'y reprends à trois ou quatre fois pour retoucher mon maquillage.

Lorsque je me tourne vers lui pour l'inspection finale, Charlie me lance :

— Vous êtes plus jolie quand vous n'êtes pas maquillée.

Ça, c'est bien une réflexion de mec !

— Mon cher, je vais affronter les projecteurs du Star Bar accompagnée de mon ex. Croyez-moi, j'ai besoin de mettre tous les atouts de mon côté !

Charlie s'empare de Lily pour la jucher sur ses genoux.

— Sans doute, mais ce fard vert m'a l'air vraiment dangereux.

Toujours aussi taquin, notre Charlie ! Cela dit, il a accepté de garder Lily ce soir. J'ai vraiment beaucoup, beaucoup de chance d'avoir un patron aussi cool !

Mais un peu plus tard, alors que je suis sur le départ et que je commence enfin à me sentir en forme – j'ai repassé le programme de la soirée dans ma tête –, le voilà qui m'embrasse sur le front en me disant : « Soyez prudente, Lola. » Ce qui me met instantanément en rogne.

Je me retourne et je le vois monter les marches quatre à quatre avec Lily dans les bras. Pourquoi faut-il qu'on me mette toujours en garde ? Je ne suis plus une gamine, je sais ce que je fais. Je ne suis pas en train de me lancer les yeux fermés dans une nouvelle liaison. Ça, j'ai déjà donné en l'épousant. Tout ce que je veux, c'est m'assurer que je n'ai pas fait une grosse erreur en demandant le divorce !

Tout en bouclant ma ceinture de sécurité dans le taxi, je me dis qu'à la réflexion je suis bien trop prudente. J'ai une façon raisonnable d'aborder ma vie privée, exactement comme je le fais dans ma vie professionnelle pour l'organisation d'un événement important. Oui, je suis un peu trop *calme, cool, zen...* Je coche consciencieusement toutes les cases en m'assurant que tout est en ordre.

Pendant le trajet, je téléphone à Richard pour m'assurer qu'il m'attend devant chez lui. Mon cœur a un raté lorsque je le vois planté près de la barrière, jouant avec ses pièces de monnaie comme le font les hommes quand ils sont nerveux. Il est élégant, un peu façon gay : des chaussures de sport hyperclasse et un costume rayé avec une chemise à col ouvert qui ressemble beaucoup à la Gucci que je lui ai offerte.

Il m'embrasse un peu gauchement en grimpant dans la voiture. Comme il vise ma joue et moi ses lèvres, ça se termine par un nez-à-nez façon esquimau, mais en plus brutal. Ce qui a au moins le mérite de nous faire rire. C'est si bon… Je suis contente de me retrouver seule dans un taxi avec lui. Nous parlons de tout et de rien – il me demande ce qui est prévu au programme. Ça se termine par une grande discussion sur nos artistes préférés. C'est vrai que nous n'avons jamais eu de disputes de chiffonniers pour savoir qui gardait tel ou tel CD, comme en ont de nombreux couples. C'est l'huissier qui a tout pris.

Nous arrivons enfin. Notre laissez-passer au poignet, nous commandons deux vodkas Tonic au bar. A *Top of the Pops*, on sert toujours des doubles rations. Dans notre cas précis, c'est plutôt une bonne chose car Richard a manifestement besoin de se détendre. Il faut qu'il se souvienne à quel point c'est génial d'être avec moi. J'ai besoin de retrouver tout mon sex-appeal !

Je reconnais tous les visages habituels. Ce soir, il y a un beau plateau de vedettes, avec Pink et The Offspring qui se produisent en *live*. Je guide Richard vers un groupe de responsables de maisons de disques et de directeurs artistiques, et je fais les présentations. Richard se décontracte un peu, mais les choses ne se passent pas comme prévu. Et je déteste ça.

Je le laisse avec eux et je fais le tour du bar pour saluer tout le monde. Je repère Catalina, la responsable des R.P. d'une société de cosmétiques qui a toujours été sympa avec moi en me refilant des produits pour mes petits cadeaux aux invités.

Dès qu'elle me voit, elle s'écrie « Lolly chérie ! » comme si j'étais sa meilleure amie. Je me penche vers elle pour l'embrasser « à côté » de la joue, mais la voilà qui m'agrippe en tanguant sur place, comme pour m'inviter à danser un slow ! Elle est sûrement ivre.

— Ma chère, figurez-vous que Darna va jouer les D.J. jeudi soir, pour la énième relance du nouveau Darna. Vous viendrez ?

Richard se fraye un chemin jusqu'à moi, et je me débrouille pour m'éloigner un peu de Catalina.

— Je vais faire un tour aux toilettes. Ça te dit une petite dose ?

Je sais bien que Catalina est ivre, mais j'ai du mal à accepter que Richard se conduise de façon aussi peu professionnelle alors que je l'ai emmené ici en tant qu'invité.

— Non.

J'ai essayé de cacher mon irritation, mais sans grand succès.

— Bon, alors à tout à l'heure.

Mon attitude ne lui fait apparemment ni chaud ni froid. En fait, je bous intérieurement. Catalina a sûrement remarqué ce qui se passe. J'ai soudain l'impression de flotter hors de mon corps et cette sensation se renforce pendant la soirée, quand les choses commencent à virer au cauchemar.

Ce n'était pas du tout ainsi que j'imaginais nos retrouvailles ! J'avais rêvé d'une soirée géniale avec Richard, après quoi nous aurions fait l'amour et nous nous serions juré mutuellement un amour éternel en nous demandant pourquoi nous avions divorcé... Mais cette image d'Epinal s'estompe peu à peu et nous nous retrouvons à déguster un *sashimi* au Nobu. Pendant le trajet du retour, Richard ne dit pas un mot. Il finit même par se prendre la tête entre les mains en gémissant.

On est loin de ce qu'une fille attend d'un rendez-vous galant ! Mais je réussis à garder le contrôle. Après tout, le monde continue de tourner. Je me suis peut-être trompée dans les grandes largeurs avec Richard, peut-être que les autres avaient raison, mais il fallait bien vérifier, et maintenant au moins, j'en ai le cœur net. Je me félicite de ma maturité, j'envisage même de raconter aux copines, autour d'un café, que je me sens beaucoup mieux depuis que j'ai mis de l'ordre une fois pour toutes dans mes sentiments pour Richard. Elles seront sciées que je reste aussi cool et regretteront d'avoir douté de ma capacité à préférer la raison à la fascination. La réalité reprend ses droits face à mes fantasmes de câlins.

Le dîner se déroule plutôt mal. Je passe mon temps à hocher la tête ou hausser les épaules pendant que Richard me bassine avec sa chère Sally. Il l'aime tellement qu'il me demande de l'aider « à y voir plus clair ».

A bout de nerfs, je finis par me lever pendant qu'il règle l'addition.

— Bon, eh bien, bonne chance !

Mais lorsqu'il lève les yeux sur moi, je découvre ce regard qu'il avait autrefois lorsqu'il avait besoin de moi.

— Je suis nul, c'est ça ? Je n'arrête pas de te parler de moi et de mes problèmes avec Sally. Je suis désolé, Lolly.

Il tend la main pour prendre mon poignet.

Et, là, tout bascule.

— Excuse-moi, c'est aussi ma faute.

Il m'attire sur ses genoux, et je le laisse faire. C'est vrai que je suis désolée d'avoir réagi ainsi. Richard ignore ce qui se passe dans ma tête en ce moment, il traverse une mauvaise passe dans sa vie privée et il n'a fait que se confier à une amie. Il ignore totalement que j'ai le projet un peu fou de le faire rentrer au bercail. Lorsqu'il me prend dans ses bras pour me cajoler, je fonds… Après tout, nous sommes amis. Peut-être sommes-nous allés un peu loin, mais je tiens à cet homme et apparemment, lui aussi tient à moi. Mais moi, en revanche, je ne peux m'empêcher de me demander, tout en lui effleurant le cou des lèvres, s'il n'est pas comme moi un tantinet excité. Je me rends très bien compte que les autres clients qui nous regardent ne voient que deux amoureux, tout simplement.

Du coup, je retrouve toutes mes illusions et je l'invite bêtement à rejoindre Elizabeth et Clemmie, qui sont en bas, au Met Bar. Ce n'est pas du tout ce qui était prévu… enfin, ce n'était pas *mon* plan, mais celui d'Elizabeth : « Contente-toi de l'emmener au Star Bar et de nous rejoindre à 23 heures au Met pour nous promettre que tu as fait une croix sur cette folie douce ! »

— Lolly, si ça ne te fait rien, ce sera pour une autre fois.

Je hausse les épaules.

— Très bien.

Devant les ascenseurs, il pose les mains sur mes épaules.

— Ne fais pas cette tête, Lola. Nous avons passé un supermoment.

Je lui souris et il dépose un rapide baiser sur mes lèvres.

Je n'arrête pas de me répéter en boucle dans ma tête : « Va-t'en. Maintenant. Va-t'en avant que je te saute dessus et que je te fasse l'amour sauvagement là, par terre, dans l'ascenseur. »

C'est lui qui me pousse dans l'ascenseur, mais un autre couple s'invite dans la cabine. Ils se tiennent par la main en se souriant, communiquant en silence comme tous les couples qui n'ont pas besoin de mots pour exprimer leur amour.

Au moment où les portes de l'ascenseur s'ouvrent, je fais celle qui embrasse un collègue sur la joue.

— Que nous arrive-t-il, Lolly ?

Je le laisse répondre seul à cette question tandis que tout mon corps s'enflamme en repensant à cette soirée. Seulement voilà, il y a cette Sally. C'est elle qu'il désire, pas moi, et je dois l'accepter.

Je retrouve les filles dans leur box, près du repaire du D.J. Aussitôt, la question fuse :

— Alors ?

On dirait qu'elles attendent le scoop du siècle !

— Alors quoi ?

— Comment ça s'est passé avec Richard ?

— Il ne s'est rien passé, absolument rien. Je voulais juste m'assurer que je n'éprouvais plus la moindre parcelle d'amour pour lui. C'est fait. Et maintenant, si on passait la commande ?

C'est alors que mon portable se met à vibrer. Je l'extrais de mon décolleté : c'est Richard.

Il me dit : « Je suis dehors et j'ai besoin de toi », avant de raccrocher.

Ignorant les visages ébahis de mes copines, je sors du box en courant pour le rejoindre. Il est déjà en train de grimper dans un taxi, mais dès qu'il me voit, il me tient la porte ouverte.

— Richard…

Ce qui va se passer, je n'en ai aucune idée. Mais dès qu'il me dit : « Viens avec moi », je me rue à l'intérieur de la voiture. Il m'enlace et reste agrippé à moi comme un type en train de se noyer s'accrocherait à un morceau d'épave. Mon téléphone vibre de nouveau, mais cette fois, je l'éteins.

Nous voilà revenus chez lui, à Shepherds Bush… je veux dire Notting Hill. Il allume son lecteur de C.D. et nous prépare une tasse de thé. Aucun des deux ne dit un mot. Assise sur un banc dans sa cuisine, je le regarde s'activer tandis que les notes de musique s'élèvent dans le salon. Je regrette soudain d'être venue, je ne sais plus du tout où j'en suis. J'ignore ce qui va se passer et ce que je veux vraiment.

Richard me tend ma tasse et je le suis dans le salon. Jusqu'ici, me retrouver auprès de Richard me donnait une sensation de déjà-vu. C'est comme si nous étions toujours mari et femme. Mais en pénétrant dans son repaire, je ne reconnais plus aucun meuble. Et c'est là que la réalité me rattrape.

Richard vit maintenant dans un monde parallèle au mien. Un monde dans lequel nous ne choisissons plus nos meubles ensemble. Comment ai-je pu m'attendre à reconnaître quoi que ce soit, alors que nous avons dû tout vendre lorsque la société de Richard a déposé son bilan ? Je me sens soudain gênée. Je ne lui aurais certainement pas laissé choisir ce canapé tapissé de blanc (je pense aux « accidents » de Lily !), sans parler de la toile blafarde aux allures de peinture abstraite tendue sur les murs. Je prends une des chaises club tapissées elles aussi de blanc, mais à ma grande surprise, Richard s'assied à mes pieds comme il avait l'habitude de le faire lorsque nous étions mariés. Il penche la tête en arrière pour me regarder.

— Tu sais, Lolly, j'ai vraiment *tout* raté.

Que voulez-vous répondre à ça ? J'ignore s'il parle de moi, de sa société ou de la grande perche blonde. Pour me donner une contenance, je lui caresse vaguement la tête, et le voilà qui se met à pleurer. Etre assise là avec mon ex en train de sangloter, c'est la chose la plus triste qui soit. Non, ce qui est plus triste encore, c'est qu'il ne prend même pas la peine d'essuyer ses larmes. Et qu'il ne verse pas ces larmes en pensant à moi.

Je pose ma tasse et je m'assieds par terre près de lui, en essayant de le consoler. « Tu verras, ça va s'arranger. » Et voilà qu'à travers ses larmes il commence à m'embrasser et que je lui rends son baiser, un baiser au goût étrangement salé. Puis il s'allonge sur moi à même le parquet et je sens sa langue caresser mes lèvres tandis que sa main se bat avec mon haut pailleté. Je le laisse me déshabiller et je le déshabille à mon tour, et, soudain, tous les souvenirs d'un passé révolu resurgissent et prennent possession de mon corps. Je crois – non, je *sais* – qu'il éprouve la même chose. Il a le regard rivé sur moi, comme si le temps s'était arrêté sur nous quand nous appartenions l'un à l'autre. Nous faisons l'amour en silence, lentement, attentifs l'un à l'autre, retrouvant les gestes si souvent répétés, avec les voix douces de Wyclef Jean et de Mary J. Blige en fond sonore.

Puis nous restons étendus là, nus, sur le sol. Repus et silencieux. Toujours unis dans la même étreinte. J'ignore combien de temps nous restons ainsi, le temps est comme suspendu.

Le lecteur de C.D. est un appareil ultrasophistiqué, pas besoin de se lever pour changer de disque. Après quelques airs *garage* et un peu de *hip-hop*, Wyclef revient et, aussitôt, nous recommençons à faire l'amour. Un amour sans freins, presque sauvage et festif. Je plane, je suis sur un petit nuage tandis que les textes aux accents ghetto passionnés que je connais bien s'échappent de la chaîne hi-fi. Ça parle d'une mère inquiète qui met son fils en garde contre certains pièges de l'amour, et de son mal-être à lui…

J'ai presque envie de rire parce que ce qui m'arrive, c'est exactement le genre d'amour que Kitty appelle de tous ses vœux pour moi ! Mais je ne ris pas, parce que je suis vraiment mal. Et même plus que ça… ! Tandis que Wyclef Jean supplie quelqu'un de composer le 911, j'ouvre les yeux et… qui vois-je ? La grande perche blonde, debout dans l'encadrement de la porte, le visage rongé de chagrin.

Richard doit sentir mon corps se raidir car il ouvre lui aussi les yeux et suit mon regard. Il découvre à son tour Sally, ou plus exactement son dos, car la fille est en train de partir en courant. Richard s'arrache à moi comme s'il venait de se brûler et galope à ses trousses.

Je l'entends crier : « Sally ! Chérie, s'il te plaît. Sally… ! »

Et moi, je reste là, nue et seule, sans personne pour composer le numéro des urgences pour moi.

# 7

*De nombreuses preuves attestent que lady Posche donnait parfois de l'argent à Edward pour régler ses dettes de jeu.*

*Il paraît peu probable que son mari ait pu l'ignorer et pourtant, au dire de tous, il était absolument fou de sa femme, comme le suggèrent les lettres qu'il envoyait à sa famille. Dans une missive destinée à un ami proche, il parle du bonheur de la vie conjugale et du plaisir que lui procurent la beauté et le charme de son Henrietta bien-aimée.*

*Dans un autre courrier, il intime son frère cadet à prendre épouse au plus vite, le bonheur hors mariage étant totalement impossible à ses yeux. A travers sa correspondance, tout semble indiquer que son mariage était une union parfaite, contrairement aux premières lettres d'Henrietta à sa sœur, dans lesquelles elle fait référence à son mariage en utilisant le terme « arrangement ».*

Passage secret vers le passé :
*Biographie de Lady Henrietta Posche*
Par MICHAEL CARPENDUM

La chambre est une vraie merveille. Lorsque je pousse la porte, les premiers rayons du matin filtrent à travers les lourdes tentures pourpres.

Je grimpe dans le lit et je me blottis contre mon luxueux oreiller de coton garni de duvet d'oie égyptien.

— Mon Dieu… !

Les événements de ces dix dernières heures s'estompent pour laisser ressurgir les souvenirs cauchemardesques de mon mariage et de mon divorce.

On devrait me déclarer zone sinistrée. Mettre un cordon de sécurité jaune entre le reste du monde et moi, comme sur les scènes de crime. Des sirènes devraient se déclencher à mon approche, ou mieux encore, c'est moi qui devrais alerter les gens en portant sur moi le sceau de l'infamie, un X qui clamerait : « Tenez-vous à distance ! » Les souvenirs sordides de mon passé avec Richard reviennent en foule. Un vrai gâchis.

Je pose sur mes yeux un masque de fortune – un vieux T-shirt – et je finis par sombrer dans un sommeil agité, rêvant que je suis sur une autoroute sans bretelles de sortie. Je suis épuisée, mais je ne peux me permettre de m'endormir au volant…

Lorsque j'émerge enfin, vers les 16 heures, je m'assieds dans le lit, le dos calé sur mes oreillers et j'allume mon portable pour appeler Charlie. Je m'aperçois que ma messagerie est pleine.

J'appelle ma boîte qui me dit : « Vous avez huit nouveaux messages. » Les quatre premiers ont été envoyés par mes copines qui se demandent où je peux bien être. Je les efface tous. Et lorsque j'entends le début du message suivant – la voix de Richard –, mes yeux s'emplissent de larmes et je l'efface sans même l'écouter, comme les trois suivants d'ailleurs. J'ai aussi reçu plusieurs SMS, tous émanant de Richard, mais je les efface sans même les lire. J'ai une peur panique de ce qu'il pourrait me dire… ou pis encore, de ce qu'il pourrait ne *pas* me dire.

J'ai donc passé la nuit à la Posh House. Après que Richard m'a laissée, nue, étendue par terre, j'ai enfilé à la hâte mes vêtements pendant qu'à l'étage supérieur la grande perche blonde continuait de sangloter et que Richard la suppliait de lui pardonner. Et puis j'ai pris la fuite en courant dans la fraîcheur de l'aube. J'ai couru comme une folle jusqu'au club, dans une sorte de transe.

Beth, qui assurait la permanence à la réception, m'a expliqué que Charlie avait ramené Lily chez lui. C'est alors que mon système interne de pilotage automatique, qui avait réussi à me ramener jusqu'ici en me forçant à mettre un pied devant l'autre, s'est subitement arrêté de fonctionner. Je me suis écroulée sur le banc d'église de la réception et je me suis mise à sangloter, la tête dans ma pochette perlée.

Pauvre Beth.

Elle a essayé de réconforter une Lola changée en fontaine.

Une Lola habituellement si joviale, jamais nerveuse et qui ne se démonte jamais. La Lola calme, cool, zen.

Le monde peut s'écrouler autour de moi, je reste la pro qui ne se départit jamais de son calme olympien. J'ai toujours un plan de rechange sous le coude… Ça, c'est ce que prétend le magazine *London Style*. Des blagues, oui ! Et ce n'est même pas drôle.

Beth a fait de son mieux. Elle m'a préparé une bonne tisane, m'a proposé d'avoir une petite conversation puis, à court d'arguments, m'a suggéré de dormir un peu dans une des chambres libres. J'ai hoché la tête sans grande conviction, mais j'étais incapable de rentrer chez moi. Impossible de retourner là-bas sans Lily et courir le risque que Richard *ne vienne pas* me chercher. C'était une façon de me convaincre, enfin presque, qu'il avait passé toute la nuit à se ronger les sangs à la porte de mon appartement en se demandant où j'étais passée. En d'autres termes, j'aimais l'idée qu'il soit traumatisé comme je l'étais, moi.

Dieu merci, j'étais tellement épuisée par ma dose d'émotions de la soirée que j'ai sombré aussitôt dans le sommeil.

Je prends une douche dans la suite de lady Posche, puis j'appelle Charlie pour lui raconter ce qui s'est passé. Il me dit qu'il arrive « en moins de deux », ce qui me remonte un peu le moral. C'est la seule personne que je connaisse qui utilise l'expression « en moins de deux ». Il dit aussi « houp-là ! » dès que quelqu'un tombe par terre ivre mort. Il se fiche complètement que les gens trouvent ces expressions un peu bizarres. Quand moi, je réagis, il dit toujours « Comment ça… ? *Houp-là*, ça swingue un max, non ? »

En fait, il met deux bonnes heures à arriver. J'ai eu largement le temps de retrouver mon calme devant un café au lait et un croissant, et je profite des derniers rayons du soleil dans le jardin. Je n'ai pas appelé mes copines, je savais d'avance ce qu'elles me diraient, surtout Elizabeth, qui n'a jamais été du genre à mâcher ses mots. Et la plaie est encore bien trop à vif pour que je puisse encaisser ses remarques acerbes sur Richard. Je l'entends déjà me dire : « Je t'avais prévenue… »

Je décide donc de reprendre du poil de la bête en compagnie de Charlie, lequel arrive en trombe avec le sac YSL à la main.

Je m'empresse d'en extraire Lily et je lui fais un gros câlin.

Charlie se laisse tomber sur une des chaises du jardin.

— Si je comprends bien, ma chère Lola, votre plan a légèrement foiré. Je me trompe ?

— Juste un peu. Lily, arrête !

Comme à son habitude, elle a déjà commencé à s'attaquer à mon bras en remuant du bassin de façon très suggestive.

Charlie me soutient.

— C'est vrai, ça. Un peu plus de sentiment ne nuirait pas !

Je ne regrette pas d'avoir décidé de voir Charlie en premier. En bon coureur de jupons qui se respecte, il ne me fera pas de leçon de morale et n'émettra aucune critique, je le sais. Il me dira un truc du genre : « Nom de nom ! Alors comme ça, sa copine est arrivée. Elle devait être dans tous ses états ! » Puis il éclatera de rire en secouant sa crinière blonde. C'est de ça que j'ai besoin, rire un bon coup. Et, rien que d'y penser, j'ai l'amorce d'un sourire sur le visage.

Mais Charlie ne rit pas et ne dit rien de drôle.

— Il serait peut-être temps de vous reprendre, ma chère.

— Qu'entendez-vous exactement par « me reprendre » ? (Je tolère le « ma chère », et c'est déjà beau.)

— Vous ne croyez pas que cette histoire avec Richard a fait long feu ?

Je sens mon poil se hérisser et je rétorque d'un ton acerbe :

— Cette histoire avec Richard ? Vous voulez dire *mon* histoire, je suppose ?

Il me sourit d'un air un peu triste.

— Vous trouverez peut-être ma remarque déplacée, mais si j'en crois mon expérience, retourner avec une ou un ex, c'est un peu comme avoir un accident de voiture deux fois de suite.

Je fais semblant d'enlever un morceau de peluche invisible sur mon jean pour ne pas croiser son regard.

— Vous avez raison, cette remarque est totalement déplacée !

Puis j'ajoute d'un ton très pro :

— Merci d'avoir gardé Lily. Bien, je ne vais pas vous ennuyer plus longtemps. A mardi après-midi !

Il m'attrape par la main. Pas le poignet, la main. En croisant ses doigts avec les miens exactement comme Richard l'a fait hier soir. Puis il m'attire contre sa poitrine qui sent bon le citron et me caresse les cheveux.

— Ecoutez, je suis désolé d'avoir manqué de tact. Après Lily, ça fait beaucoup ! On peut dire qu'on ne vous aide pas tellement, tous les deux.

— Vous au moins, vous savez vous tenir !

C'est bon d'avoir quelqu'un comme Charlie à qui parler, quelqu'un qui m'aide à oublier mon comportement absurde…

— Désolé, très chère, mais il va falloir que je parte. En

fait, je veux dire... maintenant. Mais si vous voulez, je peux vous appeler une voiture pour vous ramener chez vous.

Je n'ai pas envie d'être seule. Nous sommes samedi et Josie va jouer à « la maison du bonheur » avec Emmanuel. Quant à Elizabeth et Clemmie, elles ont toutes les deux un rendez-vous... Je lui dis donc que j'aimerais rendre visite à mes parents à Richmond, tout en prenant conscience que c'est la vérité. Kitty et Martin sont peut-être les deux seuls êtres au monde capables de m'écouter et de comprendre mes sentiments envers Richard.

Lorsque je débarque chez eux, je trouve Kitty en train de regarder un DVD de son film favori, *Sunset Boulevard*. Elle dit pourtant qu'il n'y a aucune ressemblance entre elle-même et le rôle interprété par Gloria Swanson. Quant à Martin, il joue avec ses pendules. Mais tous deux mettent aussitôt fin à leurs occupations dès que je leur explique ce qui s'est passé cette semaine entre Richard et moi.

— Débarquer pendant que tu faisais l'amour avec ton propre mari, je trouve ça obscène !

Ça, c'est typique de Kitty, une remarque totalement absurde. Mais c'est exactement le genre de chose que j'ai besoin d'entendre en ce moment.

Je tiens cependant à rétablir la vérité historique.

— Mon *ex*, maman. Sois précise, ce n'est plus mon mari.

Etendue sur sa chaise longue comme un chat, elle passe la main sur ses cheveux platine en haussant les sourcils.

— Il n'y a rien de précis en amour, Lola. Si tu veux parler précision, achète-toi une pendule.

Puis elle jette un coup d'œil noir à Martin, qui est toujours en train de faire joujou sur la table avec un cadran. Il saisit l'allusion au vol et nous rejoint – son cadran à la main – et se laisse tomber sur un coussin aux pieds de Kitty.

— Il lui a peut-être donné une clé… Avant de le voir, ils ont parlé de son éventuel emménagement.

— Elle l'a sûrement convaincu de lui en donner une, cette traînée ! Lola, il faut lui régler son compte. Un sherry ?

— Non, merci. C'est bien ce que je compte faire.

— Martin !

— Oui, chérie… ?

Il sourit vaguement devant le beau visage de ma mère. Elle effleure du doigt le contour de sa mâchoire et lui envoie un baiser.

— Tu pourrais offrir un petit sherry à ma fille, après tout ce qu'elle a enduré !

Je me raidis. Lorsque Kitty commence à parler de moi comme « sa » fille, c'est toujours mauvais signe. Quand j'étais jeune, ça voulait généralement dire que j'allais être expédiée chez tante Camilla pour qu'ils puissent dégainer leurs couteaux l'un contre l'autre. Martin s'active devant le bar tandis que Kitty poursuit sa tirade contre la grande perche blonde. Elle est très convaincante, quand elle s'y met. Et lorsque Kitty finit par me laisser pour rejoindre Martin dans son lit, je me sens moi-même très remontée contre la fille.

Kitty m'a présenté les choses de façon très abrupte, mais finalement assez logique.

— Je suppose que Richard a pris conscience de ce que tu représentais pour lui et qu'il l'avait déjà plaquée avant de t'appeler. Et elle n'a rien trouvé de mieux que de débarquer comme si elle se croyait chez elle ! Il a bien été forcé de lui donner une clé pour que cette misérable puisse venir prendre ses affaires pendant qu'il travaillait. Il ne pouvait pas prévoir qu'elle lui tomberait dessus au moment même où il faisait l'amour à sa femme !

Lorsque je retrouve mes copines le dimanche soir au Nobu, je leur expose la théorie de Kitty. Elizabeth corrige aussitôt.

— Pas à sa femme… à son *ex*-femme !

— Bon, d'accord. Mais elle n'a pas tout à fait tort…

— Excuse-moi, mais je trouve que tout ça est de la pure folie.

Clemmie elle-même a du mal à comprendre la colère d'Elizabeth.

De toute façon, j'ignore leur avis.

— Si seulement je n'avais pas effacé ses messages !

Elizabeth pose sa main sur la mienne.

— Chérie, je ne voudrais pas reparler du passé, mais, si tu pouvais nous répéter ce que Richard a dit à Sally lorsqu'il t'a laissée sur le carreau pour se lancer à sa poursuite ? Vous étiez en train de faire l'amour, elle vous a interrompus et pourtant, il s'est précipité à sa poursuite comme si sa vie en dépendait.

Clemmie se croit obligée d'enfoncer le clou.

— C'est vrai. Il t'a laissée pour rejoindre Sally.

— D'accord, mais c'était peut-être pour lui passer un savon.

Je ne fais que répéter la théorie de Kitty. J'avais commencé à croire que c'était une explication plausible.

— Si tu nous disais les mots qu'il a prononcés quand il lui a passé ce savon… ?

Les yeux d'Elizabeth brillent comme des charbons ardents. J'ai beaucoup de mal à lui mentir.

— Euh… je ne m'en souviens plus très bien. C'est arrivé si vite. Et puis il est monté avec elle dans la chambre pour avoir une petite conversation.

Clemmie suggère, tout en mélangeant son *wasabi* avec sa sauce au soja :

— Je parie qu'il lui a dit : « Attends, je vais t'expliquer ! » Les hommes disent toujours ça quand ils n'ont aucune explication à fournir. Ça leur fait gagner du temps pour inventer une excuse qui tienne la route.

Naturellement, je me souviens parfaitement de ce qu'il a dit à Sally, mais pas question de le leur avouer. Rien que d'y penser, je ressens toujours la même blessure. Et puis je sais très bien quelle serait la réaction des copines en entendant : « Sally ! Chérie, s'il te plaît… Sally ! »

— Il lui a peut-être dit : « Ecoute, ce n'est pas du tout ce que tu penses… »

Elizabeth rit tellement qu'elle en recrache sa gorgée de thé vert dans sa tasse. Apparemment, elle trouve tout ça hilarant, mais pas moi.

Je réponds, le visage fermé :

— En tout cas, une chose est sûre, il m'a laissé plusieurs messages et je les ai tous effacés. Et maintenant, je ne sais même pas ce qu'ils disaient.

Sur ce, je prends une bouchée de *sashimi* au thon, mais avec beaucoup trop de *wasabi*… Je suis obligée d'avaler trois verres d'eau pour atténuer la sensation de brûlure au fond de ma gorge. Du coup, j'ai raté la réponse d'Elizabeth.

Mais personne ne rit plus du commentaire d'Elizabeth et toutes s'empressent de me réconforter. Mais je me fiche de leur compassion pour un peu de *wasabi* en trop ! J'ai besoin qu'elles me rassurent à propos de Richard. Même Kitty a su trouver les mots justes…

Lorsque je rentre chez moi, je prends la petite Lily dans mes bras. Oh, ma Lily, qu'est-ce que je vais faire ?

Elle se tortille pendant que je lui fais un gros bisou sur le nez. Je la repose par terre et lui tends une carotte. Elle se met à la grignoter tout en regardant le J.T.

Moi, je repense à mes copines. De toute façon, qu'est-ce qu'elles en savent, de tout ça ? Elizabeth déteste Richard sans raison, si ce n'est que notre mariage n'a pas marché. Elle prétend m'aimer, mais si c'était vrai, elle ne souhaiterait qu'une chose : me voir heureuse. Non ?

Dans l'espoir de tirer les choses au clair une fois pour toutes, je téléphone à Richard. Lily s'assied sur mes genoux comme pour me soutenir. J'ai déjà réfléchi à ce que je vais dire, mais j'ai droit au répondeur, ce qui me surprend un peu. Il est déjà 2 heures du matin, Richard bosse demain, et le téléphone est posé près de son lit.

J'espère qu'il va bien. Je l'imagine en train d'errer tristement dans les rues, peut-être même est-il en train de pleurer… Il doit croire que je le déteste parce que j'ai refusé de prendre ses appels et que je n'ai pas répondu à ses messages. Cette idée me torture.

Lily cligne les paupières en remuant son petit nez rose.

— Bonne idée, Lily ! Je vais essayer son portable.

Et alors là, il m'arrive une chose affreuse : il refuse mon appel.

J'essaie de nouveau, en m'interdisant de sombrer dans la parano, mais l'appel est de nouveau rejeté. Quel salaud! Frappée de plein fouet par la réalité, j'ai l'impression que les murs de mon appartement commencent à se resserrer autour de moi. Je fais alors ce que je fais toujours en cas de crise : je commence à me livrer à des tâches ménagères.

Je commence par charger du linge dans la machine, puis je change la litière de Lily. A 4 heures du matin, je pète carrément les plombs après avoir remis de l'ordre dans toute ma garde-robe (tout en essayant de joindre Richard toutes les demi-heures). J'ai aussi aligné mes chaussures et pris une photo au Polaroid de chaque paire que j'ai collée sur la boîte correspondante. J'ai toujours rêvé de faire ça, même si je n'ai jamais réussi – ne serait-ce qu'une fois dans ma vie – à ranger une paire de chaussures dans sa boîte! J'optais chaque fois pour un mode de rangement plus traditionnel consistant à les empiler au bas de mon armoire.

Tandis que les premiers rayons de lumière filtrent sous mes stores, le doute commence à m'assaillir. Je décide d'emmener Lily faire une promenade à Berkeley Square. J'essaie une dernière fois de joindre Richard. Je me dis qu'il finira bien par se lever pour aller au boulot, tandis que la lassitude m'envahit.

Il serait temps que je me décide à aller me coucher.

# 8

*« Pour l'amour de Dieu, ne vous plaignez pas de mon absence, Henrietta. Je souffre autant que vous de cette situation, mais que pouvons-nous y faire ? Vous me détruisez en rêvant au bonheur que nous aurions pu connaître ensemble. Hélas, pourquoi parler de braver le destin ? Personne ne peut vivre sans, et vous, Madame, moins que tout autre. »*

*Le lendemain du jour où Henrietta reçut cette lettre d'Edward, celui-ci pénétra dans sa chambre à l'aube. Il était en piteux état et exhalait la débauche par tous les pores de sa peau. Il se prétendit victime d'une agression. Il est vrai que les repaires qu'il fréquentait étaient souvent le théâtre de méfaits et de malversations douteuses. Henrietta lui donna du laudanum pour apaiser sa douleur et pansa elle-même ses plaies. Elle lui permit de rester dans sa chambre tout en faisant semblant d'être malade pour ne pas attirer les soupçons de ses serviteurs.*

*Elle écrivit ceci à sa sœur Elizabeth : « Cette folie fait partie de mon amour. Si vous saviez quel homme bon, gentil et serviable il peut être lorsqu'il est blessé ! Si seulement vous pouviez voir la façon dont il me regarde, j'ai parfois le sentiment qu'il me prend pour un ange. Dans ces moments-là, il se pourrait que je ne l'aime que davantage. »*

Passage secret vers le passé :
*Biographie de Lady Henrietta Posche*
Par Michael Carpendum

Richard se décide enfin à m'appeler le lundi soir, au moment où je tente de percer le mur des paparazzi armés de flashes qui attendent dehors. C'est une réception organisée pour l'ouverture du magasin d'une nouvelle joaillerie, dans Old Bond Street.

J'avais laissé deux messages sur son portable, plus un chez lui et trois à son boulot. Cerné de toutes parts, il a dû se dire qu'il n'y avait aucune échappatoire. Moi, je veux des réponses… ou plus exactement une confirmation des réponses que j'ai concoctées dans ma tête.

Richard commence très fort.

— Tu as eu mes messages ?

Les paparazzi se mettent à hurler : « Lola… placez-vous entre Tamara et Niki ! »

Je réponds calmement, un doigt vissé à mon oreille pour échapper au bruit et un sourire plaqué sur le visage. Niki me guide au centre et la lumière crue d'un millier de flashes m'explose à la figure.

— Je regrette. J'étais en colère et je les ai tous effacés.

— Moi aussi, je regrette.

A peine entrées et hors de portée de la presse, Niki et

Tamara m'abandonnent. Tandis que j'écoute le long silence de Richard, elles me glissent à l'oreille qu'elles me rejoindront à l'intérieur. Malgré le bruit de la foule, je ressens la douleur de Richard qui filtre dans sa voix, et mon cœur fond.

Je prends un ton indigné, juste pour le rassurer, pour qu'il sache que je l'ai compris.

— Ce n'est pas ta faute si elle s'est pointée comme ça chez toi.

— Non, je voulais dire que je regrettais que tu n'aies pas écouté mes messages. J'aurais dû dire...

Je l'interromps, m'accrochant comme à une bouée à l'explication que j'ai échafaudée dans ma tête.

— C'est vrai, quoi, on ne débarque pas comme ça, sans prévenir ! J'ai bien failli mourir de peur.

Ça y est, je suis lancée. Je joue à la perfection mon rôle d'épouse attentive.

— Compte tenu de la situation, le mieux que je pouvais faire était de te laisser. Mon pauvre, quand je pense que tu as dû affronter seul cette fille...

— Lola, ce n'est pas ce que je veux dire. Si tu me laissais au moins une chance de...

Je réussis enfin à entrer et je m'empare du premier verre de champagne à ma portée.

— Je suppose que tu lui as donné une clé pour qu'elle puisse reprendre ses affaires, mais la moindre des choses aurait été de te dire à quelle heure elle passerait. Tu pourrais presque la poursuivre pour effraction et violation de domicile.

Je ne plaisante qu'à moitié. L'image de cette grande perche blonde menottée et emmenée par un agent de police sans pitié me fait un bien fou. Je souris en sirotant mon champagne.

— Mais non, tu n'y es pas du tout… Si je lui ai donné une clé, c'est pour qu'elle puisse s'installer chez moi !

J'appuie sur la touche « fin de communication », je respire un grand coup et je me jette à corps perdu dans mon rôle de R.P., l'image même de la zénitude…

Nicola – la joaillière que l'on célèbre aujourd'hui (tous les *top people* lui achètent ses exquises *wraps* à mailles de platine ornées de diamants) – ouvre les bras pour m'accueillir. Je fais de même, tout en subtilisant ni vu ni connu un canapé au caviar sur le premier plateau qui passe à ma portée.

Je ne sais vraiment pas comment je fais pour tenir pendant toute la soirée. J'ai des questions plein la tête… Pour certaines, j'ai absolument besoin d'une réponse et pour d'autres, je préférerais ne rien savoir. Mais comme je sais très bien que je n'obtiendrai aucune réponse maintenant, je me lance dans ce que je fais le mieux : contrôler la situation.

Après la réception, je me rends dans un club privé, Soho House, avec Nicola. Toutes ses amies – des filles sublimes – y sont rassemblées pour faire la fête et je joue la fille la plus heureuse du monde… Nicola me montre sa bague de fiançailles, qu'elle a créée elle-même pour s'amuser.

— Amusant, non ?

— Adorable, vraiment !

Je me souviens de ma bague de fiançailles. Richard avait acheté le diamant à la Bourse d'Anvers. Il m'a d'ailleurs dit à l'époque que c'était plus un investissement qu'autre chose… Il a fait sertir la pierre sobrement, pour la mettre bien en valeur. Avec un diamant aussi énorme, c'était très joli, mais je me sentais toujours mal à l'aise quand je portais cette bague, tout simplement parce que ce n'était pas moi. J'avais le sentiment d'être un chien traînant sa laisse.

C'était l'homme que j'aimais, pas la bague. Mais peut-être que cet homme n'était qu'un mythe, comme la bague de Nicola. J'aimais sans doute un homme qui n'existait pas, ou du moins pas tel que je le voulais.

Je fais un tour aux toilettes pour me rafraîchir le visage et remettre un peu de gloss à lèvres. A mon retour, d'autres gens nous rejoignent à notre table. C'est ce qu'on appelle faire le plein ! Il faut dire que c'est la table des hôtes de marque, ce soir, à Soho House, et il faut absolument que je reste en forme. Je fais appel à toutes les astuces que j'ai apprises… Ne suis-je pas la reine de l'événementiel à Londres ? Ces gens sont autant mes clients que mes amis, pas des amis comme Clemmie et Elizabeth, naturellement, mais des gens que j'apprécie et avec qui j'ai envie de travailler. Alors je ris avec eux, très à l'aise, et lorsque Clemmie et Elizabeth viennent me rejoindre, je cache mon chagrin sous mon gloss à lèvres et je me conduis comme si le monde m'appartenait…

Lorsqu'elles traversent des crises de ce type, la plupart des filles appellent leur mère. Mais je sais très bien que Kitty ne ferait que nourrir mes illusions.

Je repasse aux toilettes. Elizabeth m'emboîte le pas.

Tandis que nous nous lavons les mains, elle attaque.

— Vous vous êtes envoyés en l'air, c'est ça ?

Je souris à son reflet dans la glace.

— Tu essaies toujours d'interpréter les choses. Je vais bien, je suis fatiguée, c'est tout.

— Alors, pourquoi es-tu aussi exubérante… ?

— Je ne suis pas exubérante !

— Tu me fais penser à un tuyau sur le point d'éclater, Lola.

Puis elle me dit d'un ton très doux :

— Ecoute, ma belle, je suis ton amie. Je sais ce que je dis. L'autre soir, tu l'as suivi, je me trompe ?

Mon silence est éloquent.

— Ma chérie, si jamais il te fait du mal, je le tue !

En entendant cette profession de foi, je craque. Je me précipite dans ses bras. J'en ai tellement besoin…

— Et quand je l'aurai tué, je viendrai chez toi pour effacer toute trace de lui dans ton téléphone, ton ordi portable, ton annuaire téléphonique et ton téléphone portable. Puis je t'obligerai à lui crever les yeux sur toutes les photos qu'il te reste encore de lui, et nous ferons un feu de joie avec. Après, nous mettrons ta bague de fiançailles au clou et nous dépenserons tout l'argent récolté. Et pour finir, nous organiserons une grande fiesta sur le thème « Richard je te déteste » !

C'est ainsi que dans les toilettes de Soho House, les portes finissent par s'ouvrir sur la réalité. J'ouvre enfin les yeux. Je raconte à Elizabeth tout ce qui s'est passé entre Richard et moi depuis que je l'ai revu à la Posh House. Je lui explique que je n'arrive pas à me débarrasser des sentiments que j'éprouve toujours pour lui.

Elizabeth raconte à mes clients que je suis obligée de leur fausser compagnie à cause d'un problème familial. Je n'aurais jamais pu les rejoindre dans l'état de détresse émotionnelle où je suis.

Cette nuit-là, Elizabeth s'abstient de tuer Richard. Mais elle tient toutes ses autres promesses. Et lorsque j'emmène Lily faire sa promenade quotidienne aux premières lueurs du jour, il n'y a plus aucune trace de Richard dans mon appartement.

J'aurais dû le faire depuis longtemps. Voilà ce que je me suis dit tout en déchirant stoïquement les photos avec ma copine pour en faire des confettis. En revanche, nous n'avons pas pu les brûler parce que je n'ai pas de cheminée dans mon appart et que nous risquions de mettre le feu à tout l'immeuble.

Elizabeth m'a dit alors :

— On peut quand même les réduire en bouillie !

Nous avons donc rempli l'évier des restes de mon passé avec Richard et nous avons fait couler de l'eau chaude dessus.

Si ma rupture avec Richard ne m'a jamais semblé réelle, c'est sans doute parce que nous n'avons jamais eu de véritable scène de rupture en bonne et due forme, aucun échange de noms d'oiseaux. Nous nous sommes contentés de « faire un *break* » avant de dériver insensiblement, au fil des mois… Nous avons commencé à sortir avec d'autres partenaires et nous avons fini par divorcer. Nous avons choisi de divorcer à l'amiable, car à ce stade, nous n'avions plus rien à réclamer. Nous ne sommes même pas passés par le tribunal.

Je me souviens que le jour où le jugement provisoire de divorce est arrivé, je me suis sentie triste. Et le jour où le jugement de divorce définitif m'est parvenu, j'ai eu l'impression de vivre le plus grand événement de ma vie. C'était pile le jour où j'apparaissais pour la première fois dans *Vogue*, et ce document juridique, avec ses termes froids et tranchants, m'a paru beaucoup moins intéressant que la photo glamour de Charlie, Lily et moi. Elizabeth m'a aidée à déchiffrer tous les papiers de divorce et je me suis endormie en les lisant.

Mais, à présent, la page a été définitivement tournée, et je m'endors avec le sentiment d'être purifiée.

Ça ne dure pas longtemps.

Lorsque je me réveille, le lendemain après-midi, je suis bien décidée à finir le boulot. Tout. Par « boulot », je veux parler de Richard, et par « finir », j'entends clore définitivement le dossier. J'ai besoin de sentir que Richard appartient au passé et que c'est moi qui ai pris cette décision. Ce n'est pas lui qui m'a forcée à le faire. Et soudain, comme Elizabeth, j'ai des envies irrépressibles de meurtre.

Je pose un sac à glace sur mes yeux pour faire disparaître les traces de larmes de la veille, puis je choisis soigneusement ma tenue. J'ai décidé de me mettre sur mon trente et un ! Des chaussures *vintage* de Manolo Blahnik absolument d'enfer, un jean ultramoulant mortel, et un haut de Dolce & Gabbana au décolleté plongeant.

Je fourre Lily dans son sac.

— Je suis désolée, Lily. Je vais tuer Richard, mais je ne veux pas t'impliquer dans cette histoire. D'accord, miss Marlene ?

Elle me regarde de son petit air inquiet. Je n'utilise pratiquement jamais ce nom, elle doit sentir qu'il se passe quelque chose de grave. Je caresse son sac.

— Ce sont toujours les lapins qui en souffrent le plus.

Je grimpe dans un taxi et lui donne l'adresse du bureau de Richard à Hammersmith.

Le chauffeur me demande gentiment :

— Vous avez un rendez-vous spécial, on dirait ?

— Très spécial. Je vais tuer mon ex-mari.

Il répond d'un ton inquiet.

— Vous avez bien raison, ma belle.

Et il ferme d'un geste brusque la cloison de verre qui nous sépare.

Le bureau de Richard est situé dans un bâtiment des années 70 assez hideux, tout près de la station de métro. En descendant du taxi, je me dis que Richard, avec ses idées de grandeur, doit se croire dans le quartier de Chiswick !

J'inspire profondément et je répète mentalement mon petit couplet. Je suis encore à deux doigts de céder à la tentation de continuer à y croire, mais au moment où les portes de l'ascenseur s'ouvrent, la réalité me rattrape. Cet homme m'a humiliée, il a joué avec mes émotions, il m'a utilisée comme remplaçante de Sally avant de me jeter comme un Kleenex. Et maintenant, je vais lui dire très précisément ce que je pense de lui.

Le bureau paysager accueille une quarantaine d'employés. Je les balaie du regard. Aucun de ces besogneux installés dans leur minuscule bocal ne remarque ma présence. Ils sont tous au téléphone ou vissés à l'écran de leur ordinateur, voire en train de pianoter sur leur clavier.

Richard est tout au fond, à gauche, une jambe posée avec désinvolture sur son bureau. Il est en train de discuter avec l'un de ses associés. Il a l'air très décontracté, parfaitement serein. Il n'a absolument pas la tête d'un mec qui a dégoupillé une grenade avant de la lancer sur moi, réduisant ma vie en miettes… Je m'approche de la réceptionniste, qui sort aussitôt la main de son sachet de M&M's et se recroqueville littéralement sur sa chaise en me voyant arriver. Il suffit de jeter un coup d'œil sur ses vêtements d'un banal affligeant et ses mèches « maison » pour deviner qu'elle n'a probablement jamais eu affaire à une *fashion victim* dans mon genre.

Je prends un ton très autoritaire.

— Veuillez dire à M. Arbiter Bisque que son ex-femme souhaite le voir.

Elle décampe vite fait et je reste plantée là, à feuilleter un vieux numéro d'un magazine informatique ringard. Je sens Lily s'impatienter dans le sac et je lui fais une petite caresse pour la rassurer.

— Lola?

Je pivote sur mes talons aiguilles aiguisés comme des couteaux pour lui faire face. Il n'est qu'à un mètre ou deux de moi.

— Monsieur Arbiter Bisque!

Il a l'air abasourdi. Il n'a pas l'habitude que je l'appelle comme ça… et puis il y a aussi le ton de ma voix. Je n'ai jamais été quelqu'un de méchant. Nous nous sommes disputés, bien sûr, mais lorsque je lui disais des choses blessantes, j'avais toujours des larmes plein les yeux…

En l'observant, je lis autre chose que de la stupeur sur son visage, un mélange de peur et de gêne. Ça doit être à cause de la présence de ses collègues qui sont tous en train de se tordre le cou pour mieux voir ce qui se passe.

Il me prend le bras pour me conduire vers les ascenseurs comme si j'étais une voleuse à l'étalage, quelqu'un dont on a honte.

— Tout va bien, Lolly? Tu veux qu'on sorte pour bavarder un peu?

Finalement, c'est cette façon d'utiliser mon surnom – seuls les gens chers à mon cœur m'appellent Lolly – qui me fait péter les plombs. Tout ce que je voulais dire, tout ce que j'avais *besoin* de dire pour me libérer de l'emprise que Richard a sur moi m'apparaît vain à présent, comme le soin que j'ai mis à choisir ma tenue. Inutile de lui dire pourquoi j'étais venue.

Alors je le gifle, si fort que ma main me fait mal. Puis je lui tourne le dos et j'appuie sur le bouton de l'ascenseur. La cabine – Dieu merci – est toujours là depuis mon arrivée. Je regarde les portes se refermer en frottant ma main endolorie.

Et voilà. Maintenant, c'est bien fini.

Je suis enfin libre. Aucun retour en arrière n'est possible.

Je profite de ce moment magique où les portes se ferment.

# 9

*« Henrietta, ma chérie, que te dire ? Je suis incapable de comprendre la souffrance dans laquelle te plonge ton amour pour Edward. Je rends grâce à Dieu que mon mariage soit fait d'amour et de respect mutuels (je n'ai toujours pas trouvé de défaut à ce cher Bertie). Je ne te suis donc d'aucun conseil, mais sois assurée qu'aucune femme n'aime sa sœur comme je t'aime. L'adoration que tu éprouves pour cet homme t'inflige de grands tourments et je suis impressionnée par ta capacité à évoluer dans la société avec toujours le même charme et la même verve. C'est pour cela que tout le monde t'admire et t'aime. Tu portes ta douleur comme un bijou qui te va à ravir. Trop peut-être… »*

Extrait d'une lettre d'Elizabeth à sa sœur lady Henrietta Posche.

Sur le chemin de la Posh House, j'appelle Elizabeth pour lui raconter la façon dont j'ai agressé Richard. Je m'arrange pour faire passer ça pour une fanfaronnade, le triomphe de la raison sur la passion. Mais, en réalité, je suis drôlement secouée. Je me suis conduite comme une idiote, ce qui, à mon sens, n'échappe pas à Elizabeth car elle n'essaie même pas de m'extorquer des détails.

— Alors c'est décidé, nous nous retrouvons toutes au Met pour fêter ça. Rendez-vous vers 23 heures. Ce soir, il y aura un nouveau D.J. que je voudrais tester. Il pourrait t'être utile, à toi aussi, car il met le feu partout où il passe en ce moment.

Il est important pour moi de rester dans le coup, de savoir qui est tendance et de connaître la jeune génération montante. Car il suffit d'un moment d'inattention, un clignement de paupière et, hop! on passe à côté.

Pour l'instant, je cligne les yeux pour ne pas pleurer. Lorsque je croise Charlie, qui est en pleine conversation à l'accueil, il se retourne et me décoche un de ces superbes sourires dont il a le secret. Je m'empresse de le lui rendre, bien décidée à ne pas trahir mon désarroi. Je fais un gros câlin à Lily, mais tandis que je me penche en avant pour lui caresser les oreilles, je prends soudain conscience que Richard ne m'a même pas demandé des nouvelles de la pauvre Lily lorsque nous sommes allés à *Top of the Pops*, vendredi soir.

Je me cache dans le placard qui me sert de bureau pour faire les dernières mises au point de la soirée. Cette fois, il s'agit du lancement d'un livre intitulé *Passage secret vers le passé, une biographie de Lady Henrietta Posche*, de Michael Carpendum. Michael – un membre de la Posh House – est un notable de la ville de Londres qui s'autoproclame dandy. Le parfait gentleman. Ses tenues et ses attitudes sont d'un autre âge, celui où les hommes étaient mignons et les femmes belles. Il pratique le baisemain, fait des courbettes : c'est le charme personnifié. Il incarne à lui seul toute l'histoire de ce club, mais plus important encore, c'est le genre de client sur lequel je peux compter pour ne pas faire de vagues avec les invités, le champagne ou quoi que ce soit d'autre. C'est tout à fait le stimulant qu'il me faut pour me faire oublier mon comportement de cet après-midi.

Quand je pense que j'ai giflé Richard ! J'ai encore du mal à y croire. Je sens toujours la chaleur de sa joue sous ma main, ce qui n'arrange pas les choses. Peu importe combien de fois j'ai frappé cette joue, ce que je voulais, en fait, c'était la caresser. Je me sens de plus en plus mal, je suis bouleversée, j'ai honte… Je ne vais pas « mieux » du tout.

Charlie passe la tête dans l'entrebâillement de la porte pendant que je feuillette le rapport sur les incidents de la semaine.

— Alors, comment va la plus jolie de mes employées, aujourd'hui ?

Je lève la tête en arborant un sourire radieux.

— Elle va très bien.

— Comme toujours. Alors, tout est prêt pour ce soir ? Nous avons cent cinquante invités, c'est bien ça ?

— Tout est en ordre. J'ai même réussi à trouver le temps de faire un saut à Hammersmith.

Charlie a l'air perplexe.

— C'est là-bas que Richard a son bureau. Je l'ai giflé !

Je continue à parcourir la liste des invités d'un air désinvolte.

— Ah, bon…

Il a l'air aussi désinvolte que moi, mais je suis persuadée qu'il voudrait bien en savoir plus car il s'attarde devant ma porte. De toute évidence, il meurt d'envie de me poser des questions ! Il finit par se décider.

— A-t-il dit quelque chose de spécial pour que vous ayez cru bon de le gifler ?

— Non, nous n'avons même pas parlé. Nous avions déjà eu quelques… échanges verbaux, il était temps de le ramener un peu plus brutalement à la réalité.

Je raye de ma liste le nom d'une invitée devenue indésirable après qu'elle a publiquement accusé de vol un autre membre du club le mois dernier. En fait, son sac à main a été retrouvé intact au vestiaire où elle l'avait déposé en arrivant…

— Je me suis réveillée, tout simplement. J'ai pris conscience que c'était depuis longtemps sur ma liste des choses à faire, alors je suis passée à son bureau pour lui filer une baffe.

— Je vois. Eh bien… je vous félicite. C'est ce qu'on dit en pareil cas, non ?

Je lève la tête et je ne peux m'empêcher de sourire en voyant la mine ahurie de mon boss. Difficile, de toute façon, de ne pas sourire quand on regarde Charlie. Ce n'est pas seulement parce qu'il est beau – et Dieu sait s'il l'est ! C'est aussi à cause de la chaleur humaine qui émane de lui. Il est foncièrement gentil et attentionné… sans être pour autant un saint, ce qui serait plutôt intimidant.

Je me sens soudain beaucoup mieux.

— Et vous, mon cher, *vos* amours se portent bien ?

— Vous voyez, à présent je doute… A cause de cet amour, je ne vis plus !

Il joue le dandy en plein drame, du pur Michael Carpendum. J'entre dans son jeu, en lui soufflant à l'oreille :

— Et qui est cette cruelle jeune fille ? Aurait-elle un cœur de pierre ?

Il soupire.

— Il y a des moments où je me pose moi-même la question.

Puis il s'agenouille à mes pieds et me regarde droit dans les yeux en me pressant la main.

— Oui, je me demande parfois si elle se rend compte que j'existe !

— Elle ne vous mérite pas, monsieur. Je vous conseille de mettre immédiatement fin à cette liaison indigne de vous !

— Juste ciel, non ! Elle pourrait me gifler.

Sur ce, le téléphone sonne, et Charlie s'en va.

C'est Josie. Elle s'écrie avec une joie enfantine :

— Quand je pense que tu as giflé ce salaud !

Je lui réponds comme si nous en avions discuté ensemble depuis longtemps :

— J'ai décidé que le moment était venu de le faire.

— Je trouve même que tu as trop attendu ! Bon… à plus tard au Met !

— Je sais. Elizabeth m'a passé la consigne.

— Je vais dire à Emmanuel de venir. Si tu n'y vois pas d'inconvénient.

— Super. Il a besoin de sortir un peu.

— C'est ce qu'il m'a dit. Et il espère bien que tout le monde sera en superforme.

— Serait-ce un avertissement ?

Elle prend un malin plaisir à me taquiner.

— Non, plutôt une menace. Sérieusement, Lola…

— Quoi ?

— Je te félicite.

— Euh… j'imagine que je dois te remercier.

Un peu plus tard, c'est Clemmie qui m'appelle.

— Comment écris-tu « intelligente » ?

— Intelligente ?

— Tu sais bien, le synonyme de brillante, maligne, perspicace, etc.

— Merci, j'ai compris.

— Tu peux me l'épeler ?

— I-N-T-E-L-L-I-G-E-N-T-E.

— Merci. Je suis en train de te concocter un chouette e-mail pour te dire à quel point tu es exceptionnelle quand tu te défoules sur les vieux toxicos !

Et ça continue durant la soirée. Mes amis, les amis de mes amis et aussi des gens que je connais à peine m'appellent pour me féliciter de m'être livrée à des voies de fait sur mon ex-mari, sur son lieu de travail.

Le moment est venu de monter voir si la salle est prête pour la réception. Je commence à me sentir un peu bizarre. Toute la colère que j'avais emmagasinée en moi s'est libérée au moment où ma main est entrée en contact avec la joue de Richard. Et, maintenant, j'ai le sentiment que tout ça est une vaste fumisterie.

C'est vrai que j'étais en colère – je dirais même furieuse – et, pendant un moment, exprimer cette colère a été pour moi une sorte de libération, une façon de m'assumer. Mais si Elizabeth et les autres m'ont aidée à effacer toute trace de Richard dans mon appartement, elles n'ont pu effacer ni brûler le souvenir de ce vendredi soir où Richard et moi avons fait l'amour… C'était autre chose qu'une simple partie de jambes en l'air, je sais de quoi je parle. Depuis mon divorce, j'ai accumulé les expériences sexuelles sans lendemain. Mais cette nuit avec Richard a été comme un retour au bercail. Le sexe débarrassé du doute tenace, le sexe avec la certitude qu'il y aura un orgasme à la clé.

Nous connaissons nos corps par cœur. Pas besoin de boussole pour les découvrir. Chacun connaît le goût de l'autre, son grain de peau… Si l'attrait de la découverte a disparu, il est largement compensé par un sentiment de plénitude.

Et ce n'est pas une simple gifle qui peut balayer tout ça.

Mais je remets mes cogitations à plus tard. Il faut que je supervise ma nouvelle réception. L'auteur arrive en tenue de soirée fin XVIIIe siècle, déployant son charme bien connu parmi ses invités *people*. Si seulement tous les hôtes étaient capables d'accueillir chaque invité avec ce panache à la Beau Brummel ! Chacun d'eux se sent soudain important. Les livres sont alignés contre le mur, le champagne coule à flots, les gens s'arrachent les canapés tandis qu'un membre du club joue du Chopin avec la maestria et l'élégance qui siéent à cette soirée.

Michael me rejoint avec la majesté qui est sa marque de fabrique.

— Lola chérie… ! Tenez, c'est pour vous. Et en voilà un autre pour votre petite Lily.

Il me remet deux exemplaires de son livre. Je lis le titre à voix haute :

— *Passage secret vers le passé…*

— Fascinant, non ? Vous devez absolument le lire, très chère. Cette demeure est magique : au fil des ans, tout en elle respire la magnificence !

Il m'embrasse sur la nuque en humant mon parfum.

— Comme vous, très chère Lola. Comme vous.

— Bien sûr.

Je feuillette les pages, balayant des yeux les photos anciennes de la Posh House, ou plus exactement de la « Posche House », comme on disait à l'époque. Il y a des manuscrits de gens qui ont résidé dans cette demeure, ainsi qu'une photo du fameux passage secret. Je le reconnais immédiatement : c'est le passage orange qui mène au bureau de Charlie. Je le montre du doigt à Michael.

— Si je comprends bien, lady Posche l'utilisait pour faire entrer clandestinement son amant jusqu'en haut de cet escalier ?

— Absolument. Et vous, ma chère, êtes l'Henrietta Posche du Londres d'aujourd'hui.

Il me caresse la joue. Quel séducteur !

— Dans ce cas, comment pourrais-je ne pas le lire !

Nous nous quittons sur un chaste baiser et, l'espace d'un instant, je me dis que tout est pour le mieux dans le meilleur des mondes. Je m'accorde une petite pause pour me promener à l'étage et voir où est passée Lily.

Je l'ai confiée au personnel de la salle où se tient la réception.

— Carlos, où est Lily ?

Un plateau de verres à la main, Carlos se hâte vers les invités en me glissant au passage :

— Elle est avec cet homme, là-bas.

Et il pointe le doigt vers l'un des canapés d'angle où un couple est enlacé, de dos.

J'ai soudain comme un flash… J'imagine Lily en train de se frotter sans vergogne à toute la bonne société londonienne ! Et cette seule idée me remplit d'effroi.

— Elle… elle va bien ?

— Oh, oui ! Ce monsieur a même demandé s'il pouvait la prendre sur ses genoux.

Sur ces entrefaites, Faisel nous rejoint. C'est le responsable de la salle de réception. Il me prend dans ses bras.

— Tout va bien ?

— Oui, très bien. Mais j'ai peur que Lily ne fasse des bêtises.

— Ne vous inquiétez pas, il n'y a pas de problème. Elle est avec, comment s'appelle-t-il déjà… ? Vous savez, votre ex. Apparemment, ça ne se passe pas trop mal pour lui.

Il rit grassement, comme à son habitude.

Je me retourne vers le canapé pour observer la scène de plus près. Ces cheveux bruns… mais c'est Richard ! Et à côté de lui, cette crinière blonde… Sally !

— Faisel, pourriez-vous me rendre un immense service ? Ramenez-moi Lily.

— Bien sûr, ma belle. Vous êtes sûre que ça va ?

Et comme s'il prenait conscience de mon trouble, il se montre soudain très empressé.

— Certaine. Je suis juste en colère qu'il soit là !

Ce qui n'est pas d'une logique imparable, vu que Richard est membre du club et qu'il a parfaitement le droit de venir ici quand bon lui semble. Mais après ce qui s'est passé, il a quand même un sacré culot…

— Attendez-moi ici. Je vais la chercher.

Depuis le bar, j'observe Faisel discuter avec le couple. Puis il prend Lily. C'est alors que Richard tourne la tête et nos regards se croisent. Et tout est dit.

Je suis toujours amoureuse de lui, et lui souffre toujours.

La grande perche blonde se retourne à son tour, mais après un bref « balayage », elle me tourne résolument le dos. Richard, lui, continue de me regarder. Je ne baisse les yeux que lorsque Faisel dépose Lily dans mes bras.

Je décide de regagner la salle, mais en empruntant l'escalier de service pour me donner le temps de recouvrer mes esprits. Je n'ai pas les idées claires et je serre la petite Lily contre mon cœur qui bat la chamade. J'ai besoin de me passer un peu d'eau sur le visage, puis d'appeler Elizabeth. Et aussi de faire quelques exercices de respiration.

Je croise Charlie dans l'escalier.

— Ça tombe bien, je vous cherchais.

— Parfait. Vous m'avez trouvée.

— Ecoutez, ça vous dirait de venir prendre un verre avec

moi ? La soirée est une vraie réussite et je voudrais avoir une petite discussion avec vous.

— Parfait.

Je lui réponds d'un air naturel, comme si j'étais d'un calme olympien. En fait, je suis au bord de l'évanouissement.

Charlie appuie sur un pan de mur incurvé qui s'ouvre comme par magie sur l'escalier secret faiblement éclairé. Celui par lequel lady Henrietta Posche faisait venir son amant, si j'en crois Michael. Les marches de bois usées au fil des siècles ont été peintes dans les tons orange, l'orange victorien.

C'est à cause de ce passage secret que Charlie a choisi pour bureau l'ancienne chambre à coucher de lady Posche. Charlie adore évoquer ces allées et venues clandestines. A l'entendre, cela l'aide à vérifier ses comptes de façon plus… exotique.

— Michael m'a offert un exemplaire de son livre.

— Vous devriez le lire.

— C'est bien ce que j'ai l'intention de faire.

— Certaines des lettres ont été découvertes ici même, dans cette pièce, par des ouvriers qui effectuaient les travaux de rénovation.

— C'est incroyable !

Je regarde autour de moi en essayant d'imaginer à quoi pouvait bien ressembler cette pièce au XVIIIe siècle. Actuellement, avec ses alignements de livres et ses lustres en cristal, on dirait le décor d'une reconstitution historique pour la B.B.C… Si ce n'était l'écran plasma trônant au-dessus de la cheminée, branché sur la chaîne Sky News Extra (pour Lily), on a l'impression d'évoluer dans un autre espace-temps.

Charlie fait sauter d'une main experte le bouchon d'une bouteille de Dom Pérignon.

— Si ces murs pouvaient parler, on pourrait en vendre, des tickets d'entrée !

Nous prenons place sur le canapé Chesterfield en cuir, Lily entre nous deux.

— Ainsi, vous avez cogné sur votre ex ?

— En effet.

— Vous avez frappé fort ?

J'avale une gorgée de champagne en faisant un sourire aguicheur à Charlie par-dessus mon verre.

— J'ai bien cru que je m'étais brisé la main.

— Ça a dû lui faire un choc…

Je lui souris d'un air faussement fier.

— Je ne suis pas restée pour le vérifier.

— Si je comprends bien, la flamme de l'amour a fini par être souffletée… pardon, je veux dire soufflée ?

— Le feu de la passion est totalement éteint.

Nous continuons de savourer notre champagne en nous observant mutuellement. Je suis en train de me demander si Charlie s'apprête à me donner une augmentation ou à avoir une petite conversation « en tête à tête ». Je prends donc les devants et je lui demande, mi-sérieuse, mi-moqueuse :

— Je suppose que c'est le genre de cérémonial qui précède l'annonce d'une augmentation ?

— Ça me semble logique, non ?

— Absolument.

— En fait, ce n'est pas ça du tout. Je me demandais si

vous avez giflé Richard juste pour lui signifier la fin de je ne sais quoi ou s'il y avait quelqu'un d'autre…

— Je l'ai giflé parce que c'est un crétin et que j'aurais dû le faire depuis belle lurette.

— Donc ce n'est pas parce qu'il sort avec une autre?

Je fais non de la tête.

— Parfait. Alors… *Tiens ton verre comme un poème*!

— Quoi?

— C'est le titre d'un livre écrit par lady Henrietta Posche.

Je hoche la tête d'un air absent.

— Ah, bon…

Charlie pique un fard, sans doute parce que durant notre round d'observation, Lily Marlene – cette petite traînée – a sauté sur ses genoux et qu'elle est en train de renifler du côté de… enfin bref, disons que son comportement est totalement indécent.

Je n'ai plus du tout envie de parler de Richard. Je reprends possession de ma petite dévergondée et je la tiens à bout de bras au-dessus de mon nez pour lui tirer les oreilles.

— Petite effrontée! Sache qu'une vraie lady ne se comporte pas comme ça avec un monsieur!

Charlie éclate de rire.

— Je ne dirais pas ça… Ça dépend de quelle lady on parle.

— Charlie! Je ne vous savais pas si pervers.

Après cet épisode pour le moins inattendu, la tension se relâche et nous commençons à parler de choses et d'autres, en particulier du club et de la façon dont Charlie envisage de le faire évoluer. J'apprends qu'il se propose d'acheter la maison d'à côté et de la démolir pour installer une piscine. Je lui donne quelques idées pour lancer le projet et récolter des fonds. Nous nous retrouvons en train de porter un toast à ses projets d'expansion autour d'un second verre de champagne, en riant bêtement de ses projets les plus farfelus, ce qui n'est pas bien de ma part car officiellement, je suis censée être en train de bosser !

Je me lève pour prendre congé.

— Je ferais mieux d'emmener Lily pour voir comment ça se passe en bas. Ensuite, je rejoindrai les filles au Met. Ce soir, Josie nous amène son mari. Au fait, et si vous veniez avec nous ? Il faut bien quelqu'un pour tenir compagnie à Emmanuel…

— Vous parlez sérieusement ? Parce que je serais tout à fait capable d'accepter, vous savez… J'ai parfois l'impression d'être prisonnier de ces murs.

— Mes copines seraient ravies. Vous pourriez draguer Clemmie ou Elizabeth, qui sait ? Elles sont raides dingues de vous.

Je sais, ce n'est pas très pro de tenir ce genre de propos à son patron, mais nous savons tous les deux que j'adore blaguer.

Il me répond d'un air sévère :

— Mieux vaut ne pas mélanger plaisir et boulot.

Je pique un tel fou rire que je suis à deux doigts de tomber sur ses genoux. C'est fou l'effet que peuvent faire deux malheureux verres de champagne ! J'ai l'impression que Charlie est sur le point de m'embrasser et que je pourrais très bien lui rendre son baiser. Pauvre Charlie ! Quand je le vois virer au rouge tomate, je me dis qu'il doit être sacrément choqué. Dès que nous parvenons à nous dépêtrer l'un de l'autre, il commence à jouer avec sa boîte de cigares.

Je rougis à mon tour et je me mets à caresser les oreilles de Lily pour qu'il ne s'en aperçoive pas.

— Euh… alors à ce soir !

— Dans une petite heure, ça vous va ?

— C'est parfait.

Et je pars en courant.

Je ne sais vraiment plus où me mettre ! Je me glisse dans l'ouverture du panneau secret, je dévale l'escalier et vlan, je heurte Richard de plein fouet.

— Et m… !

C'est quand même très humiliant de rentrer dans un mec qu'on a giflé quelques heures plus tôt.

Je bredouille deux mots d'excuse, mais Richard me regarde avec des yeux de boxer abandonné.

— Lolly ?

La dernière fois qu'il m'a appelée comme ça, je lui ai tapé dessus, mais en cet instant précis, je ne pense qu'à une chose : tomber dans ses bras et poser sur son épaule ma pauvre tête qui tourne, en pleine confusion. Mais naturellement je m'abstiens. Entre autres raisons, parce que j'ai Lily dans les mains et qu'elle n'arrête pas de gigoter.

— Mais c'est Lily Marlene. Bonjour, mon bébé !

Il la prend dans ses bras et lui gratte les oreilles comme s'il faisait ça tous les jours. Il a de longs doigts fuselés, très beaux… et je repense au contact de ces doigts sur ma peau, l'autre soir.

Sans réfléchir une seconde, je lui sors tout de go :

— Dis-lui de déguerpir.

Il me regarde comme si je venais de le gifler une seconde fois.

— Pardon ? Mais… je lui faisais une caresse, c'est tout.

— Je ne parle pas de Lily. Vire-*la* ! Laisse-la tomber et viens t'installer chez moi.

Il prend un ton presque implorant.

— Mais je ne peux pas, Lola, elle vient d'emménager. Et je lui ai demandé de m'épouser. Lolly, je suis désolé. Je t'aime et je t'aimerai toujours, mais nous ne pouvons pas… nous ne pouvons pas revenir en arrière.

Cette fois, c'est à mon tour de recevoir une gifle en pleine figure. Je suis rattrapée par la réalité. Richard, malgré tous ses défauts et toutes ses erreurs, a raison. Je lui reprends Lily en ravalant mes sanglots.

— Très bien. Mais arrange-toi pour ne plus jamais croiser mon chemin. Je parle sérieusement, Richard. J'en ai assez de tomber sur toi sans arrêt, c'est au-dessus de mes forces.

— Lolly, je t'en prie…

Je sens les larmes rouler sur mes joues.

— Je suis sérieuse, Richard. Je ne veux plus te voir.

Il m'attire à lui et me caresse les cheveux en soupirant.

— Lolly, s'il te plaît, tu sais très bien que nous ne revivrons plus ce que nous avons vécu. C'est impossible.

Il a raison, il faut oublier le passé. Il faut que, chacun de son côté, nous fassions un pas en avant, résolument tournés vers l'avenir. Je sais bien que je dois cesser de regarder en arrière, mais je ne peux pas le supporter. Je me sens si bien, nichée au creux des bras de Richard, comme dans un nid douillet et familier. Comment faire pour lui tourner le dos alors que tout en moi me rappelle les bons moments que nous venons de revivre ? Les vœux que nous avons échangés me semblent aussi réels que le jour de notre mariage. Ils nous lient toujours l'un à l'autre et je veux retrouver tout ce que nous avons perdu. Je me fiche totalement de Sally, de ce qui est bien et de ce qui est mal. Et je n'ai aucune envie d'être raisonnable. Je veux que Sally s'en aille, qu'elle disparaisse pour que Richard me revienne enfin.

Je lève les yeux vers lui.

— Pourquoi ne pas revenir en arrière ?

— Oh, Lolly…

— Mais pourquoi, Richard ? Je veux que tu me reviennes. Dis-lui de partir.

# 10

*Si votre vie doit être une ode à l'amour, il ne faut pas semer le désordre par le doute ou les hésitations.*

*Qu'il s'agisse de faire l'amour, de se promener en calèche, de donner des ordres aux domestiques, d'organiser une réception, d'accueillir un invité ou de discuter politique, chacune de nos actions, chaque mot que nous prononçons doit être un hommage à cet amour.*

*Que je parle à une fille de salle ou à mon très cher amour, chaque mot prononcé a le goût des lèvres de mon amant…*

*Extrait de* Tiens ton verre comme un poème
*de lady* Henrietta Posche

C'est une manœuvre hardie, mais j'ai fait un pacte avec ma conscience. Si Richard laisse tomber la grande perche blonde pour moi, ça veut dire que nous sommes faits l'un pour l'autre, comme Antoine et Cléopâtre, Richard Burton et Elizabeth Taylor, comme… Kitty et Martin. Et s'il ne le fait pas, eh bien, soit… Toute cette folie s'arrêtera pour de bon.

Mais je sais, jusqu'aux tréfonds de mon être, je sais qu'il viendra.

Je le sais parce que, au-delà de cette obsession maladive que j'ai de lui, je connais Richard… peut-être mieux encore que moi-même. J'ai jeté le gant, et Richard a toujours été du genre à relever les défis. Il viendra, il ne pourra pas se dérober. Je suis tellement sûre de moi que j'ai passé autour du cou de Lily son ruban Hermès préféré, le brun, celui qui met ses yeux en valeur.

J'enfile mes sous-vêtements les plus sexy, un modèle si branché que la styliste n'a toujours pas trouvé de fournisseur ! Elle fait partie des membres de la Posh House, et tous ses modèles sont ornés de vraies pierres précieuses, des grenats et du quartz rose. Autant dire qu'il est quasiment impossible de laver ces dessous, mais ils sont vraiment superbes. La plupart du temps, ils restent accrochés à la patère de ma chambre, comme s'il s'agissait d'une œuvre d'art. Mais ce soir, je les ai époussetés avant de me glisser dedans. Ce soir, l'œuvre d'art, ce sera moi.

Je sors une bouteille de Dom Pérignon de mon minifrigo, lequel me sert également d'armoire de rangement pour mes produits de beauté. Il est bourré de vernis à ongles et de crèmes hydratantes. En dehors du champagne, je ne conserve jamais d'aliments ou de boissons dans mon appartement, tout simplement parce que je n'ai pas assez de place. J'ai même transformé le placard de ma cuisine en bibliothèque et j'y ai mis l'exemplaire du *Passage secret vers le passé* offert à Lily (on ne peut pas dire qu'elle soit fan des biographies).

Quant à mon exemplaire, je le pose près de mon lit, à côté de la bouteille de Dom Pérignon. Puis j'allume une bougie à la tubéreuse et je glisse le dernier C.D. de Dido dans mon ordi portable. J'ai toujours voulu acheter une chaîne, mais quand on vit la nuit, on ne trouve jamais le temps de faire ce genre d'achats.

On sonne à l'Interphone. Je me dépêche de faire mon lit en entendant l'ascenseur monter. Richard... Lorsque j'ouvre la porte, il a l'air épuisé, mais dès que je le prends dans mes bras pour le conduire jusqu'à ma chambre, il me rend mes baisers avec fougue.

Ce genre de baiser ne ment jamais : je sais que j'ai gagné et que la grande perche blonde a perdu. Elle a peut-être des jambes et des allures de top model, mais ce sont des jambes et des allures de *loser*. Richard m'a choisie, *moi*, une fille de taille normale, jolie mais qui n'a rien d'un top model… J'étais peut-être l'*outsider*, mais j'ai fini par triompher.

Seule fausse note à la soirée, mes dessous de luxe ont légèrement souffert de la bataille. Après l'amour, Richard roule sur le côté en gémissant. Ce n'est pas un gémissement d'extase, mais de douleur : tous les problèmes mis provisoirement de côté ressurgissent, exigeant une réponse.

Je lui tourne le dos en m'enveloppant dans le drap. Les petits bruits de griffes de Lily qui sautille dans la pièce ne parviennent même pas à rendre moins déprimante la réalité de cet instant postcoïtal.

Il me dit qu'il ne peut pas rester cette nuit.

Je lui dis que, si, il peut.

Il m'embrasse avant de retomber sur ses oreillers. C'est alors que mon téléphone se met à sonner. C'est Elizabeth.

— Lola ! Mais qu'est-ce que tu fabriques ?

— Oh, zut ! J'ai complètement oublié… J'étais tellement lessivée après le boulot que je suis rentrée directement chez moi. Je me suis endormie avant de dire « ouf ». Excuse-moi, j'aurais dû t'appeler.

J'étouffe un bâillement, puis je saute du lit et je prends le téléphone avant de passer dans le salon.

— Ça se passe bien ? Il est comment, ce fameux D.J. ?

— Le D.J. est bien, mais Charlie est ici avec nous, et il n'apprécie pas que tu ne sois pas venue. Alors enfile tes escarpins et amène-toi vite fait !

— Je ne sais pas, je n'ai pas très envie de sortir. Je crois que j'ai besoin d'une bonne nuit de sommeil.

Elle éclate de rire.

— Ça, je demande à voir. Mais en tout cas, ce n'est pas pour aujourd'hui. Allez, viens ! Nous devons absolument fêter ta gifle de cet après-midi. Nous avons commandé du champagne et tout le monde est là. Attends une seconde, Clemmie veut te dire un mot.

— Lola, dépêche-toi de venir ! Charlie est là.

— Je vous fais confiance pour lui tenir compagnie… Tu sais, je n'ai pas très envie de sortir ce soir. Je ne me sens pas dans mon assiette.

— Figure-toi qu'il est venu avec une superbe créature blonde…

Elle baisse la voix et me chuchote :

— Si tu veux mon avis, c'est *toi* qui devrais avoir une aventure avec Charlie.

— Tu oses me dire ça alors qu'il est avec une fille ?

— Tu pourrais facilement en venir à bout, Lola. Tu sais, ces bêtes de race, ça va et ça vient. Et puis, accompagné ou pas, il est clair qu'il espérait te voir ce soir. Alors viens faire un tour par ici, ma belle, ton verre t'attend.

Au moment où je raccroche, Richard arrive dans le salon. Il a enfilé son pantalon.

— Tu t'en vas ?

J'ai du mal à cacher ma déception.

— Lola, je ne peux pas lui faire ça. Nous ne pouvons pas. Et tu le sais très bien.

Il a plus l'air d'un chien battu que d'un homme qui vient de grimper aux rideaux.

Comme je ne trouve rien d'autre à répondre, je lui dis au revoir.

— Tu sais que je t'aime. Je n'ai aucune envie de te perdre… je ne pourrais pas.

Sa voix s'éloigne tandis que je ferme la porte.

Je ne veux rien entendre que ce « je t'aime ». Le reste n'est que du vent. Je me refuse à céder au doute, au conflit, à ces voix qui ne cessent de me prédire le pire. Je m'accroche à ce « je t'aime »… Je suis comme un enfant qui se met la main sur les yeux pour conjurer sa peur, persuadé que s'il refuse de voir le monstre, le monstre le laissera en paix.

Richard m'aime et c'est tout ce qui compte.

Le temps que je rejoigne mes amis, Charlie et sa superbe blonde sont déjà partis. J'ai un peu honte, mais je trouve aussitôt une bonne excuse pour justifier ma conduite : après tout, quand je lui ai dit de nous rejoindre au Met, ce n'était qu'une simple suggestion, pour qu'il se fasse chouchouter par les filles et flatter son ego. Charlie et moi passons déjà assez de temps ensemble sans avoir à nous fréquenter en dehors du boulot.

Mais les copines ne sont pas de cet avis.

— C'est toi qui l'as invité, tu aurais dû être là.

A quoi bon leur cacher la vérité? Je leur raconte ce qui s'est passé.

Clemmie a l'air écœuré.

— Tu lui as dit *quoi*?

— De virer la fille.

J'ai l'impression d'avoir proféré une énormité, la chose la plus provocante – peut-être – que j'aie jamais dite de toute ma vie. Et ça me procure une merveilleuse sensation de bien-être.

Emmanuel lui-même n'en revient pas. Il a l'air aussi écœuré

que Clemmie. Je ne comprends pas pourquoi ils se voilent la face, tous autant qu'ils sont. Ils n'arrivent pas à intégrer le fait qu'entre Sally et bibi, c'est bien moi que Richard a choisie.

— Vous n'avez pas l'air de comprendre ! Il a fait son choix, il m'a choisie, *moi*.

Elizabeth me fusille du regard.

— Tu veux savoir ce qu'il a fait ? Il t'a fait l'amour, puis il est parti… pour *lui* faire l'amour, à *elle*.

Josie ajoute, en bonne petite épouse ravie de son sort :

— … c'est-à-dire là où est sa place.

Je commence à imaginer Richard, *mon* Richard, en train de s'envoyer en l'air avec la grande perche blonde, et ça me donne la nausée. Elizabeth continue de m'observer, l'air incrédule.

— Je n'arrive pas à croire ce que j'entends. Et le pire, c'est que je commence presque à le plaindre, lui.

Clemmie lâche, les dents serrées :

— Et moi, je plains sa petite amie.

— Ce n'est pas sa petite amie !

Je suis la première surprise de la violence de ma repartie.

Clemmie me fait remarquer qu'il vit pourtant bien avec Sally.

Je me bouche les oreilles, incapable d'en entendre davantage.

— Vous avez l'air d'oublier, tous autant que vous êtes, que Richard a été *mon* mari. Ce n'était pas une amourette de passage, un coup de cœur sans lendemain. Il m'a *épousée*, et nous sommes toujours amoureux l'un de l'autre. Cette fille a croisé son chemin, mais elle doit me laisser la place.

Elizabeth me force à l'écouter.

— Si tu t'entendais… Tu dois cesser de revenir sans arrêt sur le passé. Richard, lui, a tourné la page. Bien sûr, tu peux toujours l'appeler pour faire l'amour comme je l'ai fait avec Mike, mais il n'y aura pas de *happy end*, Lola. Vous ne finirez pas vos jours ensemble en filant le parfait amour.

— En ce qui te concerne, ça ne t'a jamais empêchée d'appeler Mike.

Elizabeth est exaspérée. C'est Josie qui prend la relève.

— Mike, lui, n'avait pas de petite amie à demeure…

— Décidément, vous ne comprenez rien. Je sais, ça peut sembler moche pour Sally, et je suis désolée pour elle. Mais si Richard et moi sommes faits l'un pour l'autre, lui dire de partir, c'est aussi lui rendre service *à elle*. Pour qu'elle reparte du bon pied.

— Tu as raison. Quelle grandeur d'âme, quel altruisme ! Sally appréciera sûrement que tu te préoccupes de son avenir.

Emmanuel commence à en avoir marre de rester bloqué sur son siège. Il se lève.

— Pas d'amateur pour un autre verre ?

Elizabeth change de tactique. Cette fois, elle essaie la douceur.

— Ecoute-moi bien, ma belle. Faire l'amour avec un ex, c'est la solution de facilité. C'est très confortable et très commode, je suis bien placée pour le savoir. Mais c'est vraiment le seul avantage, et ça n'a rien à voir avec l'amour, c'est même tout le contraire. Quand on aime, tout devient compliqué et bien plus difficile.

Désolée, mais je ne suis pas d'accord. Dieu sait si mes copines occupent une grande place dans mon cœur, mais je sais qu'elles ont tort. Je décrète donc que l'affaire est close, et nous rejoignons tous la piste de danse. Clemmie drague un Suédois très craquant, aux épais cheveux couleur de sable.

Lorsque je rentre chez moi pour donner à manger à Lily, je recommence à flipper. Je veux que Richard me revienne, et je suis certaine de pouvoir y arriver, à condition de bien utiliser mes cartes.

Je prends mon téléphone et je l'appelle. Il est 6 heures du matin.

Il décroche après la première sonnerie et murmure d'une voix ensommeillée :

— J'étais en train de penser à toi…

Je me demande si elle dort près de lui. Ou peut-être fait-elle juste semblant de dormir pour mieux l'écouter. Je me demande si elle l'écoute en prenant conscience que son amour pour Richard est en danger.

— Désolé d'être parti comme ça, hier soir. C'était nul.

— Nous nous sommes fait assez d'excuses, tu ne crois pas ?

— Peut-être, oui. Alors, quoi de neuf ?

— Lily se demandait si tu ne pouvais pas faire un saut chez moi en partant au boulot, juste pour me mettre au lit.

Il éclate de rire et me suggère de répondre à Lily qu'il part à l'instant même.

Lorsqu'il arrive chez moi, je suis nue. Il me soulève et me porte jusqu'à mon lit. Il me fait l'amour et m'embrasse partout, me dit que je suis belle… Je me sens bien. Je sais que, quoi qu'il puisse arriver, je me souviendrai de cet instant toute ma vie. J'avais raison. Richard et moi sommes faits l'un pour l'autre, et j'ai beau être au septième ciel, je prends quand même un malin plaisir à me dire qu'il m'a choisie moi et pas Sally. J'ai acquis la certitude qu'il sera toujours de mon côté. Sur le plan physique, c'est l'entente parfaite. Le courant passe parfaitement entre nous, sensation que je n'ai jamais eue avec les autres hommes. Et même pendant notre séparation, Richard a toujours été l'homme de tous mes fantasmes.

Avant de partir, il me prépare un thé vert avec un morceau de sucre, exactement comme je l'aime. Puis il m'embrasse tendrement.

— Je suis désolé de passer mon temps à te fausser compagnie, Lola. Mais dis-moi que ça marchera quand même.

On dirait qu'il a besoin d'être rassuré.

— Bien sûr que ça marchera. Il le faut.

— J'adore ton nez…

Puis il promène son doigt sur mes pommettes. Je plisse le nez, un peu gênée par le compliment.

Il se met à rire.

— J'aime surtout la façon dont tu le plisses quand je te fais ce genre de remarque.

Debout dans l'encadrement de la porte, sur le point de partir, il s'arrête un instant pour me redire qu'il m'aime. Et il s'en va.

Je serre mon oreiller dans mes bras pour étouffer un cri de triomphe au cas où il m'entendrait depuis le couloir. Victoire ! J'ai gagné… J'ai *gagné* ! La grande perche blonde a perdu. Youpi… !

Le téléphone sonne juste au moment où je commençais à sombrer dans un profond sommeil. C'est Kitty.

Alors que je suis en train d'ôter mes boules Quies, elle m'assène brutalement la nouvelle :

— Tante Camilla est morte cette nuit, pendant son sommeil.

— Oh, non ! Tante Camilla… Oh, non… !

— Tu sais, elle était très âgée et elle est morte paisiblement.

Oui, tante Camilla aura été paisible jusque dans la mort. Kitty commence à me parler des dispositions prises pour les obsèques. Elle m'apprend que ma tante a laissé des instructions très précises et... plutôt surprenantes. Elle a exigé d'être incinérée et souhaite qu'un grand feu d'artifice disperse ses cendres dans le ciel du Surrey, dans une explosion de lumière !

— Imagine un peu les démarches que ça implique pour organiser tout ça. Je ne sais d'ailleurs même pas si c'est légal.

— Si je peux t'être utile, n'hésite pas...

Kitty soupire en ignorant mon offre de service.

— Joanna n'aura pas le temps de souffler avec tous ces préparatifs. Mais ça pourrait être assez cocasse. Figure-toi que tante Camilla a pris toutes les dispositions nécessaires pour qu'on organise une fête foraine avec des petites promenades à cheval, un chapiteau, des danses folkloriques et même un orchestre. Le soir, il y a aura des cracheurs de feu et des magiciens, et elle a invité tous les gens de son village... Il faut dire qu'elle a toujours été très secrète. Elle cachait bien son jeu !

Je rétorque du tac au tac :

— Je ne suis pas d'accord.

Tandis que, depuis ma fenêtre, j'entends les rues du centre de Londres s'animer – les gens prennent le chemin du travail – je feuillette le livre sur la Posche House. Je découvre les lettres d'amour écrites par lady Posche à Edward, l'élu de son cœur.

# 11

*Lorsqu'on parcourt le livre d'Henrietta,* Tiens ton verre comme un poème, *on a souvent une sensation de malaise. Car à aucun moment elle ne fait la moindre allusion à son amour adultère. En fait, le lecteur a le sentiment que le grand amour de sa vie n'est autre que son époux, auquel elle est toute dévouée. Et la correspondance privée de son mari ne contient aucun indice tendant à prouver qu'il voyait les choses différemment. Peut-être s'était-il résigné à l'adultère tout en s'efforçant de croire que son épouse bien-aimée partageait l'amour que lui-même lui portait. Ou du moins, qu'elle l'aimait à sa façon.*

*C'est à travers la correspondance de sa sœur que l'on appréhende le mieux la réalité des faits. En particulier, la vie de débauche d'Edward était de plus en plus mal ressentie par Henrietta au fil du temps. Peut-être les sentiments qu'elle éprouvait pour son mari se sont-ils renforcés lorsqu'elle prit conscience de la patience quasi angélique de son époux.*

Passage secret vers le passé :
*Biographie de Lady Henrietta Posche*
Par MICHAEL CARPENDUM

L'après-midi, je pars avec Lily jusqu'au petit cottage de tante Camilla, dans le Surrey, pour retrouver Kitty et Richard. Ma tante avait beau être une femme aisée, elle a toujours vécu dans cette jolie maisonnette couverte de glycine, dans le village de Dumblesham. Ces derniers temps, elle a eu recours aux services d'une infirmière à plein temps, miss Durram, une femme entre deux âges ennuyeuse comme la pluie. Mais, à part cette infirmière, ma tante a vécu seule la plus grande partie de sa vie. Et ceci expliquant cela, elle s'est impliquée dans la vie de son village avec un enthousiasme farouche.

Tandis que je traverse en voiture le village aux allures de carte postale, je me souviens de mon séjour chez ma tante, juste avant mon mariage avec Richard. Elle n'était pas en très grande forme, mais elle mettait un point d'honneur à s'occuper de moi comme si j'étais toujours une gamine en socquettes avec une queue-de-cheval…

En fait, c'était la tante de mon père, une femme très riche et très élégante, avec un petit côté suranné au sens noble du terme. Martin l'appelait la « dernière figure de l'ancienne et noble dynastie edwardienne ». Je me souviens que je trouvais ses dîners un peu trop solennels, ayant grandi auprès de parents qui préféraient dîner en ville. Et lorsque nous mangions à la maison, c'était toujours des plats de chez le traiteur, comme des œufs de cailles, du carpaccio, du foie gras, du caviar, voire des huîtres et du homard.

Tante Camilla, elle, a toujours dîné avec des nappes et trois plats au menu. Mais ce que j'ai toujours trouvé extraordinaire chez elle, même si je suis certaine qu'elle adorait Kitty, c'est qu'elle n'était pas hypnotisée par ma mère.

Lorsque Kitty lui débitait des trucs idiots sur les vieilles filles et « la tragédie profonde d'une vie sans passion », tante Camilla souriait d'un air serein en me faisant un clin d'œil en douce, ou alors elle feignait de n'avoir pas entendu. Et chaque fois que ma mère divorçait, se refusant à adresser la parole « à la famille de cet homme », elle faisait toujours exception pour tante Camilla. Je crois que Kitty admirait sa capacité à ne pas se mêler de leurs affaires.

Kitty et Martin ouvrent la porte en entendant le moteur du taxi, comme s'ils attendaient mon arrivée avec angoisse, à l'image des parents qu'on voit dans les films. Je les trouve craquants tous les deux, là, sur le seuil de la maison : Kitty grande et mince dans son éternelle mousseline de soie rose, et Martin avec son gilet miteux, son préféré. C'est Kitty qui le lui a tricoté. En fait, Kitty l'a fait tricoter par Joanna, mais dans l'esprit de Kitty, ça revenait au même !

J'ai toujours adoré ce paisible sanctuaire qu'est le cottage de ma tante, surtout quand mes parents traversaient des moments difficiles, et que je devais surmonter le traumatisme de leurs divorces et de leurs réconciliations. Je ne sais pas ce qui était le pire, leurs hurlements (eux parlaient de joutes verbales passionnées...) ou les manifestations publiques d'amour qui suivaient la tempête. Pendant les périodes de divorce, j'étais toujours utilisée comme une arme par Kitty pour punir Martin, c'était donc pour moi un énorme soulagement lorsqu'ils m'expédiaient chez tante Camilla. Elle ne parlait jamais des relations entre mes parents ni de leur impact sur moi, ce qui était merveilleux car, dès que je rentrais chez moi, Kitty et Martin, eux, ne parlaient que de ça... Ils faisaient comme si je n'étais pas dans la pièce.

Je règle la course du chauffeur et mes parents me prennent tous les deux ensemble dans leurs bras. C'est assez bizarre, mais plutôt agréable, curieusement... N'importe quel passant nous prendrait pour l'image type de la famille anglaise... sauf que Lily fait tache dans le tableau en s'accrochant à la jambe de pantalon de Martin.

Dès que j'entre dans la maison, tous mes souvenirs d'enfance me reviennent à la mémoire... Ces génoises et ces bonshommes en pain d'épices que nous faisions cuire au four. Nous les dégustions avec des verres de limonade maison ou de jus de fruits fraîchement pressés.

Après mon mariage, j'ai amené Richard voir tante Camilla, et il a fait une plaisanterie très déplacée, prétendant que la maison sentait le camphre et les sablés. Il n'a pas apprécié non plus que ma pauvre tante s'obstine à l'appeler Oliver. Mais le pire de tout, c'est que tante Camilla ne buvant pas (je crois qu'elle désapprouvait par principe), il n'y avait aucun alcool chez elle. Nous ne restions que le dimanche midi, mais Richard n'avait pas arrêté de la critiquer pendant le trajet du retour, à cause de cette absence d'alcool.

Tandis que notre Ferrari fonçait sur les petites routes de campagne bordées de haies et aux virages en épingle à cheveux, il n'a pas cessé de râler.

— Bon sang, elle pourrait quand même avoir de quoi offrir à boire à ses invités !

Personnellement, la politique de tante Camilla en matière d'alcool me soulageait d'un grand poids car Richard conduisait toujours comme un fou…

Je lui ai rappelé qu'elle n'était plus toute jeune et qu'elle n'avait plus toute sa tête, mais il n'était pas d'humeur à se laisser amadouer.

— C'est plutôt vaseux, comme excuse ! Ce n'est pas une façon d'agir… Enfin quoi, je n'ai jamais vu quelqu'un inviter des gens à déjeuner le dimanche et ne pas leur servir de vin… pas même un petit remontant. Nous sommes quand même venus de Londres pour la voir ! Je trouve ça nul.

C'était la première fois que je voyais mon mari en colère à ce point et je n'avais pas très envie de me disputer avec lui, mais je lui ai fait gentiment remarquer qu'à notre arrivée elle nous avait offert un thé et des biscuits maison. C'est d'ailleurs ce qui m'a valu cette tirade sur « la maison qui sentait les sablés ».

Je remets Lily sur ses quatre pattes et je dis à mes parents :

— C'est la même odeur que quand j'étais gamine !

Kitty soupire tristement.

— Je sais… la lavande et les vieux livres. Elle va nous manquer.

Martin y va de son petit commentaire.

— C'était la dernière figure de l'ancienne et noble dynastie edwardienne…

Kitty se moque gentiment de lui.

— C'est ce qu'il n'arrête pas de me seriner depuis notre arrivée. Je crois qu'il nous fait une crise parce qu'il est en manque de pendules !

Nous nous dirigeons vers la cuisine ou quelques spécialités commandées chez le traiteur sont déjà disposées sur un plat. Kitty s'active, des assiettes et des serviettes de table à la main, tandis que Martin prépare le thé. C'est assez bizarre de les voir dans ce cadre parce qu'ils donnent l'impression d'être ici comme chez eux. En tout cas, ils sont très au courant des rituels de préparation du thé et des petits gâteaux !

Martin étale du foie gras sur son toast.

— Dire qu'elle ne s'est jamais mariée…

Kitty renchérit :

— Pauvre Camilla. Une existence vide, sans personne à aimer, c'est inhumain. Une vie gâchée.

Je prends sa défense.

— Elle avait quand même des amis. Et puis son infirmière, miss « Je-ne-sais-plus-qui »…

— Parlons-en ! Elle a fait ses paquets et a pris la poudre d'escampette juste après avoir trouvé le corps de la pauvre Camilla. C'est dire à quel point cette femme avait un cœur de pierre ! De nos jours, il est impossible de trouver une personne de confiance. Le monde est rempli de gens sans cœur qui ne savent même pas ce qu'aimer veut dire… C'est scandaleux !

Sur ces bonnes paroles, Kitty boit délicatement une gorgée de son thé.

***

Après le souper, je fais la vaisselle avec Martin. Ma tante n'avait pas confiance dans les « engins modernes » tels que les lave-vaisselle. C'est moi qui lave les assiettes et Martin les essuie. A nous voir, on dirait que nous l'avons déjà fait des milliers de fois.

Martin range une assiette dans le buffet.

— Elle était très belle lorsqu'elle était jeune. Je me souviens que quand j'étais gamin, j'étais fasciné par sa beauté.

Je marque un temps d'arrêt en regardant mon père, sidérée qu'il ait pu admirer une femme autre que Kitty. Il a le regard perdu dans le vague, plongé dans ses souvenirs.

— Il paraît que lorsque j'avais trois ans, j'ai annoncé que j'allais me marier avec elle.

— C'est vrai ?

Il éclate de rire au souvenir de son romantisme précoce au moment même où Kitty entre dans la pièce. Ce n'est pas la première fois que j'entends parler de cette histoire, mais elle me fait toujours autant rire.

Mon père ajoute, comme perdu dans un rêve hors de l'espace et du temps :

— Quand on m'a dit que je ne pouvais pas épouser ma tante, j'ai tenu bon. Je leur ai dit : « Eh bien, si je ne peux pas me marier avec elle, je trouverai quelqu'un qui lui ressemble ! » Et c'est ce que j'ai fait. La même longue silhouette fragile, des cheveux d'or, comme une star de l'écran…

Parle-t-il de tante Camilla ou de Kitty, à présent ? Je ne sais plus très bien.

Kitty lui passe la main dans les cheveux d'un geste affectueux.

— Martin, arrête ! Tu sais bien que lorsqu'on ressasse sans arrêt ses souvenirs d'enfance, c'est qu'on devient gaga.

Mon père range la dernière assiette.

— Tu as sans doute raison. Mais on peut dire que je la regretterai, cette tante Camilla…

— … la dernière figure de l'ancienne et noble dynastie edwardienne, je sais.

Kitty le met en boîte, mais je la trouve pensive, elle aussi. Un peu plus tard, alors qu'elle se pelotonne sur le canapé du salon avec les papiers de tante Camilla, je prends le temps de l'observer. Jamais je ne l'ai vue rester immobile, sans rien dire. En général, lorsqu'elle « se fige sur place », c'est à la manière des grands fauves… C'est tout juste si on ne l'entend pas feuler. Mais là, elle est simplement absorbée par sa lecture. Les yeux cachés sous des lunettes extravagantes, elle a plongé le nez dans une liasse de papiers.

Elle finit par lever la tête.

— Les dispositions qu'elle a prises pour ses obsèques sont d'une précision… ! Elle a tout prévu. Tu es sûre que tu ne l'as pas un peu aidée à tout organiser, Lola ? C'est fou, tout est mentionné jusqu'au moindre détail, les assurances, les réservations, c'est absolument fascinant. Je suis très impressionnée.

Et moi sidérée par le compliment. J'étais convaincue que Kitty ne savait pas trop comment je gagnais ma vie… Elle a l'air tellement désespéré chaque fois qu'elle parle de ma carrière !

— Tiens, jette un coup d'œil sur ces papiers et dis-moi ce que tu en penses. Elle a même dressé la liste des invités, comme s'il s'agissait d'une fête…

Je parcours avec intérêt les pages manuscrites. C'est intitulé « Célébration des obsèques de lady Camilla Dawne » et Kitty a raison : tout est consigné jusque dans le moindre détail, y compris les plans de rechange en cas d'imprévu. La cérémonie proprement dite doit avoir lieu un vendredi matin, une semaine après sa mort, et l'incinération le même jour. La fête est censée commencer dès le lendemain, 11 heures, sur le terrain communal. Elle a même versé un supplément pour que sa réservation soit prise en compte en priorité. Et elle a mis de côté un petit pécule pour rembourser ceux qui se sentiraient lésés ! Mais les gens du village l'aimaient tellement que j'ai du mal à imaginer que quelqu'un puisse profiter de cette occasion pour récupérer un peu d'argent.

Kitty a raison, cette organisation est digne d'une vraie pro. Je n'aurais pas fait mieux. Elle a pensé vraiment à tout, jusqu'à ces plans de secours pour que tout se déroule parfaitement.

La fête doit durer toute la journée, et des animations sont prévues pour les enfants, comme des promenades à poney. Le soir, un bal aura lieu sous le chapiteau. Des arrhes ont déjà été versées aux traiteurs ainsi qu'à l'orchestre. La liste des invités est longue et semble avoir été remise à jour récemment. Tout doit se terminer en apothéose par un grand feu d'artifice prévu pour minuit et au cours duquel les cendres de tante Camilla seront propulsées vers le ciel dans un flot de lumière. Naturellement, là encore, tout a été prévu, y compris l'assurance spéciale…

Je rends le classeur à Kitty.

— Tu te rends compte, partir comme ça, dans un concert de lumières !

— Je suis vraiment épatée par ses talents d'organisatrice…

Kitty rechausse ses lunettes pour relire les papiers. Martin, lui, se demande si le mot « organisatrice » est bien choisi en parlant d'une défunte…

Kitty ignore sa remarque et se tourne vers moi.

— Est-ce que ton travail est aussi compliqué que ça?

— Ça dépend. J'aurais tendance à dire oui.

— Quand on pense à toutes les choses qui peuvent mal tourner! Jamais je n'aurais cru qu'il faille tout prévoir dans le moindre détail lorsqu'on organise ce genre d'événement… Tu as beaucoup de talent, Lola.

Je rougis sous le compliment.

J'essaie d'imaginer ma tante passant des soirées entières à mettre au point toute cette organisation pour ses amis et sa famille. Je l'imagine assise sur ce canapé où Kitty est installée, réfléchissant à tous les détails de la fête et du bal, visualisant dans sa tête le déroulement des opérations, ses invités en train de rire et de s'amuser pendant qu'elle serait propulsée vers les cieux dans l'embrasement d'un feu d'artifice.

Je l'imagine recevant des devis des différents fournisseurs, auditionnant des groupes pour assurer l'ambiance musicale, essayant d'envisager tous les incidents possibles et imaginables pour prévoir des plans de secours afin que tout soit parfait.

Soudain, Martin rompt le silence.

— Elle a eu un homme dans sa vie, vous le saviez?

Kitty ôte ses lunettes et le regarde d'un air ébahi comme s'il s'agissait d'un intrus.

— Comment ça? Tu ne m'as jamais parlé de sa vie sentimentale…

— Ah, non?

Finie la méditation contemplative.

— Non. Jamais.

Kitty a l'air très en colère.

— Bon, c'est possible, après tout. C'était un sujet délicat à aborder en famille.

Les yeux violets de Kitty lancent à présent des éclairs.

— Mais enfin, c'est *nous*, ta famille. Nous trois. Et nous n'étions même pas au courant de cette histoire d'amour…

Elle se tourne vers moi comme pour chercher un soutien. Je prie le ciel pour que le canapé en chintz m'engloutisse *illico*.

Le pauvre Martin prend conscience de s'être fourré dans un beau pétrin. Le dossier « obsèques » de la tante Camilla est mis temporairement de côté, *idem* pour les lunettes de Kitty. Martin est au fond d'un trou qu'il vient de creuser, une pelle à la main, et il le sait. Il a le regard d'un homme qui s'est rendu compte qu'il ne peut plus remonter tout seul ! Il me regarde comme pour me supplier de lui envoyer une corde, mais le regard accusateur de Kitty ne le lâche pas. A présent, elle se contracte comme un tigre qui bande ses muscles avant de bondir sur sa proie.

Martin toussote et se lance dans une explication.

— Bon, alors voilà… On a parlé d'un type prénommé Oliver. Je crois que cette pauvre Camilla ne s'en est jamais vraiment remise.

Martin presse le pouce et l'index juste entre ses yeux, comme s'il avait la migraine.

— On a même parlé mariage, je crois, mais il n'y a jamais eu d'annonce officielle. J'étais très jeune quand j'ai entendu mon père y faire allusion pour la première fois, je devais avoir dans les quatre ou cinq ans, peut-être même moins. Mais il se peut que j'aie mal interprété ses propos.

— Et tu ne m'as jamais parlé, à moi, ta femme, de ce mariage brisé ! Mais pourquoi… ?

A l'intonation de sa voix, je sens que Kitty est dans une rage folle. Quand je pense à toutes ces fois où elle se lamentait sur le statut de vieille fille de ma tante… en me comparant à elle, en me faisant des reproches devant elle, en la citant comme exemple de ce qui arrive à ceux qui ont une vie sans amour.

Je crois que Kitty est en train de penser la même chose que moi. Ma mère est peut-être insensible, mais ce n'est jamais de façon intentionnelle. Ça, j'en donnerais ma main à couper. Et, maintenant, elle se rend compte qu'elle a mal jugé Camilla et elle en fait porter la faute à Martin.

Mon père fulmine.

— Je ne suis sûr de rien. Comme je vous l'ai dit, j'ai juste entendu des rumeurs, des chuchotements depuis ma chambre de gosse. Ça a dû se passer bien avant ma naissance… Une fois, en allant lui rendre visite alors que j'étais encore un gamin, j'ai vu une photo. Elle n'est d'ailleurs plus là, je l'ai tout de suite remarqué en arrivant. La photo trônait sur sa table de nuit. Si j'ai mentionné le nom d'Oliver, c'est qu'il était écrit sur la photo. Je me souviens que je l'ai lu tout haut, et que tante Camilla s'est fâchée. J'ai posé des questions à mon père, mais il n'avait pas l'air disposé à en parler. De toute façon, il était un peu alcoolique, incapable de refuser un verre. Si on essayait de remettre la main sur cette photo ?

Comme si le fait de trouver le portrait d'Oliver pouvait l'absoudre de son crime… !

Kitty l'interrompt une nouvelle fois, mais il n'y fait même pas attention. Je connais bien tous les signes annonciateurs d'une dispute… et comme je ne tiens pas à jouer les tampons, je préfère aller me faire voir ailleurs, comme je l'ai fait des milliers de fois quand j'étais gamine. Ils ne s'apercevront même pas de mon absence… Je me promène sur la place du village. Il y a un kiosque à musique au beau milieu, et je m'assieds devant. Si je fumais, je me prendrais volontiers une petite cigarette. Assise sur cette chaise couverte de graffitis – des déclarations d'amour d'ados – je regarde les étoiles dans le ciel qui est particulièrement clair, ce soir. Elles attendent tranquillement que Camilla les rejoigne.

Elle a toujours appelé Richard « Oliver ». Et parce que je ne fume pas, parce que j'ai froid et que je me sens seule, j'appelle Richard sur son portable.

Il m'envoie sur les roses.

# 12

*Il n'était pas inhabituel pour les hommes et les femmes du rang d'Henrietta de prendre des amants après le mariage. Henrietta et son mari ne firent pas exception à la règle. Ils eurent tous deux des liaisons, mais dans la plus grande discrétion.*

*Le mari d'Henrietta, Charles, eut de nombreuses maîtresses, mais il affirma toujours qu'il n'en aimait aucune car il était très attaché à sa chère Henrietta. En dehors d'Edward, Henrietta eut de très rares amants et l'on ne peut s'empêcher de se demander si elle les mit dans son lit pour son plaisir ou pour faire du mal à Edward. A en croire les lettres qu'elle écrivit à sa sœur, il est clair que, si elle resta très discrète sur ses liaisons vis-à-vis de son mari et du public, elle s'arrangea au contraire pour qu'Edward n'en ignore aucun détail, jusqu'aux plus scabreux.*

Passage secret vers le passé :
*Biographie de Lady Henrietta Posche*
Par MICHAEL CARPENDUM

Lorsqu'il me rappelle, le lendemain, je suis sur le chemin du retour à Londres.

— Quand tu as téléphoné, j'étais avec Sally.

— Elle est toujours avec toi, en ce moment ?

J'ai une peur bleue qu'il me dise oui… tout en sachant très bien qu'il ne le fera pas, même si elle est là. J'ai absolument besoin de parler de la mort de ma tante à celui qui a promis de m'aimer pour le meilleur et pour le pire.

Il répond par une dérobade.

— Non. Je dîne chez des amis. Je ne peux pas te parler maintenant.

Je m'abstiens de lui dire que je n'entends aucune voix en bruit de fond, car il a probablement une bonne excuse à me donner. Ou, pis encore, il pourrait m'accuser de l'espionner.

Alors je me contente de lui demander si je peux faire un saut chez lui plus tard.

— Pas ce soir. J'ai une grosse journée demain.

Je ferme les yeux en m'efforçant de recouvrer mes esprits pour sauver le peu de dignité qui me reste.

— Bon, d'accord. Alors… au revoir.

Je ne vais quand même pas le supplier à genoux ! Ce n'est

pas mon genre. Je me contente de lui répondre (avec une petite note pleurnicharde en fin de phrase) :

— Le problème, c'est que j'ai vraiment besoin de te voir.

Et j'ajoute d'une voix joviale, dans mon plus pur style *calme, cool, zen* :

— Je veux dire, ce serait sympa si on pouvait se voir.

— Voilà ce qu'on va faire : je passerai chez toi en sortant du boulot demain. Vers les 18 h 30, ça te va ?

Il n'a pas du tout l'air impatient de me voir. Il veut juste me faire comprendre qu'il me rend un grand service.

Mais j'accepte quand même, malgré cette petite voix agaçante qui n'arrête pas de hurler « Non ! » dans ma tête. C'est la voix de Lola la pro, la voix de la responsable senior de l'événementiel qui me rappelle qu'elle a organisé une réception au club demain, le coup d'envoi devant être donné à 18 h 30… ! Ce n'est pas une fête réservée aux membres du club, mais le client a payé pour que la réception ait lieu à la Posh House. En d'autres termes, mes honoraires ont été réglés par mon client, et j'ai aussi reçu des honoraires – moins importants – de la Posh House.

Ce n'est pas l'événement du siècle, mais comme il s'agit d'un client prestigieux, j'aimerais bien sortir le grand jeu. La Darague Chain, qui possède des hôtels cinq étoiles très tendance un peu partout dans le monde, fête le lancement d'un nouvel établissement en Jamaïque, et ils souhaitent le faire savoir à leur clientèle londonienne. Je sais par expérience que ce genre de réception, même si elle ne dure pas toute la nuit, est un vrai défi : c'est une succession de discours et d'exposés ennuyeux à mourir entrecoupés de dégustations de canapés et d'alcool.

Après quelques verres de vin et une demi-heure passée à écouter des orateurs soporifiques, les invités vont inévitablement prendre la tangente comme un troupeau de buffles, et mon boulot est de m'assurer que ce ne soit pas le sauve-qui-peut… En général, dans ce cas de figure, je préfère arriver tôt, car les invités de ce genre de réception ont l'art de mettre mal à l'aise les membres du club de la Posh House.

Et comme c'est moi qui suis à l'origine de cette manifestation, impossible de me faire porter pâle. Et si je demandais à l'un des responsables de l'accueil de jeter un coup d'œil sur le déroulement des opérations pendant la première heure ? Ce n'est pas dans mes habitudes, mais ça me permettrait d'arriver une heure plus tard ! C'est Carl qui sera de service demain. Un type fiable et très sérieux. Quant à Charlie, il n'est pas prévu qu'il passe au club demain soir. Tout devrait donc bien se passer.

J'en touche deux mots à Carl le lendemain matin, juste avant de rentrer me coucher, et il m'assure que tout se passera bien. A charge de revanche ! Super.

Richard n'arrive pas avant 19 h 30. Nous nous embrassons longuement sur le seuil de la porte pendant que Lily est scotchée devant le J.T. La famille parfaite… Je lui parle de tante Camilla et il se montre très gentil avec moi, m'asseyant sur ses genoux et me caressant les cheveux. Lily arrive en sautillant pour renifler un peu partout puis se dirige, toujours en sautillant, vers sa litière.

Je fais remarquer à Richard avec un brin de fierté :

— C'est vraiment une gentille lapine !

— Qui ça ?

— Comment, qui ça ? Lily, notre petite lapine…

Et je la montre du doigt pour éviter toute confusion.

Richard se gratte la tête en regardant Lily s'affairer dans la pièce.

— Excuse-moi, je l'oublie toujours.

Je le réprimande… tout en l'embrassant d'un air espiègle.

— Mais c'est terrible ! Tu ne souviens donc pas que tu me l'as offerte pour fêter notre premier mois de mariage ?

— Bien sûr que si, Lolly, je plaisantais. Ce jour-là, je t'ai dit : « Ferme les yeux, tends les mains et dis *lapin.* »

— Elle était minuscule, tu te rappelles ?

— C'était le bon temps… Mais…

Je refuse d'entendre le mot « mais ». J'ai envie de me boucher les oreilles…

— J'ai raconté à Sally ce qui nous est arrivé l'autre soir, enfin, tu vois ce que je veux dire. De toute façon, j'étais bien obligé puisqu'elle nous a surpris… Et j'ai vraiment mauvaise conscience, Lola. Je me sens coupable, ça me mine. Je regrette, mais je ne peux pas lui faire ça.

Je l'interromps et je lui dis de ma plus belle voix rauque de femme fatale (tout en promenant ma bouche sur ses lèvres)…

— Il faut absolument que j'aille bosser.

Il me rend mon baiser, puis me repousse.

— Je ne peux pas, Lolly. Ce n'est pas bien.

Je saute de ses genoux pour rassembler mes affaires. Je suis déjà très en retard.

— Parfait. De toute façon, il faut que je m'en aille. Tu veux qu'on se voie plus tard ?

C'est un homme apparemment torturé qui me répond :

— Lolly, désolé, je ne sais plus où j'en suis. Je m'en voudrais de faire de la peine à Sally. Et à toi aussi, bon sang ! Mais nous, nous savons déjà que ça n'a pas marché. Et puis…

Mon téléphone sonne. Je refuse l'appel et je glisse le portable dans mon sac. Je ne suis pas mécontente de cette interruption, car je n'ai pas envie d'entendre ce que Richard a à me dire. Mieux vaut l'arrêter avant qu'il ne prononce des mots que je pourrais regretter.

Il se lève pour m'enlacer.

— Lola…

Je me dégage de son bras.

— Je dois partir.

Je fonce dans la salle de bains pour me brosser les cheveux. Richard est toujours dans le salon, mais l'appartement est si petit que j'entends chacun de ses mouvements. C'est tout juste si je ne l'entends pas respirer !

Il continue de me parler de loin.

— Tu imagines dans quelle situation je me trouve. Sally vient juste d'emménager. Avant que tu me passes ce coup de fil, l'autre soir, j'étais certain d'avoir trouvé la femme qu'il me fallait, et maintenant…

Il se prend la tête dans les mains en gémissant. Cette manie commence vraiment à me taper sur les nerfs. Je décide de lui rafraîchir la mémoire.

— Arrête-moi si je me trompe, mais la nuit où je t'ai appelé, tu flippais parce qu'elle t'avait demandé de s'installer chez toi !

— Je ne sais plus, tout s'embrouille dans ma tête. Mais je crois qu'on ne peut pas revenir en arrière. Et toi ?

Je ferme les yeux pour m'asperger le visage d'eau froide. Tu peux continuer à parler, de toute façon, je ne peux pas t'entendre…

Mais il insiste.

— Et toi, qu'en dis-tu ?

Je sais qu'il veut l'entendre de ma bouche, il veut que je sois d'accord avec lui.

— Non, nous ne pouvons pas revenir en arrière.

Il veut que ce soit moi qui lui rende sa liberté. C'est moi qui dois assumer la responsabilité de ce qui s'est passé pour qu'il puisse se sentir bien dans sa peau. Il n'y a plus rien à dire… Je commence à me maquiller lorsque mon téléphone se remet à sonner dans mon sac.

Il demande :

— Tu veux que je décroche ?

— Laisse tomber. C'est sûrement pour le boulot. Il faut que je parte.

Il nous met dans un taxi, Lily et moi, et nous fait un petit signe de la main en guise d'au revoir, comme il le ferait à sa femme et à son enfant en route pour une grande aventure. Je consulte ma messagerie : j'ai quatre nouveaux messages. Lorsque j'arrive au club, j'ai toujours le portable collé à l'oreille pour écouter le troisième message, à savoir les supplications de Carl au bord de la panique…

Carl m'escorte jusqu'au bar où l'incident a eu lieu.

— La police est dans l'arrière-salle. Ils sont en train d'entendre le témoignage de Mlle Hickory et des deux membres du personnel qui ont été témoins de l'agression. Je ne pense pas que Mlle Hickory ait l'intention d'engager des poursuites, mais la police pourrait en décider autrement car elle est encore sous le choc. J'ai été obligé d'appeler Charlie… Désolé, Lola.

Je le rassure.

— Ne vous inquiétez pas. C'est mon problème, Carl. Et c'est moi qui suis désolée de vous avoir mis dans cette situation.

Je suis à la porte du bar et j'entends déjà les clients du club en train de discuter du pugilat. Torna Delz, une célébrité de seconde zone, et son coach personnel ont été invités à la réception par Darague. Ils sont bien connus pour péter les plombs dès qu'ils ont un peu trop forcé sur la bouteille. Torna a aussi de gros problèmes de poids. On ne connaît d'ailleurs rien de leur vie à part ça… Récemment, plusieurs tabloïdes ont écrit des papiers sur eux.

J'imagine très bien ce qui a pu arriver : après avoir un peu abusé de la bouteille, ils n'ont pas résisté à l'ennui des discours et se sont débrouillés pour pénétrer dans le bar réservé aux membres du club. Après quelques verres de plus, Torna a dû imaginer que son petit ami, Keith, lorgnait sur l'une des membres du club, l'auteur glamour Tabitha Hickory. Alors elle lui a lancé le contenu de son verre à la figure avant de lui décocher un coup de poing qui a raté son but. En essayant de retenir Torna, Keith a asséné par accident un coup sur l'oreille de la pauvre Tabitha, qui s'est retrouvée avec une boucle d'oreille massacrée et le lobe de l'oreille contusionné. Ce n'est qu'une blessure légère, mais je me sens responsable.

Charlie me tapote l'épaule. Il porte un T-shirt extralarge, un *chino*, et ses cheveux sont mouillés. J'en conclus qu'il devait être à son club de gym. Je suis tellement habituée à le voir dans son uniforme de directeur, en chemise et costume, que la vue de ses biceps athlétiques et bronzés me surprend.

Il m'ordonne de le suivre à l'étage.

La situation n'est pas brillante, nous le savons tous les deux. Je le sais d'autant mieux que tout ça est ma faute. Mais dès que nous arrivons dans son bureau, je me pends à son cou en pleurant.

— Je suis désolée, Charlie, mais ma grand-mère vient de mourir.

Je le sens aussitôt moins tendu, et son ton s'adoucit.

— Lolly, je suis désolé.

— J'étais bouleversée, vous comprenez… Je n'ai pas pu venir.

— Ne vous inquiétez pas, ma belle. Asseyez-vous, je vous prépare un petit remontant.

La mort de tante Camilla n'est peut-être pas la raison directe de mon retard, mais dès que je commence à en parler à Charlie, je m'aperçois à quel point je suis malheureuse. Alors je me mets à tout déballer. Je lui dis tout ce que j'aurais voulu dire à Richard sans qu'il me laisse la moindre chance de le faire. Je lui parle en sanglotant de la mort de tante Camilla, de ses dernières volontés. Je lui dis combien nous étions proches l'une de l'autre et je lui raconte qu'elle ne s'est jamais mariée parce que l'homme qu'elle aimait, Oliver, était un alcoolique. Et qu'elle a dû croire que Richard l'était aussi parce qu'elle s'obstinait à l'appeler Oliver. Pour finir, je lui raconte qu'elle va monter au ciel dans une gerbe d'étincelles et qu'elle a organisé une grande fête dans les moindres détails.

Charlie m'écoute débiter mon histoire d'une voix saccadée, à coup de bribes de phrases et d'interminables digressions. Il me tapote le dos d'un geste protecteur et tente de me consoler tout en m'assurant que je suis déjà pardonnée. Si j'étais un chat, il ne me resterait plus que huit vies...

Un peu plus tard, la police demande à parler à Charlie. Pendant qu'il descend, j'attends dans son bureau en essayant de me calmer. J'apprends que finalement, Mlle Hickory renonce à engager des poursuites, sa blessure à l'oreille étant très superficielle. Un compte rendu de l'incident sera néanmoins archivé et on en parlera certainement dans les journaux. Ce n'est pas la pub idéale pour le club, mais Charlie ne fait pas d'autre commentaire à ce sujet.

Une fois le problème réglé, nous descendons dîner au restaurant en empruntant le passage secret. J'en profite pour raconter à Charlie ce qui s'est passé avec Richard. Je lui dis que j'ai l'impression d'être toujours amoureuse de mon ex-mari, mais qu'il a quelqu'un d'autre.

Charlie reste sobre dans ses commentaires, mais ses silences me renvoient en écho ce que je dis. Pour être franche, je commence à me sentir vraiment stupide.

C'est alors que Charlie m'interrompt.

— A propos d'ex, regardez qui arrive... Hamish et Jeremy!

Hamish nous fait un petit signe en venant à notre rencontre.

— J'allais oublier... Jeremy a demandé à vous voir, aujourd'hui. Il semble qu'il vous ait repérée le soir où nous jouions les agents secrets derrière le bar.

Après les « hello! » d'usage et les « mon Dieu, ça fait un bail que nous ne nous sommes vus! », Charlie insiste pour qu'on apporte quelques chaises. Assise entre mes deux ex, je commence à me sentir très mal à l'aise. Je suggère donc de faire venir aussi Elizabeth et Clemmie. J'ai un peu peur que Charlie ne dise un mot sur Richard, mais je sais qu'Elizabeth se débrouillera pour faire échouer toute tentative d'aborder le sujet. Clemmie, elle, a déjà un rendez-vous, mais Elizabeth m'assure qu'elle nous rejoint dans cinq minutes. J'ai alors l'horrible vision de Richard débarquant ici… après tout, Jeremy et Hamish sont ses amis, non ? J'aimerais disparaître sous terre !

Jeremy m'assure qu'il me trouve magnifique. Du coup, je me sens déjà un peu mieux.

J'éclate de rire et Charlie leur raconte que nous avons eu quelques ennuis au club un peu plus tôt, et que je suis bouleversée à cause de la mort de ma tante. Hamish et Jeremy se montrent tous les deux très gentils avec moi. Jeremy insiste, me disant qu'il me trouve superbe. A voir son sourire, je le suspecte de me draguer. Pour moi, un vrai dragueur est un type capable de vous faire croire qu'il est seul dans la pièce, et c'est presque ce qui se passe avec Jeremy, en ce moment. C'est pour ça que j'ai craqué pour lui à l'époque. Il avait ce charme simple et naturel que Charlie a : même en faisant les choses les plus délirantes, il vous donnait l'impression d'être le premier à produire sur vous un tel effet.

Malheureusement, l'effet s'arrêtait à la porte de la chambre… Faire l'amour avec Jeremy n'avait rien d'un tremblement de terre.

Hamish est en grande conversation avec Charlie, et en me penchant pour les écouter, je me rends compte que le regard de Jeremy et le mien sont toujours rivés l'un à l'autre. Du coup, je pique un fard. Je n'ai pas fait exprès de le regarder comme ça, j'étais juste perdue dans mes pensées. Mais je sais que, pour Jeremy, ce regard est lourd de sens.

Du coup, je me tourne vers Hamish comme on s'accroche à une bouée.

— Alors, toujours sur tes terres ?

— Tu n'as pas entendu ce que je disais ? Je vends. Il faut dire que je suis fauché comme les blés, et il n'y a pas un centime à espérer de ce côté-là. L'argent te file entre les doigts comme de l'eau… Pour parler franchement, j'en ai ras le bol de tout ça. Je sens que si jamais je revois un mouton, je deviens fou ! Non, je suis revenu à Londres et j'essaie de me trouver un job. J'habite dans mon ancien appartement de Ladbrook Square. Tu le connais.

Ça, pour le connaître, je le connais. Intimement. J'en connais chaque recoin. Lorsque nous étions à la fac, nous venions à Londres chaque fois que l'occasion s'en présentait et nous passions le week-end entier au lit.

Comme s'il lisait dans mes pensées, Hamish ajoute :

— A l'époque, on s'envoyait en l'air comme des malades. Je me demande où nous puisions toute cette énergie…

Sa cigarette à la main, il secoue la tête, comme s'il se remémorait une séance de jambes en l'air particulièrement croustillante.

Lorsque je vois Elizabeth faire son entrée dans le restaurant, je suis tellement soulagée que je bondis de mon siège. Mais moi qui croyais détendre l'atmosphère, j'en suis pour mes frais.

La première chose qu'Elizabeth trouve à dire, c'est d'inciter Hamish à reprendre l'histoire de zéro pour elle !

Lorsqu'il a fini de parler, elle éclate de rire avec le plus de naturel possible, sans doute pour briser la tension qui est devenue très palpable.

Et ça dure pendant toute la soirée. Chaque fois que je tente d'orienter la conversation sur des généralités, je finis par m'enliser dans un bourbier de souvenirs. Charlie me lance des regards appuyés, mais je n'ai aucune idée de ce qu'il essaie de me faire comprendre.

La bouche en cul de poule, j'essaie à plusieurs reprises d'articuler le mot « quoi ? » dans sa direction, mais il se contente de hocher la tête à chaque intervention d'Hamish et d'Elizabeth… après quoi il me jette un nouveau regard censé en dire long, mais dont la signification m'échappe totalement. En désespoir de cause, je décide de lui donner un coup de pied discret, mais je rate mon coup et c'est Jeremy qui accuse réception… Il enroule sa jambe autour de la mienne de façon très suggestive.

Ça m'apprendra. Je l'ai bien cherché.

Puis Hamish demande à Elizabeth de faire quelques pas avec lui autour de la place. Elle accepte en me lançant un regard sans doute lourd de sens mais que, là encore, je suis bien incapable d'interpréter.

Je comprends tout à coup ce que Charlie cherchait à me dire.

Lequel Charlie ajoute d'ailleurs d'un air gêné :

— Je vais voir où est passée Lily. Et j'ai de la paperasse à trier…

Sur ce, il s'enfuit comme un voleur.

Je reste donc seule avec Jeremy tandis que l'on retire les assiettes à dessert. Je ne sais pas où regarder, c'est vous dire mon soulagement quand je vois revenir Charlie! Mais j'ai vite fait de déchanter.

— Si vous voulez finir la soirée ailleurs, je m'occuperai de Lily.

Je vois alors Jeremy faire un clin d'œil à Charlie, ce qui doit être une sorte de code maçonnique mis au point par les deux compères depuis qu'ils sont amis. Je note que Charlie ne lui rend pas son clin d'œil. Il se tourne vers moi et me sourit, un sourire un peu triste. Je dois devenir à ses yeux un objet de pitié, et si c'est le cas, force m'est de reconnaître que c'est entièrement ma faute! Je me suis comportée de façon ridicule avec Richard, et Charlie le sait. Mais je décide que tout ça est désormais de l'histoire ancienne.

Jeremy me propose d'aller au Click, le club privé d'un hôtel de Knightsbridge. J'accepte, en partie parce que j'avais l'attention d'y retourner depuis son lancement pour jauger un peu l'ambiance et la clientèle. La soirée d'inauguration a été géniale. Je me souviens qu'Elizabeth et moi avions dansé jusqu'à 4 heures du matin.

En partant, j'aperçois Richard et Sally au bar. Jeremy les a repérés, lui aussi, mais il ne dit rien – pas plus que moi, d'ailleurs. Nous sortons pour héler un taxi comme si de rien n'était.

Pendant le trajet, je me sens curieusement excitée. Sans doute parce qu'être ici avec Jeremy, c'est un peu tromper Richard. Ça me donne un sentiment de puissance. Jeremy me redit à quel point il me trouve belle et son regard se fait de plus en plus insistant. Lorsqu'il me prend la main, le bras posé sur mon genou, je ne le repousse pas. Bien au contraire. Lorsqu'il me presse la main, je lui rends la pareille.

Il y a une ambiance d'enfer dans le club. Jeremy se fraye un chemin jusqu'au bar. Je commande un cosmopolitan à la pastèque, juste pour être complètement saoule et faire cesser ce bourdonnement dans ma tête. Je veux ne plus penser à Richard, aux sentiments que j'avais pour lui. J'ai l'impression d'avoir tout faux dans ma vie, et le fait de m'enivrer m'apparaît comme une façon d'échapper pour un temps à la réalité.

Je n'ai pas le souvenir que Jeremy ait été un danseur émérite, lorsque nous sortions ensemble. Après mon deuxième verre, je me dis qu'il a sans doute amélioré sa technique après notre rupture. Peut-être a-t-il progressé aussi sur d'autres plans, allez savoir… Bref, nous dansons toute la nuit. Aux premières lueurs de l'aube, je m'éclipse du club avec Jeremy… et mes escarpins Gina sous le bras. Après mon deuxième cosmopolitan, j'en ai pris un troisième, c'est pourquoi je ne suis pas surprise outre mesure de me retrouver en train d'embrasser Jeremy dans le taxi. Ce qui me surprend le plus, c'est que je trouve ça agréable. Et lorsque Jeremy se détache un instant de moi pour demander au chauffeur de ne pas s'arrêter à mon adresse, je ne discute même pas. Nous continuons à nous embrasser jusque devant sa porte.

S'il a fait d'énormes progrès côté danse, côté sexe en revanche, Jeremy en est toujours au même point… Techniquement, il n'y a rien à dire, mais je suis loin d'être satisfaite.

# 13

*«… C'est un vrai miracle que je parvienne à supporter l'absence d'Edward depuis plus d'une semaine. Le jour, je laisse vagabonder mon esprit et, la nuit, je fais les cent pas dans ma chambre à coucher. Je ne pourrais vivre une heure de plus loin de lui si ce n'était pour mes chers enfants… Mon mari ne cesse de me répéter le plus sérieusement du monde que cette obsession risque d'altérer ma santé. Car il est persuadé que j'ai décidé de mettre tout mon bonheur entre les mains d'un être ignoble qui se complaît dans la débauche.*

*» Pour lui prouver que je vais bien, j'ai pris pour amant le duc d'Albany, bien qu'il soit assez niais et peu performant au lit. Ma très chère sœur, tu seras la seule à savoir qu'il m'est odieux à tous égards, même si toutes les femmes voient en lui un homme d'esprit hors pair. Certes, il y a en lui un côté poète, mais rien qui puisse faire oublier lord Byron. Disons que ses poèmes ne sont pas totalement dépourvus d'attraits. Je lui fais d'ailleurs réciter des vers pendant qu'il me fait l'amour. Sans cela, je serais bien incapable de supporter sa présence. »*

Extrait d'une lettre de lady Henrietta Posche à sa sœur Elizabeth

A mon réveil, la première chose que je me propose de faire – à part prendre des analgésiques par intraveineuse pour soulager ma migraine – c'est d'appeler Richard pour lui dire que j'ai couché avec Jeremy.

Je sais, c'est un peu pervers et puéril, peut-être même limite psychotique, mais l'envie est tellement forte que je ne remets pas une seconde en doute mes motivations. Mon raisonnement est le suivant : Richard couche avec la grande perche blonde, je ne suis quand même pas naïve au point d'en douter, j'essaie juste de chasser cette image de mon esprit et de me focaliser sur autre chose. Mais j'ai vraiment envie de voir si Richard est capable d'accepter l'idée que *moi*, je puisse coucher avec *Jeremy*… C'est une façon de démontrer que, question cruauté mentale, il n'a pas de leçon à me donner.

Je ne vois rien d'inquiétant à cela. Pourquoi le devrais-je ? Je peux quand même coucher avec d'autres mecs si j'en ai envie ! Enfin ça, je le sais déjà, mais le problème, c'est que Richard, lui, ne le sait sans doute pas ! Les hommes sont ainsi faits, ils n'imaginent jamais le pire. Ils ne se couchent jamais le soir en analysant la liste de toutes les choses susceptibles de foirer pour bâtir une sorte de scénario catastrophe ! Alors que moi, j'imagine toujours le pire.

En l'occurrence, je l'imagine en train d'embrasser la grande perche blonde.

De faire l'amour à la grande perche blonde.

De lui dire qu'il l'aime (sans croire à ce qu'il dit, bien sûr).

Voilà pourquoi je suis impatiente que Richard soit en proie aux mêmes doutes sur mes relations avec son copain Jeremy.

Mais ce n'est pas seulement une envie de le faire souffrir, je veux voir sa réaction. Je veux qu'il dévoile son jeu pour prendre conscience de ce que je sais déjà : à savoir que cette histoire d'amour entre Richard et la grande blonde est fichue d'avance, que c'est un ratage complet… C'est autre chose que le *Richard and Lola Show*, une comédie romantique ébouriffante… et intemporelle. J'espère que ça (par *ça*, je fais référence à ce pauvre, cet infortuné Jeremy si plein d'espoir) lui donnera la force de plaquer la grande perche blonde. Ce n'est pas pour rien qu'on m'appelle le génie londonien des R.P. en matière de stratégie !

Jeremy se réveille juste après moi… et il a l'air aussi frais que moi ! Il se passe la main dans les cheveux comme s'il essayait de faire redémarrer son cerveau façon moteur de motocyclette !

— J'ai l'impression qu'on a pas mal bu hier, non ?

— Suffisamment pour être dégoûtés à vie de l'alcool.

Je fais la grimace. Parler me donner l'impression de faire vibrer mon cerveau.

Jeremy récupère lentement et enfile un jean, puis il va dans la cuisine et en revient avec des Virgin Mary et des cachets contre la migraine que nous avalons cul sec comme des dés de vodka.

Tandis que je retombe sur mes oreillers, il me propose de prendre un petit déj typiquement *british* : bacon, tomates et saucisses bien grasses.

— D'accord !

Je lui lance un pâle sourire malgré mon cerveau embrumé.

Jeremy se montre très prévenant, réussissant même à me dénicher une brosse à dents de secours. Après ma douche, je me sens presque bien, mais voilà qu'en sortant de son immeuble il réussit à tout gâcher. Il me lâche tout de go qu'il se sent bien avec moi, et lorsqu'il me prend la main en m'embrassant sur la joue, j'ai un peu honte.

Mais je m'en voudrais de jouer les rabat-joie. Je papote d'un air (presque) radieux en lui disant que j'ai passé une excellente nuit, après quoi je me réfugie derrière ma gueule de bois… Nous croisons sur notre chemin des alignements de maisons en stuc blanc qui brillent sous les premiers rayons de soleil, et nous finissons par atterrir dans un boui-boui de Westbourne Grove pour déguster un petit déj digne de ce nom. Jeremy achète un tabloïde dont la lecture ne risque pas d'accentuer ma migraine. Et qui en plus a l'avantage de nous épargner de parler.

Après ce festin de roi, je commence à sombrer dans l'ennui, ce qui me donne une excellente excuse pour tirer ma révérence. Jeremy reste près de moi jusqu'à ce que je trouve un taxi, mais ma tentative de le quitter sur un vague « bisou entre copains » vire au roulage de pelle entre ados maladroits. C'est tout juste si nous ne trouvons pas le moyen de nous casser une dent ! Je croise les doigts derrière mon dos tandis qu'il s'acharne à déguster une langue chargée de lendemain de fête… La sienne ne vaut d'ailleurs pas mieux. Mais là où je perds tout espoir quant à l'interprétation des événements par Jeremy, c'est quand il me sort :

— Je suis content que nous nous soyons retrouvés.

Décidément, on oublie un peu trop vite les bons vieux principes, ces temps-ci ! Notamment le sacro-saint « pas de sexe avec un ex sans conditions ». On a quand même le droit de s'envoyer en l'air quand on en a envie, non ? Décidément, tout fout le camp, dans cette société.

Je me contente de murmurer un vague « à plus ! » et je plonge dans mon carrosse. Pas question de me laisser emporter par une vague de faux sentiments.

Dès que je me retrouve chez moi, je m'écroule sur mon lit pour un petit somme avant d'aller au boulot. J'ai beau avoir dormi six bonnes heures chez Jeremy, je sais bien qu'un sommeil imbibé d'alcool ne vous remet pas d'aplomb. J'éteins mon portable et, pour être sûre de ne pas arriver en retard au boulot, je mets mon réveil.

Je me réveille dans l'obscurité, désorientée et l'esprit confus. Je pars à tâtons à la recherche de l'interrupteur de ma lampe de chevet et je jette un regard bovin sur mon réveil. Au bout de secondes interminables, mon cerveau finit par intégrer la réalité : il n'est pas 16 heures, c'est impossible. Nous sommes en mai… Vous avez déjà vu des étoiles dans le ciel à 16 heures au mois de mai, vous ? J'en déduis que les piles de mon réveil sont mortes.

Je rallume mon portable pour avoir la bonne heure. Non seulement j'ai raté mon rendez-vous autour d'un verre avec les copines, mais j'ai déjà trois heures de retard au boulot, sans compter que je dois absolument prendre une douche et me préparer. Et j'ai toujours l'impression d'avoir un gong dans la tête…

J'ai reçu onze nouveaux messages. Trois de mes copines qui se demandent où je suis passée, quatre de Charlie – que j'efface sans même les lire – un de Kitty qui me demande de la rappeler, et un dernier de Richard. Tout ce qu'il dit, c'est :

« Richard à l'appareil. Euh… (grognement)… il vaut mieux que je réessaye plus tard. »

C'est fou ce qu'on peut lire dans un message qui ne dit strictement rien ! Pour moi, le message de Richard est aussi énigmatique qu'un horoscope.

Alors au lieu de plonger sous ma douche – ou d'appeler mon patron pour présenter de plates excuses ou d'appeler mes amies pour leur demander pardon de les avoir laissées tomber ou de rappeler Kitty, car elle ne m'appelle jamais – je réécoute le message ! Une douzaine de fois, peut-être plus. Il a dit qu'il réessaierait *plus tard*… Ça veut dire qu'il va me *rappeler* !

J'arrive au club un brin énervée. Je ne crois pas que Jonathan, qui est à la porte ce soir, comprenne ce qui lui arrive… Comme je suis trop en retard pour m'éclipser discrètement dans mon bureau et faire semblant d'être arrivée à l'heure, j'escalade les marches de l'escalier façon Charlie – c'est-à-dire par trois – et je me rue dans le passage secret jusqu'au saint des saints : le bureau de mon patron.

Il est à son bureau, Lily sur les genoux. Tout me semble

comme d'habitude… à part la tête de Charlie. D'habitude, son visage est animé, alors que là, il me fixe, le regard sans expression comme s'il étudiait la possibilité de m'envoyer aux galères. Et cette façon de caresser Lily… on croirait le méchant des films de James Bond en train de caresser son chat !

C'est moi qui prends la parole la première, d'une voix hésitante et haut perchée. Mon manque de sang-froid reflète mon sentiment de culpabilité.

— Désolée d'être en retard. Les piles de mon réveil étaient à plat…

Dès que les mots sortent de ma bouche, je me rends compte que c'est une excuse ridicule. Un peu comme les écoliers qui accusent leur chien d'avoir mangé leur devoir de classe…

Charlie ne répond pas. Il continue de caresser Lily, ce qui commence à me taper sur les nerfs. D'accord, je suis en retard, mais je n'aime pas qu'on instrumentalise ma Lily pour en faire un sphinx de fortune… Qu'est-ce qu'il attend pour me passer un savon et en finir une bonne fois ?

Comme le silence me pèse, je reprends la parole.

— Ecoutez, tout ça est un peu bête, Charlie. Je n'ai quand même pas fait exprès de prendre des piles usagées ! D'ailleurs, je n'ai jamais invoqué cette excuse avant !

Je commence à faire de grands gestes, de plus en plus confortée d'être dans mon bon droit.

— Après tout, je ne suis pas en train d'accuser le chien d'avoir mis en pièces mes devoirs ou toute autre excuse idiote du même tonneau. Des piles à plat, quoi de plus normal à l'ère des objets jetables, Charlie ?

Je commence à me détendre, voire à esquisser un sourire. Je trouve que je ne m'en suis pas trop mal tirée.

Mais Charlie continue de caresser Lily, imperturbablement. Décidément, ce mec commence vraiment à me taper sur les nerfs. Je trouve sa réaction injuste.

— Je suis désolée, Charlie, mais la vie est pleine d'impondérables. Tout le monde y est confronté un jour ou l'autre… Et si vous n'y voyez pas d'inconvénient, j'aimerais bien que vous ne caressiez pas Lily de cette façon. On dirait une parodie de film noir ! On nage en plein mélo… Que celui qui n'est pas arrivé au moins *une fois* en retard à son boulot me jette la première pierre !

Charlie s'empare de Lily et la pose sur son bureau. Puis il me dit froidement :

— Pas vous.

Je ne sais pas trop comment interpréter ces mots. On dirait une déclaration de… de quoi, d'ailleurs ? Il a l'air contrarié, voire agacé, encore que le son de sa voix soit d'un calme lourd de menaces. A la réflexion, je crois bien que c'est la première fois que j'arrive en retard. Il faut dire que je prends mon boulot très au sérieux. Kitty prétend même que ça devient une obsession. En toute logique, Charlie devrait donc me ficher un peu la paix !

Lily revient en sautillant sur les genoux de Charlie qui recommence à la caresser, ignorant totalement ce que j'ai dit quelques minutes plus tôt.

— Désolée, mais je ne suis pas parfaite…

Mon indignation a pris de nouveau l'avantage sur mon sentiment de culpabilité. C'est quand même un peu fort ! Je suis arrivée avec seulement… bon, d'accord ! Quatre heures de retard, c'est-à-dire la moitié de mon temps de travail. Mais comment ose-t-il me toiser de cette façon tout en caressant *ma* Lily ? Il va falloir qu'il se fende d'une sacrée augmentation pour me faire oublier cette tyrannie !

Je lui sors d'une voix solennelle :

— Si c'est tout ce que vous avez à me dire, je vous laisse. J'ai du travail.

— En supposant que vous ayez encore un job…

J'explose :

— Comment ça ? Vous voulez dire que je suis virée ? Si c'est le cas, je vous serais reconnaissante d'arrêter de manipuler mon lapin !

— Non, Lola, je ne vous vire pas. Mais je le ferai si vous arrivez encore une fois en retard.

Et il repose Lily sur son bureau.

— Parfait. Si c'est tout, je retourne à mon travail.

Il a alors l'audace de me demander :

— Vous ne me demandez même pas des nouvelles de Lily ?

Alors là, c'est vraiment le bouquet !

— Etant donné qu'elle est assise juste devant moi et que vous êtes en train de la caresser, il n'y a pas grand-chose à demander…

Je sais, c'est peut-être curieux comme réaction, mais je ne pense qu'à une chose : sortir de cette pièce avant que Richard m'appelle. Je tourne donc les talons pour me diriger vers la porte. La main sur la poignée, je demande à Charlie :

— Vous voulez que je la prenne avec moi ?

J'espère de tout cœur qu'il me dira non, sinon je serai obligée de courir pour rattraper le temps perdu… et les éventuelles bourdes commises en mon absence.

Il répond du tac au tac :

— Non. Je suis ravi de l'avoir. Mais… il y a autre chose, Lola.

Je me retourne.

— Votre mère a appelé.

Ma mère n'est pas une fanatique des coups de fil, et j'avais presque oublié le message qu'elle m'a laissé. Les gens téléphonent à Kitty, mais Kitty n'appelle pas les gens. Je n'ai même pas le souvenir qu'elle m'ait appelée une seule fois… Lorsqu'elle a besoin de me voir, elle me le fait savoir par l'intermédiaire de Joanna ou de Martin.

Je me retourne face à Charlie. Il sait comme moi que ma mère a une véritable aversion contre l'utilisation du téléphone comme moyen de communication.

— Les obsèques de votre tante seront célébrées samedi. Et votre mère m'a demandé d'y assister. Apparemment, mon nom figure sur la liste des invités dressée par votre tante… Si vous voulez, je peux vous emmener en voiture.

— Et si jamais vous êtes obligé de me virer sous prétexte que je suis de nouveau en retard ? Le trajet risque de n'être pas très agréable, non ?

Il sourit.

— Serais-je devenu un crétin et vous une garce ?

D'un seul coup, la tension qui régnait entre nous disparaît comme par enchantement.

— Peut-être les deux ?

Et je lui rends son sourire.

Il lève solennellement la main en faisant mine de prononcer un serment.

— Je m'engage à ne pas vous virer avant les obsèques de votre tante.

— Ce serait un total manque de tact, en effet.

Je tourne de nouveau les talons pour sortir du bureau.

— J'allais oublier… Jeremy vous a envoyé des fleurs. Elles sont à l'accueil. J'en déduis qu'il y a eu un rapprochement entre vous hier soir, je me trompe ?

Quel toupet !

Je pousse la porte en me demandant si sa question appelle ou non une réponse de ma part. Bon sang, ça fait des siècles que nous nous sommes séparés, Jeremy et moi ! Et le sexe avec un ex, tout le monde sait que ça ne compte pas.

Au moment même où cette pensée me traverse l'esprit, je me fige sur place. Je viens de me rendre compte que Richard a peut-être tenu le même raisonnement que moi.

Je me retourne brusquement.

— Charlie, ça vous ennuierait tant que ça de ne pas vous mêler de ma vie privée ?

Jamais je ne me serais crue capable de dire une chose pareille !

Curieusement, il a l'air piqué par ma remarque.

— Vous pourriez au moins faire semblant de me respecter, Lola, vous ne croyez pas ?

Je suis depuis longtemps dans l'incapacité de penser rationnellement. J'ai l'esprit bien trop accaparé par Jeremy pour réfléchir à la façon dont je viens de traiter Charlie. Pourtant, je respecte Charlie, je l'adore. Mais j'avais l'esprit ailleurs…

On dirait que tout le monde se ligue contre moi pour faire

obstacle à Richard, de la grande perche blonde à mon boulot, en passant par le probable fiasco avec Jeremy… Comme je n'ai pas le temps de faire la causette avec Charlie toute la nuit, je réponds avec un brin d'agacement :

— Pourquoi me dites-vous ça, Charlie ? Vous venez de me passer un savon parce que je suis arrivée en retard, en faisant complètement l'impasse sur mon parcours sans faute. Tout ce que je fais, ou plus exactement ce que j'*essaie* de faire, c'est de quitter cette pièce pour me remettre au boulot. Je suis peut-être idiote, mais dans mon esprit, c'est la plus grande marque de respect qu'une employée puisse donner à son patron !

Charlie me regarde et sourit tristement.

— Je ne tiens pas à ce que vous me respectiez en tant que patron, Lola, mais en tant qu'ami. Est-ce si difficile pour vous de faire semblant de m'*aimer* ?

Ah, ces bonshommes, je vous jure ! Ils sont tellement en manque d'affection ! Montrez-leur que vous les aimez et ils seront capables de se sauver en courant, mais si vous avez le malheur de vous montrer un peu distantes, ils bêleront après vous comme des agneaux… Je commence à me demander si Charlie n'est pas une cause perdue, mais je ne peux pas continuer à perdre mon temps ô combien précieux à essayer de lui venir en aide. Il est clair qu'il attend quelque chose de moi, mais j'ignore quoi, et je n'ai pas le temps de jouer aux devinettes. Je n'ai plus qu'une chose en tête, sortir d'ici pour ne pas rater l'appel de Richard. Mais que dire pour régler le problème suffisamment vite ?

Je me contente d'ouvrir la porte et de sortir.

Il l'a bien cherché, non ?

Ce soir, deux événements étaient organisés au club. Comme ils ne sont pas très importants, une vérification rapide auprès de la sécurité et de l'accueil me confirme que si nous avons évité la pagaille, c'est grâce à un bon dosage de chance et de professionnalisme. Après avoir jeté un coup d'œil sur les comptes rendus d'incidents, je me concentre sur mon activité de *networking*. Il faut absolument que je crée un réseau de contacts dans le cadre d'une des réceptions de ce soir, celle organisée pour un styliste italien.

Enfin, j'*essaie* de me concentrer… Ma petite conversation avec Charlie m'a un peu perturbée, sans que je sache vraiment pourquoi. J'ai l'impression d'être un fourre-tout d'idées confuses…

Il est évident que je le respecte en tant qu'ami, mais il n'est pas moins évident que j'ai fait quelque chose qui lui est resté en travers de la gorge. Serait-il en colère contre moi parce que j'ai couché avec Jeremy ? Ou parce que je l'ai laissé prendre soin de Lily ? Peut-être pense-t-il que je le traite comme s'il n'existait pas… et d'ailleurs, a-t-il tort ? Je décide de répondre à ces questions un plus tard, d'autant que j'aperçois Joel, un responsable de maison de disques, à l'autre bout de la pièce. Et je dois absolument lui parler.

C'est alors que mon téléphone se met à sonner.

— Lola, c'est Richard. J'ai déjà essayé de t'appeler.

Mon cœur cogne dans ma poitrine. Je redoute ce qu'il va dire. Mais il se contente de m'affirmer… qu'il ne sait pas quoi dire, qu'il a juste besoin de me voir. Cette petite phrase – « j'ai besoin de te voir » –, je sens qu'elle n'a pas fini de me trotter dans la tête.

Je suis censée retrouver les copines après le boulot, mais j'accepte de le rencontrer chez moi juste avant. Il m'a peut-être fallu du temps, mais j'ai fini par comprendre ce que Kitty et Martin entendaient par « passion ». Ce que je ressens pour Richard est tellement fascinant, tellement irrésistible que, dans l'immédiat, je n'ai plus de place dans ma vie pour le travail ou les amies. Je ne vis que pour Richard.

J'appelle Elizabeth pour lui signaler que Richard doit passer chez moi et que j'arriverai peut-être en retard.

— Alors là, c'est le pompon !

— Pardon ?

— Cette soudaine obsession pour Richard, c'est de la folie. Tu laisses tomber tes amies, et ton travail en souffre.

— N'exagérons pas ! Je ne suis arrivée qu'une fois en retard…

En fait, deux fois, mais je ne lui ai pas parlé de mon histoire de réveil. C'est le genre d'incident qui arrive à tout le monde, non ? Ce n'est pas comme si j'étais arrivée délibérément en retard.

— Deux fois, Lola. Charlie m'a appelée tout à l'heure. Il m'a dit que tu étais sortie avec Jeremy hier soir.

Je n'apprécie pas beaucoup que tout le monde se mette à parler de moi derrière mon dos.

— Si tu es au courant pour Jeremy, pourquoi m'accuses-tu d'être obsédée par Richard ?

— Parce que c'est fichu d'avance et que je suis très inquiète pour toi. Nous sommes d'ailleurs tous inquiets pour toi.

Et moi donc ! Mais je me garde bien de le dire à Elizabeth parce que j'ai un plan. Et tant qu'on a un plan, tout se passe bien. C'est ma devise.

Dès que je réussis à raccrocher, Jeremy m'appelle. Je refuse l'appel, mais une seconde après, je prends celui de Kitty.

— Nous avons trouvé une copie du testament de Camilla. L'original est déposé chez son notaire. Tu sais, ma chérie, elle était très riche…

— Oui.

Je m'intéresse davantage aux responsables de maisons de disques qui bavardent dans un coin. Comme je n'ai pas encore eu l'occasion de parler à Joel, je me dirige vers lui.

Kitty, elle, n'a pas dit son dernier mot.

— Je suppose que tu étais son chouchou. Entre célibataires, on se comprend.

Je prends un verre d'eau pour tenter d'enrayer la migraine qui revient en force. J'ai besoin de m'hydrater.

— Merci, Kitty…

— C'était peut-être à cause de cet Oliver, on est sans doute loin de tout savoir. Enfin, bref, ce n'est pas le problème. Sache que ta tante t'a laissé un joli magot !

Je fais signe à Joel pour lui faire comprendre que je veux lui parler.

— Kitty, on pourrait discuter de ça plus tard ? Je suis au boulot, tu comprends, je n'ai pas tellement le temps de parler.

Joel m'embrasse sur la joue. Je lui fais comprendre que je dois d'abord me débarrasser de la personne qui est au bout du fil, ce qui le fait beaucoup rire.

— Tu vas hériter de plusieurs centaines de milliers de

livres, Lola. Sans parler de son cottage, dont elle est l'unique propriétaire. Naturellement, il y aura énormément de droits de succession à payer, mais il devrait quand même rester une coquette somme !

# 14

*L'amour d'Henrietta pour Edward ne semble pas avoir affecté ses devoirs d'épouse. Elle tomba enceinte dès la première année de son mariage et l'arrivée d'un enfant fut pour elle une immense joie. Elle écrivit à sa sœur Elizabeth pour faire l'éloge des enfants. Elle en eut trois en tout, et chacun d'eux fut anobli par son mari : un fils, Frederick, et deux filles, Elizabeth et Katherine.*

*Lorsqu'elle atteignit l'âge de sept ans, sa fille cadette, Katherine, faillit mourir de la scarlatine. Henrietta ignora les conseils de son médecin et s'occupa elle-même de son enfant. Edward, qui avait une fois de plus abjuré sa passion du jeu et était de nouveau fréquemment invité à des réceptions, fut très contrarié de voir à quel point Henrietta avait la fibre maternelle et ne tarda pas à se consoler dans les bras de sa meilleure amie, Matilda, duchesse de Carlone. Bien qu'il soit très improbable que Matilda ait pu avoir vent de l'attachement de son amie pour Edward, Henrietta ne lui pardonna jamais et Matilda ne fut plus jamais invitée à la Posche House.*

Passage secret vers le passé :
*Biographie de Lady Henrietta Posche*
Par Michael Carpendum

J'arrive chez moi à 23 heures. Je trouve Richard en train de faire le piquet devant ma porte. Pas celle de l'immeuble, celle de mon appartement. Comme il n'a pas la clé de l'immeuble, j'imagine qu'il a sonné à l'Interphone et que quelqu'un l'a laissé entrer. Ça, c'est typique de Richard, cette faculté de se mettre les gens dans la poche – en l'occurrence, mes voisins pour les pousser à ignorer l'affichette apposée par la police dans l'ascenseur et qui précise que laisser pénétrer les inconnus dans l'immeuble, c'est ouvrir la porte aux voleurs, agresseurs, assassins et autres violeurs.

Mais Richard a davantage l'air d'un chien battu que d'un criminel. Je regrette aussitôt d'avoir couché avec Jeremy, tout en jonglant avec les fleurs qu'il m'a envoyées pour ouvrir ma porte. Les fleurs sont accompagnées d'une carte ainsi libellée : « Heureux que tu sois de retour dans ma vie. » Je me sens coupable d'avoir plié la carte de visite avant de la glisser dans une poubelle.

Je prends Richard dans mes bras, et il promène ses lèvres sur mon cou. Je n'ai aucune envie de lui saper le moral, bien au contraire. En fait, je voudrais que nous nous sentions bien *tous les deux*. Je veux effacer les cicatrices, panser les blessures, faire en sorte que nous nous retrouvions… Et aucun signe annonciateur de conflit, aucun avertissement ne saurait me convaincre du contraire.

Une fois dans l'appart', Lily exige que j'allume la télé pour pouvoir regarder le J.T. Pendant ce temps, Richard se dirige vers les toilettes sans dire un mot. Sans doute pour prendre sa petite dose… C'est vraiment devenu une habitude ! Comment peut-on se montrer aussi faible ? Pourtant, après quelques minutes, je lui trouve des excuses. Il traverse une mauvaise passe, le pauvre, et j'ai envie de lui pardonner. Je demande son avis à Lily, laquelle m'ignore superbement car la musique accompagnant les gros titres se fait entendre.

Lorsque Richard émerge des toilettes, il est nettement plus détendu. Il a manifestement envie de parler et même de plaisanter. Je retrouve le Richard d'antan, celui dont je suis tombée amoureuse un jour. Le Richard qui ne se lasse jamais de me faire la conversation et qui ne prend rien au sérieux, le Richard qui réussit toujours à me faire rire. Naturellement, je me demande à quoi est dû ce revirement… mais à dire vrai, je n'ai pas très envie de creuser la question. J'ai d'autres problèmes à régler, comme le cas de Jeremy qui me donne mauvaise conscience.

Et puis je suis tellement contente de voir Richard plus heureux. Penché au-dessus de la litière de Lily, il est en train de gratter la tête de ma petite lapine. Dieu sait pourtant s'il me cassait les pieds avec cette litière, quand nous vivions sous le même toit ! Un vrai maniaque de la propreté.

Mais, aujourd'hui, vous savez ce qu'il me dit ?

— J'avais oublié le boulot que c'est… Tu veux que je change sa litière ?

J'éclate de rire.

— Non, ça va. Je m'en occuperai plus tard.

Mais il insiste pour le faire. Le voir accomplir cette tâche très banale me fait plus chaud au cœur que toutes les fleurs et tous les mots d'amour du monde. Quand nous vivions ensemble, Richard était toujours partant pour m'aider à sa façon, et j'ai le sentiment de former de nouveau un couple avec lui.

Après s'être lavé soigneusement les mains, il m'invite à m'asseoir sur ses genoux. Je lui parle alors de mon héritage, et en retour, je le laisse s'épancher sur ses problèmes. Il me serre dans ses bras à m'étouffer… Un vrai boa constrictor ! Tandis que je tente de retrouver ma respiration, il fait comme autrefois en rentrant du travail. Il me disait toujours qu'il avait une chance inouïe d'avoir une femme comme moi… J'ai retrouvé l'homme que j'aime, un homme débordant d'enthousiasme et toujours prêt à me faire rire. Lily lève le nez de son J.T., le regard mauvais. Il faut dire qu'elle déteste être interrompue lorsqu'elle découvre les gros titres.

Je suis si excitée que j'en oublie complètement Jeremy et mon plan minable pour torturer Richard. Je me suis vraiment conduite comme une garce. Richard savait très bien qu'il m'aimait encore, mais il se débattait avec ses problèmes personnels et il n'avait pas besoin que je brandisse le spectre de Jeremy pour lui faire comprendre l'intensité de son amour pour moi. J'ai terriblement honte d'avoir essayé de le rendre jaloux, c'était vraiment mesquin !

A partir de maintenant, les choses vont changer. Mon héritage inattendu, c'est le coup de pouce dont j'avais besoin pour comprendre les problèmes de Richard et me montrer compatissante. Je suis même encore plus indulgente envers la grande perche blonde, car, à présent, j'ai la certitude qu'elle va disparaître de la circulation.

— Il faut ouvrir une bouteille de champagne pour fêter ça !

En principe, je suis toujours partante, d'autant qu'il insiste. Mais je suis incapable d'absorber une seule goutte d'alcool après mes excès avec Jeremy. C'est encore trop tôt.

— J'en ai une bouteille dans le frigo, mais j'ai vraiment forcé sur l'alcool hier soir, alors tu seras obligé de trinquer tout seul !

Je lui montre mon visage de lendemain de fête, un mélange de remords et d'apitoiement pathétique. En général, ça le faisait rire et il se mettait à me « materner » comme un fou.

Aujourd'hui, il serait plutôt du style enjôleur…

— Laisse tomber ! Après une nouvelle pareille, tu dois fêter ça en buvant un verre de champagne.

Sur ces bonnes paroles, il me soulève de terre pour me serrer très fort dans ses bras.

— Je ne l'ai pas *gagné*, cet argent ! C'est parce que ma pauvre tante Camilla est morte.

Je repense à ses fiançailles rompues avec cet Oliver qui buvait trop et je me sens étrangement agacée par l'enthousiasme de Richard. Une sensation de vide me submerge.

Mais Richard ouvre déjà la bouteille et en verse deux verres. Je me fais un peu violence pour boire le mien. Ensuite, Richard ne s'occupe plus de savoir si je bois ou pas. Il descend allègrement tout le reste de la bouteille en moins de temps qu'il ne faut pour le dire… Mais soyons juste, il me prépare une tasse de thé vert.

Il me regarde siroter mon breuvage. Je bats des cils de façon très aguicheuse, ravie qu'un homme puisse m'aimer quand je fais une chose aussi banale que boire une simple tasse de thé.

— J'adore que tu boives du thé vert. C'est tellement rassurant.

Je m'abstiens de lui répondre que j'adore son côté « drogué », mais ce n'est pas de très bon goût. Le malheur, c'est que Richard se cache de moins en moins de son problème. Ça me chagrine, mais je n'ose pas l'attaquer de front sur ce terrain. J'y vais tout de même de mon petit commentaire.

— Tu ne lésines pas sur la consommation, ces temps-ci !

Il s'interrompt et lève la tête, le sourire aux lèvres.

— Je suis bien obligé si je veux passer un peu de temps avec vous, Madame… Vous avez des horaires difficilement conciliables avec les miens et je serais en train de m'endormir à l'heure qu'il est sans un petit remontant. Je ne serais pas de très bonne compagnie.

J'espère que c'est une blague. Il ne va quand même pas me faire porter le chapeau pour justifier sa faiblesse ! Mais, avant même que je puisse répondre, il ajoute :

— Lily a le pelage de plus en plus blanc, tu ne trouves pas ?

Ce qui est une façon très intelligente de détourner la conversation sur mon sujet favori, Lily.

— Il faut bien qu'elle paraisse à son avantage ! Elle n'a pas envie d'être la risée des autres lapins.

Mais cela ne m'empêche pas de me dire que Richard a un vrai problème. Heureusement, il n'est pas insoluble. Au moins, je ne me voile plus la face. C'est décidé, dès que nous serons de nouveau ensemble, nous résoudrons ce problème de drogue. D'ailleurs, il est probable que Richard freinera de lui-même sa consommation quand les choses se mettront en place. Lorsque nous étions ensemble, il avait complètement arrêté… jusqu'à ce que sa société fasse faillite.

La dernière difficulté à surmonter, c'est finalement la grande perche blonde. Lorsqu'un peu plus tard j'entends Richard téléphoner dans les toilettes, j'ai un moment de panique. Serait-il en train de lui parler? Si bien que lorsqu'il sort en me disant qu'il a reçu un appel de Marcus, un collègue, je pousse un grand ouf de soulagement…

— Il a quelque chose à me remettre. Ça t'ennuierait qu'il passe ici? Ça m'embête de te l'imposer, mais c'est que je n'ai pas très envie de rentrer chez moi… pas maintenant.

Je le trouve si craquant avec sa gueule d'ange que je serais capable d'ouvrir ma porte à une troupe entière d'acrobates!

Je m'empresse donc de lui répondre :

— Mais non, ça ne me dérange pas du tout. Dis-lui de passer!

Je me fiche totalement de ce Marcus que je ne connais pas. Il pourrait aussi bien emménager ses bureaux chez moi pour la nuit, ça ne me ferait aucun effet. La seule chose qui m'importe, c'est que Richard m'ait demandé de rester cette nuit. Ça signifie que la grande perche va passer la nuit toute seule.

Marcus rapplique une heure plus tard et Richard descend l'escalier pour chercher ses « papiers ». Lorsqu'il remonte, il m'embrasse fougueusement et tente de faire des mamours à Lily, laquelle s'empresse de lui mordre méchamment la main.

Je la tance vertement :

— Lily ! Si tu continues à te conduire comme ça, je t'emmène chez le véto pour te faire limer les dents !

Elle ignore ma menace et s'empresse de rejoindre sa place en sautillant pour regarder la pub d'une association caritative qui recueille les animaux dépressifs et victimes de maltraitance. Il faut dire que je n'en suis pas à ma première menace de ce genre. Mais, à force, elle a compris que c'était du vent.

Richard se retourne vers moi.

— Bien. Si on se reprenait une tasse de thé ? Je crois qu'il est grand temps que je m'initie aux vertus de ce breuvage.

A nous voir, on dirait un arrêt sur image sur un couple marié ! Confortablement installés chacun à une extrémité du canapé, les jambes entrelacées, nous sirotons notre thé vert en regardant le J.T. avec Lily. Comme n'importe quel couple marié.

Richard passe une heure à m'expliquer qu'il va racheter une petite société d'édition de logiciels. On ne peut pas dire que ça me passionne – c'est même ennuyeux comme la pluie –, mais il a l'air si enthousiaste que je n'ai pas le courage de l'arrêter. Je suis épatée qu'un mec de cette trempe soit capable de tant d'enthousiasme pour des broutilles.

Lorsque la lumière du jour commence à filtrer à travers les stores, je suggère d'aller à Berkeley Square pour le jogging de Lily. Je sens que je suis enfin en train de gagner la bataille. Richard et moi nous comportons comme le couple marié que nous aurions dû rester et qui regarde sa Lily sautiller de droite à gauche.

C'est alors que Richard me susurre à l'oreille :

— Sais-tu qu'*elle* pourrait bien être *il*… ?

— Comment ça ? Je te rappelle que son nom est Lily.

Il toussote nerveusement.

— En fait, je n'ai pas vraiment demandé de quel sexe était ce lapin. Je l'ai juste acheté à un gosse dans le métro.

Il me décoche ce sourire d'écolier facétieux qui m'a toujours fait craquer.

Enfin… jusqu'à présent !

— Comment ça, tu l'as acheté à un gosse dans le métro !

Je déteste l'idée que ma Lily ait été achetée au hasard d'une rencontre dans les transports en commun. Je m'étais imaginée que Richard avait tout organisé pour me faire la surprise. Qu'il avait pris sa voiture pour aller dans un coin reculé dans la campagne pour chercher un lapin d'élevage, qu'il avait examiné des centaines – voire des milliers – de lapins avant de faire son choix. C'est vrai que, dans ma tête, il avait fait un tri sévère avant de choisir notre Lily.

— Oui, à un de ces mendiants qui passent leur temps à faire la manche. J'étais seul avec lui dans la rame et il commençait à me casser sérieusement les pieds. Tu sais ce que c'est, quand ils se mettent à te harceler pour avoir une pièce ! J'ai fini par lui dire qu'il aurait cinq livres pour son lapin s'il me lâchait les baskets. Ces fichus gamins ne font pas dans le sentiment !

Je ravale ce que je m'apprêtais à répondre, sous le choc de la nouvelle, et j'opte pour la voie de la diplomatie.

— Si je comprends bien, tu n'avais pas prévu de m'acheter Lily ?

— Qu'est-ce que tu veux dire ? Tu l'adores, non ? Alors peu importe où je l'ai trouvée…

— Bien sûr que je l'aime. Elle est à nous. Mais je croyais que c'était un cadeau d'anniversaire pour fêter notre premier mois de mariage et que tu avais préparé ton coup.

Je m'efforce de dissimuler l'amertume qui transparaît dans ma voix.

Il hausse les épaules, puis finit par me prendre dans ses bras.

— C'en était un. J'avais pensé à un lapin ou une autre bestiole qui ne colle pas des allergies, et j'ai fini par tomber sur elle. En un sens, on peut dire que c'est le destin…

Il ponctue sa phrase d'un bisou sur mon nez.

Je lui réplique d'un ton sec :

— Difficile de dire que tu avais l'intention de me faire une surprise, alors que c'était pour te débarrasser d'un gosse encombrant qui faisait la manche dans le métro !

Il s'écarte de moi comme s'il était en rogne.

— Lolly, arrête ton cirque. Pas à 5 heures du mat ! Je dois être au boulot dans quelques heures, comme beaucoup de gens, et je ne suis pas d'humeur à supporter tes caprices !

J'entends dans ma tête la voix d'Elizabeth me mettre en garde… Quand un mec te tient ce genre de langage, ça signifie : « N'attends rien de moi. Si je suis avec toi, c'est uniquement parce que ça m'arrange : tu n'es pas exigeante, juste quelques galipettes d'un soir qui n'engagent à rien. »

Je ramasse Lily et j'embrasse son minuscule nez rose, écoutant cette fois ma propre voix. Laquelle me fait remarquer à juste titre que Richard a raison. Il est 5 heures du matin (peut-être même plus), alors qu'est-ce que ça peut bien faire que Lily vienne d'ici ou de là ?

Tandis que nous regagnons mon appartement, Richard

passe son bras autour de moi et je niche ma tête au creux de son épaule. Une fois devant ma porte, il m'embrasse et me demande s'il peut me voir ce soir.

Je suis une habituée des nuits blanches, avec mon boulot. Mais pas Richard.

Je passe une bonne partie de la journée à dormir, mais en prenant bien soin d'arriver à l'heure cette fois. Lorsque Charlie m'invite à boire un petit remontant à la fin de la nuit, tout semble être revenu à la normale. Lorsque je lui parle de mon héritage, il me dit en blaguant que je devrais en investir une partie en achetant des actions du club. Il me tend la bouteille de Veuve Clicquot tandis que Lily et Cinders regardent le J.T.

Le souvenir de ma nuit d'ivresse avec Jeremy commence à s'estomper, et je suis ravie que mes relations avec Charlie soient de nouveau au beau fixe. J'accepte donc de trinquer. Nous buvons à la mémoire de ma tante tout en devisant gaiement pendant que Cinders lèche Lily comme si c'était sa mère. Du coup, je me dis que Richard doit avoir raison concernant le sexe de Lily. C'est sûrement un mâle. Je ne peux naturellement m'empêcher de raconter à Charlie l'histoire sordide de l'achat du lapin dans le métro.

Il reste un moment sans rien dire, les yeux rivés sur les bulles de champagne qui pétillent dans son verre.

— Lui avez-vous parlé de votre héritage ?

Je lui demande un peu sèchement :

— Qu'est-ce que ça a à voir avec le sexe de Lily ?

— Rien, c'est juste une idée qui m'a traversé l'esprit.

Il a toujours le regard fixe, scrutant son champagne comme

s'il cherchait une révélation dans les minuscules bulles qui remontent à la surface.

— Bien sûr que je lui en ai parlé. Pourquoi ne l'aurais-je pas fait ? Ce n'est pas un secret d'Etat, que je sache.

Charlie hausse les épaules. Ses longues jambes en appui sur le bureau, il est l'image de la décontraction faite homme ! Il avale une gorgée de son « remontant ».

Mais je n'aime pas la tension palpable qui s'est installée dans la pièce, une tension lourde de questions en suspens et de non-dits.

Je lui demande à brûle-pourpoint :

— Vous avez un problème avec Richard ou quoi ?

Il me répond en me regardant droit dans les yeux.

— Ça se pourrait.

— Soyez plus clair, Charlie. Dites-moi ce qui vous chagrine.

Il ôte les jambes de son bureau.

— O.K. Je vais être franc avec vous : je pense que Richard est un drogué.

J'éclate de rire… un rire jaune.

— C'est grotesque.

Il lève un sourcil interrogateur.

Je ne peux m'empêcher de hausser les épaules. Tout ça est tellement absurde.

— Vous savez très bien que dans les cercles que nous fréquentons, tout le monde en prend à l'occasion, histoire de s'amuser.

— D'autres, peut-être. Mais je n'utiliserais pas l'expression « à l'occasion » ou « histoire de s'amuser », s'agissant de lui. C'est un frimeur, Lola. Un frimeur qui se fait passer pour ce qu'il n'est pas. Il représente ce qu'il y a de plus détestable chez les nouveaux riches.

La violence de Charlie me cueille à froid. Je lui réponds d'un ton méprisant.

— Vous n'êtes qu'un snobinard, Charlie ! Comment osez-vous le traiter ainsi ? Lui au moins est arrivé là où il est en travaillant dur. Il n'est pas donné à tout le monde de naître avec une cuiller d'argent dans la bouche.

J'aurais peut-être mieux fait de me taire, moi qui viens justement d'avoir la chance de recevoir un héritage ! Mais ça n'a rien à voir avec la fortune immense que possède la famille de Charlie…

— Ah, oui ? Dans ce cas, pourriez-vous me dire où Richard est censé être, aujourd'hui ?

— Où voulez-vous en venir ?

— Nulle part. C'était juste une question en l'air.

Son ton s'est adouci. Charlie regarde par la fenêtre comme s'il en avait terminé avec notre petite conversation.

— Eh bien, personnellement, je ne dirais pas ça. C'était une question lourde de sous-entendus, oui ! Sachez que Richard travaille vraiment très dur et ne mérite pas que vous fassiez ce genre de commentaire sarcastique sur son compte.

Charlie me répond d'une voix étrangement calme :

— Ecoutez, Lola, réfléchissez un peu. Il n'a pas payé sa cotisation de membre depuis plus de deux ans et son ardoise au bar a atteint un chiffre astronomique. S'il s'était agi de quelqu'un d'autre, je l'aurais déjà rayé de la liste de nos membres.

— Mais… il n'a jamais été question de lui accorder un régime de faveur à cause de moi.

Je reprends possession de Lily.

— A demain, Charlie. J'ai rendez-vous avec Richard.

Au moment où je vais franchir le seuil de la porte, Charlie me lance :

— Soyez gentille, demandez-lui de ma part comment va Marcus.

— Pardon ? Vous parlez de son collègue ?

— Oubliez ce que j'ai dit. La journée a été longue. Votre mère m'a demandé d'assister aux obsèques de votre tante, demain. J'emmène Elizabeth en voiture. Vous ne voulez pas que je vous emmène ?

— Non, merci. Je préfère y aller avec Richard.

Sur ces mots, je fais une sortie très théâtrale. Je quitte la Posh House et je prends un taxi pour rentrer chez moi.

# 15

*«… Je commence à me demander si même toi, ma très chère Elizabeth, tu es capable d'approuver l'indulgence dont j'ai récemment fait preuve envers Edward. Tandis que je soignais ma fille, il a séduit ma meilleure amie, Matilda, allant même jusqu'à lui écrire un sonnet que, dans son ignorance de la situation, elle m'a montré.*

*» J'ai été conquise par Matilda dès mon arrivée à Londres. Et, au fil des ans, toutes les marques d'affection qu'elle a eues pour moi m'ont été d'un grand secours. Mais je suis malade à la seule pensée de l'imaginer dans les bras d'Edward, je ne peux supporter l'idée de la voir et j'ai refusé de la rencontrer chaque fois qu'elle a voulu me rendre visite. Naturellement, elle ne comprend pas du tout pourquoi je la traite ainsi, mais si je me laissais fléchir et que j'acceptais de la voir, ce serait me trahir moi-même. Quels sacrifices me faudra-t-il faire encore sur l'autel de mon amour, ma chère Elizabeth ? Je vous en supplie, venez me voir à Londres. Je ne peux pas me déplacer, il est encore trop tôt. Katherine est si faible… »*

Extrait d'une lettre de lady Henrietta Posche à sa sœur Elizabeth

Le jour des obsèques de tante Camilla, Richard débarque devant chez moi dans une Mercedes décapotable spécialement louée pour l'occasion. Je sais qu'il essaie juste d'être gentil, mais je ne peux m'empêcher de lui dire que j'aurais préféré arriver au crématorium dans une voiture plus discrète.

Il m'embrasse sur le nez.

— Tu veux dire, en corbillard ?

— Pas du tout. Mais ce toit ouvrant, avec mes cheveux qui vont voler au vent, ça ne fait pas très funèbre.

Il pose la main sur mon genou.

— Ecoute, ça fait des années que nous ne sommes pas sortis de Londres ensemble et je voulais juste en profiter au maximum. Et puis ta tante n'était pas du genre bonnet de nuit. D'après ce que tu m'as raconté sur la mise en scène qu'elle a faite de ses propres funérailles, je pense qu'elle aurait approuvé mon choix. J'ai trouvé cette voiture idéale pour une fête champêtre.

Je lui presse la main, bien calée au fond de mon luxueux siège en cuir jaune et j'allume le lecteur de C.D. Richard a raison, et j'adore sa façon d'utiliser des mots tels que *nous* et *ensemble* dans la même phrase. C'est une splendide journée de fin de printemps, mais je suis tracassée. En fait, je suis toujours un peu vexée par les insinuations de Charlie concernant Richard. Par ailleurs, Jeremy a laissé plusieurs messages sur mon téléphone. Sérieusement, il y a des moments où avoir une vie amoureuse est astreignant et stressant. Le vrai parcours du combattant !

Richard conduisant tout le trajet le pied au plancher, nous arrivons avec dix minutes d'avance. Dès que nous descendons de voiture et que nos regards se posent sur cet horrible crématorium de (faux) style Tudor, je suis parcourue de frissons. Richard me regarde en faisant la grimace.

— Un peu effrayant, non ?

Clemmie et Josie n'ont pas pu venir en raison de leurs engagements professionnels. C'est Clemmie qui garde Lily. Elles nous rejoindront demain pour la fameuse fête. En revanche, Elizabeth a insisté pour venir, tout comme Charlie, et lorsque leur voiture se gare à côté de la nôtre, je me sens soulagée. Il faut dire que Richard et moi sommes assis tous les deux dans un silence tendu. Alors que j'aurais bien besoin d'un bras protecteur autour de mon épaule, il se contente de répéter que ce genre d'endroit lui donne la chair de poule…

En parfait gentleman, Charlie fait le tour de sa voiture pour ouvrir la portière à Elizabeth, laquelle s'extrait de la vieille Aston Martin le rose aux joues. Elle a relevé ses longs cheveux noirs en chignon et, avec sa robe noire au buste ajusté et son châle brun chocolat, elle fait très Audrey Hepburn. Quant à moi, je porte un horrible ensemble pantalon noir acheté spécialement pour l'occasion car le seul vêtement noir que j'avais était un haut au décolleté plongeant et parsemé de sequins noirs. Mes cheveux sont retenus en chignon sur la nuque (rien à voir avec celui d'Elizabeth !). C'est bien simple, on me prendrait pour la responsable des pompes funèbres !

Elizabeth salue Richard aussi brièvement que possible sans être d'une impolitesse flagrante. Elle a toujours été insensible à son charme et s'est toujours arrangée pour qu'il le sache. Puis elle lui tourne le dos et me parle comme s'il n'existait pas.

— Mon chou, tu sais que nous avons essayé de vous rattraper pendant tout le trajet… Impossible ! Vous filiez dans ces virages en épingle à cheveux comme un bolide de formule 1 !

Richard s'empresse de lui fournir une explication comme si la voiture lui appartenait.

— Ce serait dommage de ne pas rouler pleins gaz dès qu'on sort de Londres !

Je me sens gênée à cause de cette remarque stupide, et coupable de me sentir gênée. Pauvre Richard, je sais à quel point il se sent mal à l'aise dès qu'il se retrouve avec mes amis. Et pour cause… Quoi qu'il fasse et quoi qu'il dise, ils ne font jamais attention à lui.

Charlie me sourit et me met la main sur l'épaule.

— Ça va aller, chère amie ?

— Oui, ça va.

Il n'a pas encore croisé le regard de Richard, j'estime donc que ce n'est pas à moi de récompenser ce manque de courtoisie par un échange d'amabilités, même s'il essaie d'être gentil. Je passe *illico* un bras protecteur autour du cou de Richard en suggérant que le moment est peut-être venu d'entrer.

Quatre paires d'yeux se tournent alors vers le bâtiment. Pas très rassurant…

Richard approuve mon initiative.

— Oui, il va bien falloir se décider…

Charlie porte un costume Armani en lin noir, très strict. En le voyant prendre le bras d'Elizabeth pour l'aider à traverser le bitume bosselé avec ses hauts talons, j'ai l'impression d'avoir devant moi le couple idéal. Il ne tient d'ailleurs qu'à eux de le devenir, c'est leur droit leur plus strict. Mais cette seule idée me fiche le cafard… comme tout le reste aujourd'hui. Quand on assiste à des obsèques, je suppose que c'est normal.

Kitty et Martin sont dans le vestibule du crématorium et accueillent les gens. Richard et moi nous attardons un instant derrière pendant qu'ils discutent avec Elizabeth et Charlie. Toute l'organisation fait bizarrement penser à ce qu'on peut voir dans un bureau… D'autres gens venus avant nous honorer un de leurs proches sont en train de sortir en essuyant leurs larmes, tout en se consolant mutuellement.

Tout de noir vêtue, Kitty arbore un grand chapeau et nage dans la mousseline de soie, sa signature… Elle nous annonce que la cérémonie commencera pile à l'heure, dans trois minutes.

Martin s'exclame : « Tout ça est horrible ! » J'ignore s'il parle de la crémation, du respect strict de l'horaire ou de la mort en général. Toujours est-il que je le trouve très beau là, à côté de Kitty, avec cet air grave et ce costume sombre qui ne lui ressemblent pas, un œillet blanc à la boutonnière.

Richard se penche pour embrasser Kitty sur la joue, et Martin me serre très fort dans ses bras.

— Chère vieille amie… Comme elle va nous manquer !

Richard ajoute :

— Oui, les rares fois où je l'ai vue, elle m'a fait une forte impression.

Je sais que Kitty et Martin ne connaissent rien des vrais sentiments de Richard envers Camilla, mais ce côté hypocrite me révulse. Je lui prends la main pour le conduire à l'intérieur.

Tout respire la tristesse, ici. Notamment à cause du tapis tordu d'un vert hideux qui doit avoir passé de plusieurs décennies sa date maximale d'utilisation. Sans parler des murs recouverts de papier tontisse d'un rouge tout aussi hideux. Mais le pire de tout, c'est qu'il reste encore dans la pièce quelques retardataires de la cérémonie précédente qui sanglotent le nez dans leur mouchoir, assis sur des chaises pliantes en plastique vert foncé d'un goût plus que douteux. J'hésite entre les réconforter et leur dire de se dépêcher de sortir. Elizabeth se tourne vers moi en faisant la grimace et je comprends aussitôt ce qu'elle veut me dire. Tout ça ressemble à une sorte de croisement entre un bureau d'état civil londonien et une chambre d'hôtes de seconde zone. Et hop ! On fait le ménage chez les morts et nous serons les suivants.

Lorsque Kitty et Martin nous rejoignent enfin dans ce qu'on appelle pompeusement « le salon du dernier adieu », il y a finalement là une quarantaine de personnes qui regardent autour d'elles, perplexes et mal à l'aise. Puis un petit homme en costume noir constellé de pellicules se décide enfin à nous faire entrer dans la salle où a lieu la cérémonie funèbre.

Le cercueil de Camilla est installé au centre de la pièce sur un catafalque drapé de soie. Il est entouré de lys blancs et de couronnes, et sur le dessus est posée une grande photo de Camilla dans un cadre argenté. C'était alors une toute jeune femme, et elle riait, les yeux plongés dans ceux d'un homme très beau à la moustache très fine. Et, sur cette photo, on peut lire ces simples mots écrits à l'encre noire : « Tu seras toujours dans mon cœur. Oliver. »

Je me pose des tas de questions sur cet Oliver. Où est-il ? Est-il toujours en vie ? Lui et Camilla se sont-ils revus après leur rupture ?

La cérémonie – purement civile – est à la fois triste et peu banale. Mis à part mes parents, Richard, Charlie et Elizabeth, les gens ne se connaissent pas. Un homme nous dit quelques mots sur Camilla, un hommage qui pourrait s'appliquer à n'importe quelle femme de son âge, puis une femme met en marche un lecteur de C.D. bon marché et nous nous efforçons tous de chanter de notre mieux la chanson de Sinatra (!), *The Way You Look Tonight*.

Malgré cette horrible impression de solennité au rabais qui se dégage de la cérémonie, tout le monde est en larmes. Ces simples mots – « Chérie, surtout, surtout, ne change jamais » – nous arrachent des sanglots. Richard me prend la main tandis que le sinistre rideau glisse lentement autour du cercueil et que la dernière de l'ancienne et noble dynastie edwardienne est emportée sur un tapis roulant.

Alors que nous sortons du bâtiment en croisant d'autres personnes qui attendent pour la cérémonie suivante, Richard se lance dans une explication technique qui ne s'imposait pas.

— En fait, ils brûlent les corps la nuit. C'est parce que les corps poussent des cris.

Je le regarde, glacée d'effroi, complètement choquée par ce qu'il vient de me dire. Au lieu de se taire, il insiste :

— Les poumons contiennent encore de l'air, tu comprends, d'où cette impression de cri lorsqu'ils se consument. Personnellement, je n'achèterai jamais de maison près d'un endroit comme celui-ci ! C'est encore pire qu'un abattoir.

Alors que je m'apprête à lui faire quelques commentaires bien sentis sur ces macabres informations, je suis sauvée par l'arrivée de mon père, qui passe son bras sur mon épaule en soupirant.

— Tout ça est bien triste…

Nous restons quelques instants dans le parking. Les hommes ont leurs clés de voiture à la main, les femmes leur chapeau. Personne ne trouve rien à dire.

Finalement, Elizabeth me prend dans ses bras pour me réconforter, puis Charlie prend le relais. J'ignore pourquoi, mais je n'ai pas envie de le laisser partir. Avec sa force rassurante et cette bonne odeur de citron vert qui flotte autour de lui, je me sens en sécurité.

— Je sais bien qu'elle était très âgée, mais elle va beaucoup me manquer !

Le seul fait d'imaginer son corps en train de se consumer me donne des frissons dans le dos. Sans m'en rendre compte, j'ai dû m'accrocher à Charlie tandis que je pensais à ma tante car Richard finit par intervenir.

— Allez, Lola, viens ! Bon, alors à demain tout le monde, pour la fête.

Je suis un peu choquée d'être séparée de Charlie de cette façon, presque *manu militari*.

Elizabeth me crie de loin :

— Nous sommes descendus dans un *bed & breakfast*, l'Old Castle. Vous pourriez venir faire un tour ce soir pour prendre un pot et bavarder un peu.

Mais Richard ne prend même pas la peine de se retourner.

Nous reprenons la voiture pour rentrer chez mes parents, sans échanger un seul mot. Richard a posé sa main sur mon genou.

Je me souviens d'être allée aux obsèques de ma grand-mère maternelle lorsque j'étais ado, des funérailles tout ce qu'il y a de traditionnel où le cercueil est mis en terre. Là, au moins, nous avons pu lui faire un adieu digne de ce nom. Ensuite, Kitty, Martin, quelques parents proches et moi avons accueilli les gens à une réception organisée en souvenir de la défunte. Cela se passait dans la maison de ma grand-mère, qui a été vendue par la suite. En franchissant le seuil de la porte, tous les invités nous ont présenté leurs condoléances, avec une formule du genre : « Je suis de tout cœur avec vous. Si vous avez besoin de quoi que ce soit, n'hésitez pas. » Mais je me souviens qu'une femme a eu l'audace de prendre la main de Kitty en disant : « Je ne sais vraiment pas quoi dire. »

Et là, Kitty a eu une réaction qui m'a beaucoup frappée à l'époque. Réussissant à oublier son chagrin l'espace d'un instant, elle a regardé la femme droit dans les yeux en lui disant : « Je vous suggère de quitter cette maison pour y réfléchir ! Sachez que votre maladresse me touche beaucoup. » La femme a eu l'air choqué et a marmonné quelques mots, comme quoi ce n'était qu'une façon de parler. Kitty lui a alors porté l'estocade : « Je suis confrontée à la mort de ma mère et vous ne trouvez pas mieux que me demander, à *moi*, de vous aider à formuler un petit mot de sympathie ? La prochaine fois, essayez donc quelque chose de gentil, du genre "je suis de tout cœur avec vous" ! La plupart des gens sont au moins capables de ça. »

Naturellement, la femme s'est sauvée rapidement et tous les invités ont applaudi mentalement. Si je me souviens brusquement de cette journée, c'est parce que je redoute que Richard ne commette un impair de ce genre. Ce n'est pourtant pas un mec foncièrement maladroit, mais dès qu'il se trouve en présence de ma famille et de mes amis, on dirait qu'il est capable du pire. J'essaie de me rassurer… « N'aie pas peur, tout ira bien, il saura se tenir… Jamais il ne dira ce genre de… »

— Je ne sais pas quoi dire.

Ça y est, il l'a fait ! De but en blanc, au moment où Kitty ouvrait la porte pour nous accueillir. Apparemment, elle était en train de pleurer, alors je me contente instinctivement de la prendre dans mes bras. Mais une partie de moi-même se fige en pensant à ce qui attend Richard. Je sens que ça va être sa fête…

Eh bien, pas du tout. Kitty fait comme si de rien n'était tandis que Martin, qui vient d'arriver, serre la main de Richard. Lequel s'enquiert de l'endroit où déposer nos bagages et s'en va, totalement insensible à sa propre indifférence.

Kitty a l'air au bord de la panique, ce qui me surprend de sa part.

— Je suppose que j'aurais dû inviter Charlie et Elizabeth à rester chez nous. Il y a largement la place. Je n'ai vraiment pas les idées claires.

Je lui assure que ça n'a aucune importance. Je crois même bon d'ajouter qu'ils se sentiront sans doute plus à l'aise dans un *bed & breakfast*, compte tenu des circonstances.

Martin nous interrompt.

— Allons, mesdames, venez. Cessons de broyer du noir. Nous avons fait nos adieux à Cam-Cam et elle n'aurait pas aimé que vous fassiez cette tête ! Au contraire… Rappelez-vous, elle nous a laissé des instructions précises : elle ne voulait pas que son départ soit une journée de tristesse pour ses proches. Demain soir, elle sera propulsée dans les étoiles et nous nous devons de lui rendre hommage en faisant bonne figure.

En dépit de la bonne humeur affichée par mon père, la soirée n'est pas d'une gaieté folle. Martin et Kitty ne sont pas très bavards, mais le pire, c'est Richard. Il tente sans arrêt de relancer la conversation sans se soucier un seul instant de notre humeur morose. On dirait un setter irlandais qui ne pense qu'à jouer… un jour d'enterrement ! Je sais bien qu'il essaie de nous remonter le moral, mais nous sommes tous submergés par l'émotion.

Même si Martin nous a rappelé tout à l'heure que Camilla n'aurait pas apprécié…

Pendant le souper – huîtres et champagne, ce que Kitty appelle « un petit en-cas pour la forme » –, Richard pose des questions sur Oliver. Il croit même bon d'ajouter :

— J'ai toujours considéré Camilla comme une vieille fille.

Kitty se fige, mais ne dit rien.

J'essaie de sauver les meubles.

— Ils ont pourtant eu un… genre de liaison lorsqu'elle était jeune.

— Ce type est toujours vivant ?

Martin secoue la tête.

— J'en doute beaucoup.

Sur ce, il quitte la table pour aller chercher du pain. Personne ne dit plus rien. De peur de voir surgir de nouvelles tensions, je suggère que Richard et moi passions voir Charlie et Elizabeth à leur *bed & breakfast*. Kitty accueille ma proposition avec enthousiasme.

— C'est une très bonne idée !

— Mais… si vous le préférez, nous pouvons rester…

— Non, pas du tout. Allez donc rejoindre vos amis. Je me sens tellement gênée de ne pas les avoir invités.

Et Martin ajoute :

— Elle a raison. Les jeunes avec les jeunes ! Je vais vous appeler un taxi.

L'ambiance n'est guère plus folichonne à l'Old Castle. Charlie et Elizabeth sont lovés sur un canapé, un jeu de backgammon entre eux. Quand nous débarquons, ils sont en train de rire et de papoter comme deux amis. Est-ce un effet de mon imagination, mais ils n'ont pas l'air particulièrement enchantés de nous voir.

Elizabeth lâche :

— Oh… nous ne pensions pas que vous viendriez…

Mais j'ai l'impression qu'elle voulait plutôt nous dire : « Nous n'avions *pas envie* que vous veniez… » !

— Ah, bon ? Eh bien, si, nous voilà ! Mais si vous préférez rester…

Ma phrase reste en suspens au moment où je croise le regard de Charlie posé sur Richard : j'y lis une haine à peine dissimulée. Dieu merci, Richard est incapable de lire entre les lignes. Il a l'air de chercher quelque chose dans la pièce.

— Où sont les toilettes ?

Je profite de l'absence de Richard pour parler avec Charlie du regard mauvais qu'il a jeté sur mon ex. Mais il prétend ne pas comprendre de quoi je parle et m'offre un verre.

Nous faisons quelques parties de backgammon, mais la conversation est un peu tendue, surtout à cause du comportement de Charlie. Il dit tout juste deux mots et lève à peine le nez de son jeu… même lorsque ce n'est pas à son tour de jouer. Après avoir tenté à plusieurs reprises de faire la conversation, Richard se réfugie, lui aussi, dans le silence. Il se plonge dans la lecture du *Times* pendant que je continue à jouer avec Elizabeth sous le regard insistant de Charlie…

Pendant toute la soirée, je sens le poids du regard de Charlie sur moi. Je réussis une seule fois à capter son regard, et il ne cherche même pas à détourner la tête. Non, il continue de me regarder sans broncher (pour exprimer sa réprobation, je suppose). Elizabeth s'aperçoit du manège, mais Richard ne remarque même pas le va-et-vient du regard d'Elizabeth entre Charlie et moi pendant toute la fin de la partie ! Elizabeth tente de me faire passer – toujours par le regard – un message que je n'arrive pas à déchiffrer. Et je n'ai vraiment pas l'énergie nécessaire pour l'interpréter.

C'est pourquoi lorsque Richard me propose d'appeler un taxi sur le coup de 23 h 30, j'applaudis (mentalement) des deux mains.

Assis sur la banquette arrière de la voiture, nous nous tenons la main sans dire un mot. Puis, par accord tacite, nous allons directement nous coucher... Je me souviens de la dernière fois où nous étions ensemble dans ce lit. Nous n'étions mariés que depuis quelques mois et nous avons décidé d'un commun accord de nous abstenir de faire l'amour dans la maison de mes parents, estimant que ce serait trop flippant.

Richard s'exclame :

— Faire l'amour chez ses parents, ce n'est drôle que si c'est interdit...

J'approuve, même si la vraie raison est uniquement que je ne suis pas d'humeur... Mais il croit bon d'ajouter :

— Faire l'amour avec la bénédiction des gens, ça coupe un peu l'envie, non ?

Alors là, je suis choquée.

D'ailleurs quand je repense à cette conversation, je me sens toujours mal à l'aise. Parce que, en fin de compte, c'est la définition même de l'amour dans le mariage !

Nous nous lovons l'un contre l'autre en cuiller, c'est très agréable. Alors que je suis sur le point de sombrer dans le sommeil, Richard me pose une question toute simple :

— Et si on se mariait ?

Je ne réponds pas tout de suite, au cas où il aurait quelque chose à ajouter. Mais comme le silence se prolonge, je lui demande :

— Tu es sûr que c'est vraiment ce que tu veux ?

— Je n'ai jamais été certain de vouloir divorcer, Lolly. Tu le sais bien.

Je me blottis tout contre lui.

— Moi non plus.

Et voilà ! Le problème semble réglé.

— Tu as toujours ton alliance, je suppose ?

Je lui murmure « bien sûr » à l'oreille…

— Moi aussi.

Il mêle ses doigts aux miens.

Ce n'est pas ce qu'on appelle une déclaration d'amour passionnée, ni la plus romantique des demandes en mariage, mais le moment était bien choisi. Et ça me fait chaud au cœur. C'est comme si ces années de séparation étaient soudain balayées, comme si rien d'autre ne comptait pour nous que d'être de nouveau ensemble. Je me suis accrochée à ce fil invisible qui nous liait l'un à l'autre jusque dans le divorce et j'ai gagné.

— Lolly, je t'aime tant…

— Moi aussi, je t'aime.

Je pense à la grande perche blonde. Comment s'est passée la séparation ? Est-ce elle qui est partie ou est-ce lui qui lui a dit que ça ne marcherait jamais entre eux ? Je meurs d'envie de savoir, de lui demander ce que Sally est devenue, mais je m'abstiens. Il est clair que j'avais raison sur toute la ligne concernant les sentiments de Richard à son égard. Elle n'a jamais vraiment compté pour lui.

Tout à coup, un violent orage éclate. La pluie frappe la fenêtre de biais, couvrant les ronflements légers de Richard.

# 16

*Après la mort de son père, Edward toucha un petit héritage. C'était loin de faire de lui un homme riche, mais cet argent lui permit au moins de payer ses dettes et d'être de nouveau accueilli dans la bonne société. Cependant, à l'insu d'Henrietta, non seulement il continua d'assouvir sa passion du jeu, mais il devint opiomane. On ignore si la pauvre Henrietta choisit d'ignorer cette nouvelle dépendance ou de la supporter, comme elle l'avait déjà fait avec le jeu. Mais ce fut là, à bien des égards, le début de la fin, car Edward recommença à ne plus honorer ses dettes.*

Passage secret vers le passé :
*Biographie de Lady Henrietta Posche*
Par Michael Carpendum

Après les pluies diluviennes de la nuit, nous craignions beaucoup pour le temps. Mais, ce matin, le soleil est aussi chaud qu'en plein mois d'août. Richard et Martin se sont levés dès l'aube pour aider à préparer les festivités. Lorsque je les rejoins avec Kitty, sur le coup de 10 h 30, la place du village est en effervescence. Tout le monde est là : les gens du village, les amis de tante Camilla et bien sûr, sa famille. Les gosses font des promenades en poney, s'adonnent aux joies de la peinture sur visage. Il y a des danses folkloriques et on trouve même de quoi manger : de la barbe à papa, des hot-dogs, des pommes d'amour et des boissons non alcoolisées. Le tout sans débourser un seul penny.

Je me souviens de toutes ces fois où j'ai traversé la place avec ma tante, en discutant de la vie, de la mode, des hommes. Tout en me frayant un chemin dans la foule pour rejoindre Richard, j'ai soudain l'impression fugitive d'apercevoir Camilla dans la foule…

Je finis par repérer Richard près du stand de « saut à l'élastique ». Je le regarde aider les plus petits à s'asseoir dans les nacelles et à les attacher solidement à l'aide de sangles. Il porte un jean râpé que je lui ai offert et des Converse All-Stars vertes. Mon cœur fond…

Dès qu'il me voit arriver, Richard prend un accent de l'East End :

— Un saut à l'élastique, miss ?

Je lui passe les bras autour du cou pour l'embrasser sur la nuque. La seconde d'après, je me retrouve assise dans un siège. Richard attache les sangles et me fait faire un bond de six mètres dans les airs avant de retomber… J'ai l'impression de voler… A ma seconde tentative, je fais un saut périlleux en retombant ! Richard en siffle d'admiration et applaudit à mon exploit.

Lorsqu'il me récupère, je fais courir mes doigts entre ses cheveux rien que pour le plaisir de les décoiffer. Bien que ses yeux soient cachés derrière ses Ray Ban, je sais qu'ils me sourient. Ensuite, Richard m'apporte une pomme d'amour que nous dégustons ensemble. Nos langues se touchent sans le vouloir, aiguisant notre désir l'un de l'autre jusqu'à ce que, n'en pouvant plus, nous nous embrassions à pleine bouche.

C'est lui qui se détache de moi le premier.

— Je ferais mieux de me remettre au travail.

Je suis des yeux sa longue silhouette élancée alors qu'il se dirige vers le stand. Je me sens liée à lui comme je voulais l'être depuis cette fameuse soirée où je l'ai vu pour la première fois avec la grande perche blonde, à la Posh House.

Martin le rejoint et les deux hommes aident une autre femme à s'asseoir dans la nacelle. Je les trouve attendrissants, tous les deux. Comme un père avec son beau-fils.

Bien que tante Camilla ait toujours évité soigneusement

de parler de Richard après notre divorce, je suis persuadée qu'elle aurait approuvé ma décision de me remarier avec lui. L'organisation de la fête nous ayant accaparés depuis le début de la matinée, je n'ai pas encore eu l'occasion de parler de la nouvelle demande en mariage de Richard à mes parents, mais je sais qu'ils seront enchantés. Ce sont le roi et la reine de l'amour, après tout, l'incarnation même du remariage !

En revanche, du côté d'Elizabeth, Josie et Clemmie, ce sera une autre paire de manches ! Quant à Charlie, si j'en crois son comportement de ces derniers jours, je me fiche pas mal de son avis. En fait, j'ai plus ou moins décidé de donner ma démission, en partie à cause de mes sentiments pour Richard, mais surtout parce que l'heure est venue, selon moi, de plonger dans le grand bain, en d'autres termes de créer ma propre société de R.P., ce dont j'ai toujours rêvé.

Grâce à mon héritage, je vais pouvoir enfin réaliser mon rêve. Même si les impôts prennent la plus grosse part du gâteau, j'aurai encore de quoi rembourser mes emprunts, dévaliser les boutiques de Bond Street et créer « Lola Relations Publiques ».

— Chérie, te voilà enfin ! Je t'ai cherchée partout !

Jeremy est à bout de souffle. J'ai un mouvement de recul en voyant les jambes osseuses découvertes par son short. Un short à carreaux, sans doute le plus criard que j'aie jamais vu, une véritable horreur… Dire que j'ai fait l'amour avec ces jambes-là ! Il y a des moments où je me fais honte. Mais, au fait, que fait Jeremy ici ? C'est sûrement un coup de ma tante !

— Ça alors, Jeremy, comme je suis contente de te voir !

Je l'embrasse sur les deux joues, l'estomac noué. J'ai peur que Richard ne découvre que j'ai récemment fait l'amour avec lui. Mon Dieu ! On dirait que le temps se gâte… J'ai comme un horrible pressentiment, une sorte de nausée, la prémonition d'un désastre imminent.

Jeremy jette un coup d'œil autour de lui, découvrant l'atmosphère de carnaval qui règne ici. Puis il brandit un carton.

— C'est vraiment extraordinaire ! J'ai reçu cette invitation par la poste, et je me demandais quoi faire. Je t'ai laissé plusieurs messages, mais j'imagine que tu avais d'autres chats à fouetter.

Et, naturellement, il passe le bras autour de ma taille au moment même où Richard se dirige vers nous !

Je réagis au quart de tour en me jetant dans une flaque d'eau.

Pour être franche, je n'avais pas l'intention de me laisser tomber *dedans* mais *à côté*, juste pour que Richard ne puisse pas voir le bras de Jeremy autour de ma taille… Mais Jeremy n'avait pas l'air décidé à me laisser choir sans rien tenter. Tandis que je gesticulais pour qu'il enlève son bras de ma taille, lui a tenté d'assurer sa prise. Résultat : en le repoussant, j'ai perdu l'équilibre et, plouf, j'ai atterri au beau milieu de la flaque.

Me voilà couverte de bouc ! Jeremy m'aide à me relever, un peu perplexe.

— J'ai bien essayé de te rattraper, mais tu m'as repoussé.

Richard arrive en courant en criant mon prénom. Il vient d'ôter ses lunettes et a l'air inquiet. Jeremy, lui, commence à me tamponner le visage avec un mouchoir, ce qui m'agace au plus haut point. Ça, c'est bien lui ! Il se balade toujours avec un mouchoir blanc.

Et, en plus, il se croit obligé de se justifier.

— Je ne comprends pas ce qui est arrivé. Une seconde avant, elle était debout et puis soudain… floc !

— Qu'est-ce qui se passe, Jeremy ? Pourquoi as-tu poussé Lola ?

— Quoi ?

— Oui ! Qu'est-ce qui t'a pris de la pousser dans cette mare ?

Jeremy a l'air horrifié.

— Mais… Richard, j'essayais juste de l'aider. Je venais de lui passer le bras autour de la taille, un simple geste d'affection, et alors…

— Ah, oui ? C'est ta façon à toi de manifester de l'affection à une femme, en la poussant dans une mare ?

Richard exige des explications et je le sens à deux doigts de frapper le pauvre Jeremy.

Jeremy essaie la persuasion, même s'il est clair que la moutarde commence à lui monter au nez.

— Richard, tu me connais. Quel intérêt avais-je à la pousser dans cette fichue mare ? Ce n'est d'ailleurs pas une mare, mais une simple flaque d'eau.

— Espèce de crétin ! Maintenant, elle a l'air d'un chat mouillé.

Dieu merci, Kitty arrive sur les lieux à point nommé, toute froufroutante dans sa mousseline de soie, et brandissant une barbe à papa géante aussi rose que sa robe, comme s'il s'agissait d'un accessoire de mode.

— Lola, pourrais-tu m'expliquer ce qui se passe ? Pourquoi as-tu sauté dans cette flaque ? C'est idiot !

— Mais je n'ai pas sauté !

Richard tient tête à Kitty en mon nom. Quel amour !

— C'est Jeremy qui l'a poussée, je l'ai vu de mes propres yeux.

Jeremy rétorque aussitôt :

— J'essayais juste de la rattraper, mais elle m'a repoussé.

Kitty intime le silence à tout le monde.

— Lola, ça suffit, cesse de te donner en spectacle ! Tu ferais mieux de venir m'aider à organiser les promenades à poney. Charlie est tout seul pour s'occuper du jeu de massacre.

Elle pose sur Richard un regard accusateur, l'air de dire : « Et vous, vous faites quoi ? »

Jeremy m'attrape par la main droite, Richard par la main gauche. Décidément, cette histoire tourne à la farce, sauf que ça n'a rien de drôle…

Josie s'approche de moi à son tour. Elle tient Lily en laisse (une laisse en tissu diamanté). Comme le sol est détrempé, la fourrure de Lily est couverte de boue.

Ce qui a le don de m'énerver.

— Tu n'aurais pas pu la prendre dans tes bras ?

— J'ai essayé, Lola, mais elle n'arrête pas de se frotter à moi. Tu sais, je suis convaincue que c'est un mâle. Elle n'a vraiment pas le comportement d'une femelle !

Je libère mes deux mains pour ramasser mon petit lapin plein de boue et je le serre tout contre moi pendant que Jeremy et Richard passent les bras sous ma taille.

Richard demande à Jeremy ce qu'il a l'intention de faire et Jeremy lui retourne la question. Les voilà qui s'affrontent face à face, en tournant autour l'un de l'autre, tels des gladiateurs. Enfin presque.

Josie me regarde, l'air ébahi.

— Tu peux m'expliquer ce qui se passe ?

Kitty fait une nouvelle apparition. Elle me tire par le bras pour m'emmener à l'écart, laissant Richard et Jeremy sans surveillance.

— Lola, pour l'amour du ciel, cesse de te comporter comme une gamine de la maternelle et va aider Charlie ! C'est bien le seul à avoir l'esprit de groupe, aujourd'hui !

Joignant le geste à la parole, elle me propulse vers la grande roue.

— Kitty, tu es injuste. Richard est venu ici dès l'aube, pour aider à tout installer. Et c'est lui qui s'occupe du saut à l'élastique…

Elle m'ignore superbement et me pousse en direction de Charlie tandis que des gosses du village nous dépassent en courant, agrippés à leur barbe à papa ou à leur pomme d'amour, en poussant des cris de joie. J'ai l'impression de revenir en enfance.

Je décide soudain de jouer mon dernier atout, celui qu'on n'utilise qu'en cas d'urgence.

— Il m'a demandé de l'épouser…

Kitty ne se démonte pas pour autant et continue de me pousser vers le jeu de massacre. J'aperçois Charlie qui soulève une petite fille pour qu'elle puisse avoir une chance d'abattre une noix de coco !

— … et il faut absolument que je retourne le voir parce que j'ai couché avec Jeremy pour le rendre jaloux. Mais Jeremy ignore que c'est pour ça que j'ai couché avec lui, et je n'ai pas réussi à trouver l'occasion de le dire à Richard. Et *maintenant* qu'il vient de me demander en mariage, si jamais il découvre ce que j'ai fait avec Jeremy, il va me prendre pour une traînée et il n'aura plus envie de m'épouser et…

Je m'arrête dans mon élan car nous sommes arrivées au stand du jeu de massacre. Je suis face à Charlie et, apparemment, il a entendu les derniers mots que j'ai prononcés.

— Vous allez l'épouser ?

Il tient la main d'une adorable gamine aux magnifiques yeux de biche et aux cheveux noirs tout bouclés. Kitty s'accroupit dans un froufrou de mousseline pour bavarder avec la petite. Mais elle ne perd pas une miette de notre conversation.

Je serre encore plus fort ma Lily dans mes bras, comme si j'affrontais le grand méchant loup.

— Oui, je vais l'épouser. Vous êtes surpris ?

— Assez, oui. Encore que le terme « horrifié » me semble mieux choisi.

Non mais, quelle arrogance !

— La tradition veut qu'on félicite la future mariée, non ?

— Et que doit-on dire à sa petite amie... ?

— L'assurer de votre sympathie, tout simplement.

Je ne vais quand même pas le laisser jouer les rabat-joie !

La critique ne se fait pas attendre.

— Quel magnifique exemple de solidarité féminine ! On croirait deux sœurs...

La petite fille me regarde et me montre du doigt en répétant, toute contente d'elle :

— Sœur !

Je hausse les épaules.

— Désolée, mais ce n'est pas ma sœur et je ne vois pas ce qui vous pose problème. Qu'est-ce que cette grande perche blonde a à voir avec moi ? Richard et elle ont flashé l'un pour l'autre avant qu'on ne se remette ensemble, et alors ? Je ne suis quand même pas responsable des faits et gestes de toutes les filles en ce bas monde !

Kitty se lève et se joint à notre petite conversation.

— Qui est cette grande perche blonde ?

La petite fille répète en pointant son doigt sur moi :

— Grande perche blonde.

Je réponds d'un ton sec :

— Peu importe ! Ce n'est pas d'elle qu'il s'agit.

La petite fille est au bord des larmes et je me sens honteuse. Charlie la prend et la soulève dans les airs.

Kitty me regarde, les yeux ronds, chassant une mèche blonde de son visage. Manifestement, elle ne comprend pas ma réaction.

La petite fille répète « grande perche blonde », nichée dans les bras de Charlie, qui ignore ce qu'elle dit et croit bon d'ajouter :

— Et Jeremy, dans tout ça ? Que va-t-il penser quand il découvrira que vous avez couché avec lui dans le seul but de rendre Richard jaloux ?

Je vire au rouge tomate, vexée qu'on m'interpelle sur ma tentative honteuse de rendre Richard jaloux.

— Je n'ai rien dit à Richard.

Je ne peux supporter l'idée que Charlie ait deviné mes intentions. Et ma duplicité me semble bien pire dans le regard de quelqu'un d'autre. J'essaie de repérer Richard et Jeremy dans la foule, mais en vain. Je ne vois que les gens du village, venus très nombreux. Lily commence à gigoter dans mes bras jusqu'à ce que je la repose par terre.

Kitty me sermonne.

— Lola, tu te conduis vraiment comme une traînée !

La petite fille penche la tête pour regarder Charlie dans les yeux, et lui demande d'un air innocent :

— C'est quoi, une traînée ?

Kitty attrape la fillette et la repose par terre. Puis elle s'accroupit, plonge son regard dans les beaux yeux noirs de la gamine et lui répond sans hésiter :

— Une traînée est une femme qui mène une vie dissolue.

Je doute que la petite ait compris quoi que ce soit, mais elle me montre de nouveau du doigt.

— Tu es une traînée.

Elle a parlé si fort que tous les gens dans un rayon de mille kilomètres ont dû l'entendre… Un petit garçon d'environ quatre ans demande :

— Je peux faire un tour de traînée ?

Sa mère me toise comme si j'étais une sorcière bonne pour le bûcher. Elle prend son fils dans ses bras pour l'éloigner de nous tandis que je reste là bêtement, agrippée à mon lapin couvert de boue avec mes vêtements tout aussi tachés. Charlie me regarde comme s'il ne me connaissait pas tandis que la voix du garçonnet retentit de nouveau au loin.

— Je veux faire un tour de traînée. Je veux faire un tour de traînée !

Charlie décide que la plaisanterie a assez duré et crie à la cantonade.

— Bon ! Qui veut gagner un lot au jeu de massacre ?

Du coup, tous les gamins oublient « la traînée » et s'accrochent à lui en criant : « Moi ! Moi ! »

Kitty m'entraîne à l'écart.

— Alors, il t'a redemandée en mariage, c'est ça ?

— Oui. Hier soir.

— Je voudrais savoir ce que tu penses *réellement* de cette proposition, Lola.

Elle s'arrête et me regarde droit dans les yeux comme elle seule sait le faire (avec n'importe qui d'autre, ça ferait un peu mélo !).

Mais j'ignore son regard perçant. Enfin… disons que je l'évite en faisant mine de m'attendrir sur la petite Lily en émettant quelques gloussements un peu bizarres pour attirer son attention.

— Que veux-tu dire par là ? Je pensais que tu te réjouirais pour moi.

— Ma réaction à moi importe peu. Je t'ai demandé ce que tu ressentais, *toi*! Le problème est de savoir si c'est l'Amour de ta vie, avec un grand A.

— Ça veut dire quoi, l'Amour de ma vie ? Le grand amour, l'amour passion, tu n'as que ces mots à la bouche… Tu parles d'une question !

Je devrais être blindée, mais ça m'agace qu'elle me dise toujours la même chose.

— Est-ce que tu *souffres* quand tu es loin de lui ?

Je repense aussitôt à la douleur que j'ai ressentie en le voyant avec la grande perche blonde, même si, au fond de moi, je sais très bien qu'avant de le voir avec cette fille, je n'avais jamais vraiment souffert… J'étais même très heureuse dans la vie : avec mon job, mes amis, mon appartement, mes coups de cœur d'un soir et ma petite Lily. Quand j'y repense, je me dis que j'étais la célibataire par excellence ! Indépendante et heureuse de l'être !

Pourtant, je réponds à Kitty :

— Bien sûr que je souffre quand je ne suis pas avec lui.

— Eh bien, c'est tout ce qui compte.

Et elle s'en va comme si l'affaire était réglée.

Je cours après elle. Lily met ses oreilles en arrière, signe qu'elle est en colère (elle déteste me voir courir). Mais je ne peux m'empêcher de me sentir un peu froissée.

— Tu pourrais quand même me féliciter. Après tout, tu es toujours sur mon dos à me dire que ma vie est une tragédie parce que je n'ai pas de passion. C'est toi qui as toujours désespéré de moi. Tu n'arrêtes pas de me dire que « je t'use les nerfs par mon manque de passion ».

Kitty se fige sur place, puis fait volte-face.

— C'est vrai, j'ai eu parfois l'impression que ta vie était vide. Je me suis vraiment inquiétée parce que tu n'avais ni passion ni but dans la vie. Mais comme j'ai longtemps pensé la même chose de tante Camilla, il se pourrait que je me sois trompée sur toute la ligne avec vous deux.

Kitty me sourit et tend la main pour caresser les oreilles de Lily.

— Une chose est sûre, on ne peut pas féliciter quelqu'un d'être passionné. La passion est une pathologie douloureuse, une émotion incontrôlable, une raison de vivre, une raison d'être sans laquelle je ne peux pas vivre. Si, comme moi, tu as l'âme d'un poète, tu seras incapable de vivre sans la souffrance engendrée par la passion.

Tandis que Lily se frotte l'arrière-train à mon bras, je renvoie la balle à Kitty.

— A t'entendre, on croirait qu'il s'agit d'une maladie.

Kitty retire sa main et regarde dans le vague, l'air mélancolique, comme seule peut le faire une femme qui a joué les Juliette des milliers de fois ! Jamais je ne pourrais faire une chose pareille. Rien que d'y penser, je suis obligée d'évoquer mentalement quelque chose de triste pour m'empêcher de piquer un fou rire !

Kitty soupire.

— C'est peut-être une maladie, en effet, une maladie de l'âme. C'est comme si cela faisait partie de moi. Je ne peux pas vivre sans.

J'ai beaucoup de mal à ne pas éclater de rire. Imperturbable, Kitty ajoute :

— Mais maintenant, je ne suis plus très sûre que mon expérience soit applicable à tout le monde…

Entendre ça de la bouche de Kitty, je suis abasourdie. Il est clair que ma mère est très affectée par la mort de ma tante, et surtout par la découverte de son amour secret. Mais je ne m'attendais pas à ce qu'elle remette en question le concept même de passion. Je m'attendais plutôt à ce qu'elle esquisse trois pas de danse en apprenant mon prochain remariage. J'en suis pour mes frais…

Cela dit, je n'ai guère le temps de m'appesantir sur la question. Un petit garçon me rentre dedans, envoyant valdinguer la pauvre petite Lily ! Kitty et moi nous précipitons pour l'aider, mais elle n'a manifestement pas de bobo car elle se remet à sautiller pour disparaître rapidement dans la foule. Nous courons après elle, et au moment où je finis par la récupérer, j'entends des cris à l'autre bout de la place.

Richard et Charlie sont en train de se hurler dessus.

Kitty me demande en tendant le doigt :

— Ce n'est pas Richard, là-bas ?

Horrifiée, je vois Richard pousser Charlie, lequel s'en va, l'air furibond.

Nous accourons, Kitty, Lily et moi. Je demande à Richard ce qui se passe, et il me répond d'un (faux) air naturel :

— Ce type est un con ! Pas la peine de t'inquiéter pour lui.

— Pourquoi vous êtes-vous disputés ?

— Il s'en est pris à moi sous prétexte que je n'avais pas réglé ma cotisation de membre du club. Je lui ai dit que je lui ferais un chèque. Franchement, j'ai d'autres priorités aujourd'hui !

Il passe le bras sur mon épaule.

— La seule chose qui compte pour moi en ce moment, c'est que je vais épouser la femme de mes rêves.

Tandis que je me blottis dans les bras de mon fiancé, je me souviens tout à coup que Charlie m'a parlé de cette histoire de cotisation. Mais, en principe, c'est le secrétariat qui est chargé de joindre les gens. Charlie ne s'implique jamais personnellement dans ce genre de relance, même si c'est un sujet qui semble lui tenir à cœur.

— Je trouve bizarre qu'il t'en ait parlé ici.

— C'est bien ce que je disais, ce mec est bizarre.

Et il m'embrasse sur le front.

— Bon, si nous parlions d'autre chose ? Profitons de la fête…

Kitty m'approuve.

— Elle a raison. Pendant ce temps, j'emmène Lily faire une petite promenade.

Dès qu'elle est partie, Richard me prend dans ses bras et

m'embrasse longuement, voluptueusement… Je lui propose d'aller faire une promenade à cheval.

Il m'embrasse de nouveau.

— Tout à l'heure. Pour l'instant, j'attends Marcus.

— Marcus ?

— Un problème de boulot, ne t'inquiète pas.

L'âme en peine, je pars à la recherche de Kitty. Je me fais du mauvais sang. Je suis même très inquiète. Je me souviens que Charlie m'a vaguement parlé d'un certain Marcus, mais je n'arrive pas à me souvenir de ce qu'il m'a dit.

# 17

*« Depuis la mort de son père, Edward est redevenu l'homme que j'ai rencontré pour la première fois. Très chère Elizabeth, j'aimerais tant que tu le voies ! Il a l'esprit plus léger, comme si un voile noir s'était déchiré au-dessus de lui. Il a même juré de renoncer au jeu. Mon cœur exulte, car j'ai enfin retrouvé l'Edward d'antan.*

*» Plus rien ne compte pour moi qu'Edward. Rien ni personne. Je suis sur un petit nuage, comme enivrée par des vapeurs d'opium. Demain, il m'emmène dans l'atelier d'un artiste peintre, en espérant que je me laisserai convaincre de faire peindre mon portrait. J'aimerais tant que tu puisses venir à Londres pour voir mon nouvel Edward. Il n'a jamais été aussi gentil... »*

Extrait d'une lettre de lady Henrietta Posche à sa sœur Elizabeth

Un peu plus tard, Elizabeth arrive en courant pour m'annoncer que Charlie s'apprête à retourner à Londres, ce à quoi je réponds par un « bon débarras ! » même si je ne le pense pas vraiment. D'ailleurs, Elizabeth m'accuse de mentir.

Alors j'insiste :

— Désolée, mais je le pense vraiment !

Naturellement, je passe pour une ingrate qui n'hésite pas à envoyer balader quelqu'un qui a pris la peine de venir de Londres pour les obsèques de ma tante !

Elizabeth me regarde comme si j'avais perdu l'esprit.

— De toute façon, le problème est réglé. Je l'ai convaincu de rester pour le bal, mais il a décidé de rentrer à l'hôtel. Au fait, que s'est-il passé avec Richard ? Je les ai entendus se disputer.

— Ce n'est pas Richard qui est en cause, c'est Charlie qui a commencé. Il l'a harcelé à propos d'une histoire de cotisation non réglée… C'est incroyable, non ?

— Non.

Une façon comme une autre de clore le débat.

Une heure plus tard, Richard nous rejoint à la grande roue. En le regardant arriver vers nous au pas de course dans le jean délavé que je lui ai offert, l'idée m'effleure de me renseigner sur ce fameux Marcus. Richard fait mine d'embrasser Elizabeth avant de déposer un vrai baiser sur mes lèvres. Puis il retrousse ses manches et demande à Martin s'il peut lui donner un coup de main.

Elizabeth elle-même est impressionnée de le voir s'activer ainsi. Bref, c'est génial… sauf que les ados du village – qui ont dû avoir vent de l'incident de tout à l'heure – n'arrêtent pas de demander combien coûte un « tour de traînée » !

Vers 14 h 30, Martin prononce un discours, un genre d'éloge funèbre, mais qui n'est pas triste. Kitty se tient à son côté, apportant à la fête un petit côté glamour avec ses allures de vamp du grand écran. Martin nous raconte que lorsqu'il était petit garçon, il estimait que Camilla était la femme la plus élégante qu'il connaissait et que tous ceux qui l'approchaient étaient envoûtés par son charme. Le discours est bon enfant et relativement court, ce qui est parfait car, à ce stade, tout le monde est un peu K.O. et ne pense qu'à rentrer. Une légère bruine commence à tomber et au moment où Richard me prend la main pour y déposer un baiser, les gens commencent à applaudir. Au début, je me dis que c'est sûrement pour nous deux, mais non… C'est en hommage à tante Camilla, bien sûr. Tout ça est terriblement romantique…

En partant, j'aperçois Jeremy, mais je fais celle qui ne voit rien et je pars avec les filles dans une autre direction. Richard propose à Martin de l'aider à superviser les opérations de démontage des stands, pour qu'on puisse dresser le chapiteau qui accueillera le bal de ce soir. Kitty rentre chez elle, pas fâchée de se reposer un peu. Quant à moi, je retourne à l'hôtel avec les copines en oubliant complètement que Charlie s'y trouve déjà.

Sa longue carcasse est allongée sur l'un des canapés du salon. Il est plongé dans la lecture du *Times*, mais dès que nous entrons, il pose son journal et nous demande si la fête s'est bien passée. Comme il est tout sourire, je ne peux guère lui en vouloir !

— Tiens, mais c'est le retour de mes sirènes… !

Josie, Elizabeth et Clemmie se jettent sur lui comme des chiots d'humeur joueuse. Il fait semblant d'entamer avec elles une lutte au corps à corps, façon grand frère. Je m'assieds discrètement sur le canapé d'en face et je me mets à caresser Lily.

Après avoir réussi à calmer les filles, Charlie demande à Lily si elle s'est bien amusée. Comme elle est très occupée à ronger le bout de carotte que je lui tends, c'est moi qui réponds à sa place.

Je reste un moment, juste le temps de boire une tasse de thé, puis je rentre à la maison. Personne n'a fait mention de la prise de bec de Charlie avec Richard, et j'espère sincèrement que le débat est clos. Quoique… j'envisage l'espace d'une seconde de revenir sur cette histoire de cotisation, juste pour préciser à Charlie que si c'est l'argent qui lui pose problème, je peux très bien payer l'abonnement de Richard. Mais, finalement, je renonce.

Une chose est sûre : maintenant que je suis sur le point d'épouser Richard, je n'ai aucune envie que le courant ne passe pas entre mes amies et lui ! J'ai besoin de sentir que mes amies sont heureuses de ce qui m'arrive, et qu'elles m'apportent leur soutien comme des amies dignes de ce nom se doivent de le faire lorsqu'on (re)trouve enfin l'homme de sa vie ! Une seule chose compte, c'est que Richard et moi sommes faits l'un pour l'autre, même si nous avons traversé une mauvaise passe. Après tout, Kitty et Martin en ont bien traversé quatre ! Et qui pourrait prétendre qu'ils ne sont pas faits pour vivre ensemble ?

Finalement, je me dis que les obsèques de tante Camilla ne sont peut-être pas le moment idéal pour parler fiançailles. C'est son jour à *elle*, et ce n'est pas moi qui vais lui voler la vedette.

Lorsque je rentre à la maison, Kitty et Martin sont au lit. A 5 heures du soir ! Même si je trouve assez remarquable que leur attirance sexuelle ne faiblisse pas après toutes ces années de vie commune, je dois faire une tête bizarre car Lily me regarde l'air de dire : « Je sais, penser que ses parents sont en train de faire l'amour, c'est dégoûtant ! »

Je nettoie Lily dans l'évier de la buanderie avant de l'attaquer au séchoir. Puis je l'installe dans la cuisine avec de quoi faire la dînette, et je vais prendre une douche.

Richard revient au moment même où je sors de la baignoire. Toujours en tenue d'Eve, je me frotte à lui, mais il me repousse. Il a l'air de très mauvaise humeur et m'annonce qu'il a perdu les papiers que Marcus lui a apportés. Il doit donc retourner en chercher un nouvel exemplaire.

— Ça ne peut pas attendre demain ? Je ne vois pas ce que tu vas faire de ces papiers cette nuit, de toute façon. Nous serons au bal…

— Tu n'as pas l'air de comprendre, Lola. Il n'est pas donné à tout le monde d'avoir une masse de fric qui tombe du ciel du jour au lendemain ! Tout ce que je possède dépend de ce contrat.

Cette allusion à mon héritage me pique au vif.

— C'est faux, Richard. Je peux très bien comprendre que ce soit important, je dis simplement que tu pourrais attendre demain pour résoudre le problème. Sans compter que c'est une perte de temps pour Marcus d'être obligé de revenir ici…

— Il faut absolument que je signe ces papiers, Lola.

— Mais alors, pourquoi ne les as-tu pas signés tout à l'heure ?

Il me répond d'un ton sans réplique :

— Lola, c'est *mon* problème.

— Très bien.

Je quitte la pièce pour aller m'habiller. Un peu plus tard, il me présente ses excuses et, bien entendu, je lui pardonne. Il doit être épuisé après toute l'énergie qu'il a dépensée à cette fête… Mais je ne peux m'empêcher de repenser à ce que Richard vient de dire. Et à la façon dont Charlie a prononcé le nom de Marcus, le jour où nous avons bu un petit verre dans son bureau. Je décide de lui en reparler au bal pour faire la lumière une fois pour toutes sur ce mystérieux Marcus.

Camilla a spécifié que tout le monde devait s'habiller en blanc pour le bal. Concernant ma tenue, elle a été plus précise encore : je dois porter une robe de mariée ancienne taillée dans le biais, avec une longue traîne.

Kitty m'explique la raison de ce choix.

— Camilla avait prévu de la porter le jour de son mariage avec Oliver.

Martin ajoute :

— Personne n'a jamais su qu'ils avaient prévu de s'enfuir pour se marier. On ignore pourquoi ils y ont renoncé, d'ailleurs.

— Vous êtes certains qu'Oliver est mort ?

Je commence à me demander si, depuis des années, il n'est pas resté dans son coin à l'adorer en silence, persuadé qu'aucune femme ne pourrait jamais arriver à la cheville de Camilla.

— C'est pratiquement sûr. Mais le problème n'est pas là. C'est elle qui a rompu, et même si je ne doute pas une seconde qu'elle l'aimait toujours, rien ne donne à penser qu'elle ait jamais regretté sa décision. Cette bonne vieille Cam-Cam était une femme d'une immense sagesse !

Tout en m'admirant dans la glace de ma chambre, je ne peux m'empêcher d'éprouver une sorte de regret pour ma pauvre tante. Le diadème qui complète ma tenue est un bijou de famille, et je me sens dans la peau d'une reine de conte de fées. Lily me rend un hommage particulièrement appuyé… à sa façon, c'est-à-dire en se frottant contre ma jambe.

Je n'ai pas eu cette chance avec Richard !

Lequel est en train de faire les cent pas depuis une demi-heure. Lorsque je sors de la chambre, tout ce qu'il trouve à me dire, c'est :

— Enfin… ! On peut y aller, maintenant ?

Ignorant sa remarque, Martin et Kitty m'affirment que je suis superbe.

Nous nous rendons au bal dans la Bentley de Martin, conduite par un chauffeur. Pendant le trajet, Kitty annonce mes fiançailles à Martin qui s'empresse de me féliciter, mais je sens que le cœur n'y est pas. Ça me rappelle le jour où j'ai annoncé à mes parents que j'étais reçue major à Bristol !

Deux cracheurs de feu se sont installés de part et d'autre de l'entrée du chapiteau. Nous empruntons une sorte de galerie drapée de soie, qui ressemble un peu à une charmille. A l'intérieur, nous nous retrouvons devant une photo de Camilla et Oliver dans un cadre d'argent, posée sur une couronne de lys blancs qui trône sur une table recouverte de soie blanche.

L'intérieur du chapiteau est magnifiquement décoré : des photophores à la flamme vacillante sont posés sur chaque table couverte d'une nappe en lin, avec des assiettes blanches et des verres en cristal. C'est ravissant et romantique.

En revanche, je suis moins enthousiaste en découvrant le plan de table. J'aurai pour voisins de table Charlie d'un côté et Jeremy de l'autre… Comme c'est tante Camilla qui a tout organisé, il m'est difficile de demander à changer de place. L'autre voisine de Charlie est Elizabeth, laquelle sera aussi à côté d'Hamish. Puis il y aura Clemmie, placée près de Richard, et Josy, près de Jeremy. Je me demande à quoi ma pauvre tante a bien pu penser en faisant son plan de table!

Un orchestre de jazz se prépare dans un coin et des serveurs passent dans la foule des arrivants avec des plateaux chargés de coupes de champagne. Clemmie en attrape deux au passage et m'en tend une. Je me tourne vers Elizabeth, qui s'empare, elle aussi, de deux coupes, et je lui chuchote à l'oreille :

— Je ne peux quand même pas m'asseoir entre Charlie et Jeremy!

Mais, naturellement, elle n'a aucune idée de ce que j'essaie de lui dire. Elle passe sa seconde coupe à Josie.

Charlie tire ma chaise en me complimentant.

— Vous êtes resplendissante…

Jeremy se répand en louanges, lui aussi.

— Une vraie princesse de conte de fées…

Hamish préfère jouer les effrontés.

— … ou une mariée.

Richard a beaucoup de mal à tenir en place. Il s'affale sur sa chaise sans même prendre la peine d'aider Josie ou Clemmie à s'asseoir. Je note qu'Hamish louche sur Elizabeth, qui est particulièrement séduisante dans sa robe de satin blanc dos nu signée Versace. Il lui affirme qu'il n'a jamais vu aucune femme mettre en valeur à ce point une robe à dos nu. Bon, voilà au moins un de mes ex dont je n'ai pas à m'inquiéter !

Malheureusement, je ne peux en dire autant de Jeremy, qui tente de poser sa main sur la mienne. Le moment est venu de parler franchement, bien que Richard ait déjà quitté la table pour sortir.

— Jeremy, tu sais que je t'aime bien, mais je ne voudrais pas…

Charlie m'interrompt :

— Elle va se remarier avec Richard.

Toute la tablée s'écrie en chœur :

— Quoi ?

— Vous avez bien entendu, ce sera comme au bon vieux temps.

Sur ce, Charlie lève son verre pour porter un toast.

— A l'heureux couple !

Mais je vois bien dans ses yeux qu'il a d'énormes doutes sur le succès de notre union.

Quant à Jeremy, il me fusille du regard, comme si je l'avais giflé.

Je remercie Charlie d'un regard assassin.

Hamish s'informe :

— A propos d'heureux couple, où est passé Richard ? Il n'est quand même pas reparti voir Marcus ?

— Pourquoi, tu le connais, ce Marcus ?

Je brûle de curiosité en pensant à ce pauvre type obligé de faire tous ces va-et-vient depuis Londres, le week-end.

Il sourit d'un air entendu.

— Je l'ai rencontré une fois ou deux.

Jeremy se frotte l'aile du nez en jetant un œil de mon côté.

Visiblement agacée, Elizabeth me lance, comme si j'étais la seule personne à ne pas être au courant :

— C'est le nom de son fournisseur, voyons !

Elizabeth me regarde droit dans les yeux, comme pour me défier de la contredire.

— Richard n'a jamais arrêté, tout le monde le sait…

Un silence pesant s'installe. Elizabeth comprend qu'elle en est responsable et demande avec un sourire malicieux :

— Vous vous souvenez de Clive ?

Apparemment, c'est le bide total.

— Nous avons partagé une piaule avec lui, au collège…

Ça y est, je vois qui c'est, même si je l'ai très peu connu car je sortais beaucoup avec Hamish, à l'époque.

Hamish met son grain de sel.

— Oui, je me souviens de lui. Un rouquin, complètement défoncé à longueur de journée.

— Mais oui, bien sûr… le fan de *heavy metal* aux cheveux longs ?

— Un vrai parasite…

J'explique aux non-initiés :

— Une vraie tache ! Le mec le plus prétentieux que j'aie jamais vu, surtout quand il nous faisait son petit numéro d'*air guitar*...

— Et le pompon, c'est qu'il ne donnait jamais un sou de sa poche. Il vivait toujours au crochet des autres sans rien mettre dans la cagnotte, que ce soit pour la nourriture ou pour les fringues qu'il « empruntait » sans même nous demander notre avis !

Clemmie rebondit sur le sujet.

— Nous avions une fille comme ça, à la fac. Elle se faisait appeler Mizzie, ou un truc idiot du même genre. Elle trouvait que ça faisait plus glamour...

— Pour revenir à Clive, il n'avait vraiment rien de glamour. Il allait même jusqu'à nous piquer nos chaussettes ! Vous vous rendez compte, des chaussettes !

Je confirme les dires d'Elizabeth.

— Oui, et pas seulement celles de Damien, l'autre mec qui habitait avec nous. Non, il fauchait aussi les nôtres, des socquettes de fille ! Mais il se prenait toujours pour un génie. Un jour pourtant, il a fait un truc bizarre : il m'a *emprunté* dix livres dans la chambre, c'était juste à la fin de notre période de cohabitation... mais curieusement, il m'a remboursé l'argent.

— C'est justement là où je voulais en venir. Dernièrement, je suis tombé par hasard sur Damien, qui m'a raconté qu'il s'était vengé sur Clive à sa manière.

Nous nous penchons tous vers Elizabeth pour pouvoir entendre le fin mot de l'histoire sans être gênés par la musique.

— Apparemment, Damien en a eu tellement marre de

voir ce mec piquer des trucs et vivre à nos crochets qu'il lui a joué un tour à sa manière. Vous vous souvenez que Clive était toujours accro à la drogue, mais qu'il ne la payait jamais avec son fric à lui ?

Je hoche la tête tout en avalant une nouvelle gorgée de cosmo.

— Exact, je m'en souviens parfaitement.

C'est plutôt sympa de faire semblant de revivre une époque pré-Richard…

— Alors voilà : un après-midi, pendant qu'on attendait le retour de Clive, Damien a étalé un peu de poudre acidulée sur un miroir.

Josie n'a pas l'air de comprendre.

— De la *quoi* ?

Elizabeth se charge de lui expliquer.

— De la poudre acidulée. Tu ne te souviens pas des Mistral, ces sachets qui contenaient de la poudre acidulée un peu piquante sur la langue… On l'aspirait avec un tube de réglisse.

— Mais bien sûr ! J'adorais ça…

Clemmie intervient :

— Tu aurais peut-être moins aimé si tu en avais pris plein le nez !

— Bref… je termine : Damien a versé cette poudre sur le miroir et il a laissé le tout dans le salon avec un message qui disait « Attention ! Ne pas toucher. Je reviens dans une minute ! Damien. » Puis il est retourné dans sa chambre en attendant le retour de Clive.

Clemmie est hilare.

— C'est pas vrai ! J'imagine la suite…

— Naturellement, Clive a sniffé la poudre. Je ne vous dis pas l'état de son nez !

Allez savoir pourquoi, rien qu'à imaginer ce chevelu fanatique de *heavy metal* sniffer de la poudre de Mistral, je pique un énorme fou rire. Ça fait longtemps que je n'avais pas ri autant !

La serveuse arrive pour remplir de nouveau nos verres. Tandis que nous reprenons notre calme, je demande naïvement :

— Attends, tu peux m'expliquer pourquoi Damien ne nous en a pas parlé ?

— Clive l'a supplié de ne rien dire et lui a promis en échange de ne plus profiter de nous. Damien s'est engagé à rester muet comme une tombe.

Josie soupire, l'air triste et rêveur.

— Ah, ces problèmes de fac… ! C'était si facile de les résoudre, à l'époque.

Un peu plus tard, Hamish me pose des questions sur Richard. Il veut savoir notamment comment nous nous sommes retrouvés.

Charlie, déjà légèrement éméché, reprend la balle au bond.

— C'est ça, dites-nous comment vous avez ranimé la flamme…

Je joue nerveusement avec mon verre.

— En fait, ça ne s'est jamais vraiment arrêté… Je parle des sentiments que nous éprouvions l'un pour l'autre. Nous avons juste jeté l'éponge après tous les problèmes que Richard a eus avec sa boîte.

Je regarde Jeremy droit dans les yeux.

— Je suis vraiment désolée, Jeremy, je ne voulais pas que tu te fasses des idées…

Il est livide mais stoïque, et trouve même la force de sourire.

— Eh bien, soit, je bois à la santé de l'heureux couple!

Sur ces belles paroles, il descend d'un trait son verre de champagne.

J'ai dans l'idée que nous allons vivre le bal mortuaire le plus triste qu'il y ait eu dans les annales…

C'est alors que Richard réapparaît et reprend sa place à table.

Charlie lui demande d'un air détaché :

— Comment va Marcus?

— Il n'est toujours pas là.

Hamish s'adosse à sa chaise et fait un clin d'œil à Richard.

— Ça fait des siècles que je ne l'ai pas revu. Préviens-moi dès qu'il arrive. Pour être franc, j'aurais bien pris un petit remontant.

Richard me regarde, anxieux. Il comprend que je suis au courant de son petit jeu. L'orchestre attaque alors le morceau de Noel Coward, *World Weary*, et Richard m'invite à danser.

Incapable de le regarder en face, je lui fais remarquer que nous n'avons pas encore commencé à manger.

Jeremy ne trouve rien de mieux que de lui dire d'un ton amer :

— Félicitations pour vos fiançailles!

— Quelles fiançailles?

Charlie lève son verre.

— A la santé de Richard et Lola!

Il me fixe des yeux tout en portant son toast. Je suis incapable de déchiffrer l'expression de son visage, mais j'ai la sensation qu'il y a désormais un énorme fossé entre nous que je voudrais combler. D'accord, Charlie s'est mal comporté, mais c'est un homme sur lequel j'ai toujours pu compter. C'est mon meilleur ami, et la pensée que mon remariage avec Richard puisse briser cette solide amitié me sape le moral.

Hamish se lance à son tour.

— Longue vie à votre couple ! Enfin, plus longue que la dernière fois.

Josie pouffe, ce qui met Hamish en joie. Elizabeth et les autres trinquent en me souriant.

Richard a l'air légèrement agacé. Il passe son doigt entre son cou et le col de sa chemise.

— Bon, si tu n'as pas envie de danser, je vais voir si Marcus est enfin arrivé.

Hamish lui emboîte le pas.

— J'ai un peu de liquide, si tu veux…

Sur ces entrefaites, Kitty arrive et se penche vers nous.

— Vous êtes tous là… !

Puis elle glisse à l'oreille de Jeremy :

— Je ne vous avais pas revu depuis le mariage de Lola.

— Vous voulez dire, son *dernier* mariage…

Kitty décoche un sourire énigmatique à toute la tablée avant de disparaître d'un pas léger dans un nuage de Chanel n° 5 et un frou-frou de mousseline de soie…

Richard et Hamish reviennent au moment où l'on dessert les assiettes, juste après les entrées. Ils sont en grande conversation au sujet des prix de l'immobilier à Londres.

Charlie s'informe, l'air de rien :

— Alors, Marcus est bien arrivé ?

Richard sourit d'un air méprisant.

— Oh, vous, ça suffit, maintenant !

Les autres sont bien trop occupés à plaisanter entre eux pour s'attarder sur la tension qui règne entre Richard et Charlie. Personnellement, je ne suis pas d'humeur à blaguer. Je fais un tour de table du regard. Mes amis, tout de blanc vêtus, paraissent heureux. Nous sommes seuls, Richard et moi, à ne pas partager ce moment de bonheur.

J'observe mon futur mari tandis qu'il joue avec sa coupe de champagne. J'ai toujours su que Richard se droguait. Dans le monde des médias, c'est une pratique courante. Mais je n'apprécie pas qu'il ait convié son « fournisseur » aux obsèques de ma tante et qu'il soit incapable de se passer de drogue pendant un malheureux week-end. C'est tout de même un comble ! On se croirait dans un mauvais film !

Dès qu'il a bu sa dernière goutte de champagne, Richard m'annonce qu'il va faire un tour aux toilettes. Il a l'air de se ficher totalement de ce que je peux penser.

Charlie lui lance :

— Je viens avec vous.

Hamish en rajoute :

— Je vous suis !

Mais Charlie lui met la main sur l'épaule et lui fait remarquer qu'ils ne peuvent pas y aller tous les deux.

— C'est juste !

Je note qu'Elizabeth décoche à Hamish un de ces sourires enjôleurs dont elle a le secret.

Je me retrouve donc avec mes trois copines et mes deux ex tandis que mon futur mari est en train de se shooter avec mon boss ! Le scénario tourne au film d'horreur !

Un peu plus tard, Hamish s'exclame :

— Nous formons une drôle d'équipe, non ?

Jeremy acquiesce, mais à sa façon, comme pour nous faire comprendre qu'à ses yeux le terme « drôle » n'est pas forcément une bonne chose…

On débarrasse les assiettes. Charlie et Richard ne sont toujours pas revenus.

Hamish ne tient plus en place.

— Ils en mettent, un temps, vous ne trouvez pas ?

Je me propose d'aller voir ce qui se passe. Lorsque je me lève, Hamish insiste pour m'accompagner.

Les quatre toilettes de fortune ont été installées dehors, au bout du terrain communal, et les gens commencent à faire la queue devant chaque box. Nous prenons chacun une file d'attente.

— J'espère qu'ils ne sont pas en train de se faire la totalité de la livraison !

J'ignore la remarque, les yeux rivés sur les quatre portes pour voir qui sort des toilettes. Dès que nous avons la certitude que nos deux compères ne sont pas là, nous décidons de partir à leur recherche. Nous avons vite fait de les retrouver : Richard est couché dans l'herbe derrière les toilettes, en position fœtale. Il gémit doucement.

Je m'accroupis près de lui et je constate qu'il saigne du nez. Je le prends dans mes bras en lui caressant les cheveux.

— Oh, mon Dieu ! Qui t'a mis dans cet état ?

Richard répond d'un ton hargneux.

— Ton connard de patron, bien sûr !

Hamish retourne aux toilettes humecter son mouchoir pour laver le visage souillé de Richard.

— Quoi… ? Richard, si tu me disais ce qui se passe *vraiment*… Je ne crois pas qu'il s'agisse d'un simple problème de cotisation.

Une demi-heure plus tard, je me retrouve dans un taxi avec Hamish et Richard. Nous ramenons Richard chez mes parents. C'est précisément à ce moment qu'on propulse tante Camilla vers les étoiles… Le nez contre la vitre du taxi, je regarde en silence les lumières du feu d'artifice embraser le ciel, puis la dernière gerbe d'étincelles se fondre dans la nuit.

Le chauffeur commente à voix haute, davantage pour lui-même que pour nous :

— Et voilà… C'est une grande dame qui s'en va.

Je me mets à pleurer. Pour elle et Oliver. Pour moi et Richard.

# 18

*« Il faut bien que je me résigne à la dépendance d'Edward. Ces derniers temps, il s'est tellement drogué que sa peau a pris une teinte jaunâtre. Je me surprends parfois à guetter sa respiration pendant son sommeil, de peur qu'elle ne s'arrête. Il est devenu si maigre que je peux facilement le porter moi-même dans son lit. On dirait qu'un enfant et un vieil homme cohabitent le même corps... Il est sujet à de terribles cauchemars et parfois, lorsqu'il se réveille, il me regarde fixement comme s'il ne se rappelait plus qui je suis. Je dois faire un terrible effort pour me rappeler que l'homme qui est près de moi est celui que j'aime depuis mon enfance. »*

Extrait d'une lettre de lady Henrietta Posche à sa sœur Elizabeth

Lorsque je me réveille, le lendemain matin, Richard est déjà debout, en train de préparer le petit déjeuner. Son visage n'est pas très marqué : la seule trace du pugilat est une légère rougeur autour du nez, comme s'il était enrhumé. Kitty et Martin entrent dans la salle à manger en se tenant la main.

Kitty se tourne vers Richard, qui lui sert son thé.

— Je pense que n'aurez même pas de bleu…

Richard n'a pas l'air soulagé pour autant. En fait, il paraît mal à l'aise. Naturellement, je m'empresse de prendre sa défense.

— C'est possible, mais je trouve l'attitude de Charlie vraiment impardonnable !

En réalité, je suis contrariée que Richard ne m'ait encore fourni aucune explication plausible qui me permette de comprendre la soudaine virulence de Charlie.

Martin lâche, l'air songeur, comme s'il tenait un journal sur les boxeurs dans son bureau :

— Charlie ne s'est jamais abaissé à se battre.

Richard rétorque :

— J'ai l'impression qu'il est en train de péter les plombs.

Kitty prend sa défense.

— Lorsque je lui ai parlé, il avait pourtant l'air très maître de lui.

Richard s'assied et ajoute d'un ton calme :

— J'ai entendu dire que le club avait des problèmes.

Je proteste :

— C'est ridicule !

Je me sens virer au rouge tomate, car je prends ce qu'il vient de dire comme une attaque personnelle. C'est vrai, c'est moi qui suis responsable de la promotion du club et de son succès !

Richard me prend la main.

— Je ne suis pas en train d'insinuer que c'est ta faute, Lolly, c'est lui qui n'assure pas sur le plan financier. Et si tu veux savoir le fond de ma pensée, je pense qu'il est jaloux.

Kitty ironise.

— Jaloux ? Mais de quoi… ?

C'est peut-être un peu cavalier, mais je dois reconnaître qu'elle vient de marquer un point. Je ne vois pas pourquoi Charlie serait jaloux de Richard… Il est aussi séduisant que lui, plus riche, et c'est la coqueluche du tout-Londres.

Kitty passe la main dans ses cheveux blond platine, puis se plonge dans la contemplation de ses ongles parfaitement manucurés.

— Je vais peut-être demander à Elsa de venir me faire les ongles aujourd'hui…

Martin, lui, a parfaitement entendu les propos de Richard.

— Que voulez-vous dire, Richard ? Insinuez-vous que Charlie serait jaloux parce que vous êtes avec Lola ?

— Il me l'a plus ou moins fait comprendre. D'ailleurs, c'est évident… il ne la quitte pas des yeux.

Je proteste, indignée. C'est tellement absurde.

— C'est ridicule ! Je connais Charlie depuis des années et nous sommes bons amis, rien de plus. Il n'a pas fait la moindre allusion ni le moindre geste laissant à penser qu'il éprouve autre chose que du respect professionnel à mon égard. Et de toute façon, je ne suis pas du tout son type.

J'ai failli dire que son type à lui, ce serait plutôt les grandes perches blondes, mais je me suis arrêtée à temps.

Kitty me demande, l'air de rien :

— Et lui, est-ce qu'il est *ton* type ?

Je regarde Richard, cherchant de l'aide, mais il est plongé dans la lecture du journal. J'ai dans l'idée que les articles seraient rédigés en chinois, le résultat serait le même : il est évident qu'il ne perd pas une miette de notre conversation !

Je fais mine d'ignorer la question de Kitty, mais elle n'est pas femme à lâcher le morceau aussi facilement. Elle a toujours les yeux rivés sur moi et, même si j'essayais de regarder ailleurs, je sais qu'elle me harcèlera jusqu'à ce que je réponde à sa question.

Je finis donc par dire :

— Ne sois pas ridicule, Kitty. Le problème, c'est que je ne vois pas comment je peux continuer à travailler avec lui après ce qui s'est passé.

Kitty éclate de rire.

— On se croirait en pleine série télévisée, chérie !

— Absolument pas. Bon, on pourrait peut-être parler d'autre chose ? Je ne crois pas que Richard apprécie beaucoup cette conversation.

Il lève le nez de son journal.

— De toute façon, avec ton héritage, tu n'auras plus besoin de travailler…

Kitty et Martin échangent un regard éloquent.

Je proteste.

— Mais j'aime mon boulot ! Et d'ailleurs, j'envisage de lancer ma propre société de R.P., Lola Relations Publiques. J'ai suffisamment de contacts et…

— Lola adore son travail.

Non seulement Kitty me soutient, mais c'est la première fois qu'elle ne prononce pas le mot « travail » comme si c'était un gros mot.

Richard me fait une contre-proposition :

— Tu peux toujours bosser dans ma société. J'ai besoin d'une spécialiste des R.P.

Kitty et Martin échangent un nouveau regard. Le rose me monte aux joues.

— Mais je ne suis pas spécialiste des R.P. en informatique !

Kitty échange un nouveau regard avec Martin.

— A l'entendre, on dirait une maladie honteuse…

Je tente de désamorcer le conflit que je sens venir. Pas question de me laisser entraîner sur cette voie.

— Il serait peut-être temps de reprendre la route ?

Richard acquiesce.

— C'est vrai, mieux vaut éviter les embouteillages.

Nous sommes tous sur le pas de la porte pour nous dire au revoir, sauf Richard, qui est en train de ranger nos bagages dans le coffre. Kitty me prend la main.

— Tu devrais en parler à Charlie avant d'agir sur un coup

de tête. Tu sais, chérie, il est toujours intéressant d'avoir un deuxième son de cloche.

— Quoi qu'il me dise, je ne vois pas comment je pourrais continuer à travailler pour un homme qui est braqué contre mon mari…

Martin me rappelle que je n'ai pas encore épousé Richard. Kitty m'embrasse.

— Laisse parler ton cœur, chérie. Pas ta tête.

Pendant le trajet du retour, je finis par me décontracter. Il faut dire que Richard est très doué pour chasser les soucis de ma tête. Il commence par imiter les différents conducteurs que nous doublons. Petit à petit, j'oublie le problème de Charlie pour ne plus penser qu'à Richard et à l'amour que je lui porte. Décidément, nous nous entendons bien mieux quand nous sommes en tête à tête ! Lorsque nous abordons les faubourgs de Londres, Richard propose que nous allions chez lui et j'accepte aussitôt. Nous passons juste en coup de vent à mon appartement pour prendre la caisse de Lily et des vêtements de rechange pour moi. Nous arrivons à Shepherds Bush aux environs de 16 heures.

Richard se tourne vers Lily et lui demande poliment :

— Excuse-moi, mais ça ne t'ennuierait pas de m'attendre un instant dans la voiture ?

Lily lui décoche un regard boudeur qu'il interprète comme un oui. Puis il m'aide à descendre de voiture et à monter les marches étroites qui mènent jusque chez lui. Il ouvre alors la porte et me prend dans ses bras pour franchir le seuil de la maison.

Il m'embrasse longuement et tendrement sur les lèvres.

Je me sens si légère que je ne me rends même pas compte qu'il me pose par terre. Mais l'extase est de courte durée… Lorsque je regarde autour de moi pour découvrir mon nouveau territoire, c'est le choc : la maison est quasiment vide ! Il n'y a pratiquement plus aucun meuble, comme si Richard avait déménagé.

Je lui dis dans un hoquet :

— Tu as été cambriolé !

Il part d'un petit rire emprunté, puis me prend par le menton et me force à lever la tête pour m'embrasser.

— Ce n'est pas exactement ça…

Il baisse les yeux comme un gamin pris en faute et qui s'attend à être puni. Le moins que l'on puisse dire, c'est qu'il n'a pas l'air très surpris…

— Qu'entends-tu par : « Ce n'est pas exactement ça » ? Où sont passées tes affaires ?

— Sally a dû passer avant nous…

— Explique-toi, je n'y comprends rien. Es-tu en train d'insinuer que c'est elle la voleuse ?

— « Voleuse » est un bien grand mot…

— Mais enfin, si elle t'a tout pris, c'est du vol ! Il faut que tu appelles la police.

— Du calme, Lolly. De toute façon, la plus grande partie de ce qui était ici lui appartenait. Je ne pensais pas qu'elle passerait prendre ses affaires aussi vite.

Il se passe nerveusement la main dans les cheveux tout en inspectant la pièce. Les seules choses qu'il lui reste, c'est un grand tableau abstrait (une horrible croûte, criarde à souhait) toujours accroché au mur, une vieille lampe très ordinaire qu'il possédait déjà lorsque je l'ai connu et quelques cartons.

Je m'assieds par terre en essayant d'intégrer ce qu'il vient de me dire.

— Mais… tu viens juste de lui demander de partir. Où est passé ce qui était déjà ici *avant*?

— C'est-à-dire, je… je ne t'ai pas dit toute la vérité, Lolly.

Il s'assied par terre près de moi et me prend les mains.

— En fait… c'est moi qui lui ai demandé si je pouvais venir chez elle. J'ai eu quelques problèmes au boulot, ces derniers temps. Pour être franc, j'ai pratiquement perdu ma chemise dans un projet de développement d'un logiciel, alors je lui ai demandé si je pouvais emménager chez elle.

Je secoue la tête.

— Mais qu'est-ce que tu racontes? Je me souviens que la matin où je t'ai appelé, tu m'as dit que vous vous étiez disputés parce qu'elle t'avait demandé de s'installer chez toi!

Richard a l'air d'un gosse honteux.

— Mmm… il est possible que je t'aie dit ça, en effet.

— Serais-tu en train de me dire que tu m'as menti?

— Nous avons eu une prise de bec, ça oui. Mais c'est *elle* qui m'a demandé de partir de chez elle et non l'inverse.

— Mais pourquoi m'as-tu menti?

— Elle n'aimait pas que je me drogue, ça lui posait un problème et je ne voulais pas qu'on revienne là-dessus. Ecoute, si nous arrêtions de parler de tout ça pour repartir de zéro…?

J'ai envie de lui dire que s'il y a quelqu'un qui a un problème avec la drogue, c'est bien lui et pas elle. Mais il y a tellement d'autres questions qui restent sans réponse.

— Je ne comprends absolument rien à tout ça, Richard. J'ai besoin d'explications.

Il hoche la tête, comme s'il comprenait ma position.

— Richard, cette maison, elle appartient *à qui*?

Il se cache le visage dans les mains.

— O.K., tu veux la vérité? Tu es sûre?

Je n'en suis pas si certaine, mais je fais signe que oui.

— La maison est à elle. Enfin, elle lui appartenait avant qu'elle ne la mette en vente. Les acheteurs ont déjà signé, mais elle m'a dit que je pouvais rester jusqu'à l'expiration de mon contrat, pour surveiller les lieux en quelque sorte.

Je n'aime pas ça du tout. Avant, j'avais des questions sans réponse et, maintenant, j'ai l'impression de poser des questions juste pour la forme.

— Si j'ai compris, concrètement, tu m'as menti depuis le début?

Il continue de se passer la main dans les cheveux.

— Ecoute, Lolly, tu m'as appelé un beau matin, sans prévenir. Tu m'as pris par surprise. Il est évident que je n'avais pas envie de parler en détail avec mon ex-femme de cette histoire compliquée entre Sally et moi. Rends-moi justice : à ce moment-là, je n'aurais jamais imaginé que nous finirions de nouveau ensemble… Ce jour-là, je n'avais qu'une idée en tête : t'obliger à raccrocher!

Cette fois, je suis carrément au bord du malaise. Je me lève.

— Il faut que je parte d'ici.

Il m'agrippe la main.

— Lolly, s'il te plaît, reste!

Il est toujours assis là, par terre, dans cette pièce vide. C'est pathétique. On dirait qu'il va se mettre à pleurer.

— Je t'en prie, Lolly, ne pars pas ! J'ai besoin de toi.

— Richard, c'est au-dessus de mes forces. Je ne peux pas…

— Lolly, s'il te plaît ! Je suis complètement paumé. Tu crois vraiment que je ne me rends pas compte dans quel pétrin je me suis fourré, entre mon boulot, toi et la drogue… ? Je ne sais plus quoi faire, sauf sur un point : toi. Quand tu es entrée de nouveau dans ma vie, j'ai enfin compris ce que je voulais vraiment. Tu es la seule chose qui ait du sens dans ma putain de vie. Je t'aime, Lola, c'est la seule certitude que j'aie aujourd'hui.

Le voilà qui se met à pleurer.

— Je vais me faire aider. Si tu restes avec moi, j'arrêterai la drogue, je te le jure.

Alors je reste… Indépendamment de toute autre considération, je sais que si je pars, j'aurai droit à une scène, et je suis bien trop fatiguée, bien trop bouleversée pour affronter une scène maintenant. Je sors récupérer Lily dans la voiture et j'enfouis mon visage dans sa douce fourrure. Elle me regarde, l'air contrarié, et je n'ai pas le courage de lui dire que nous allons passer la nuit dans une maison privée de Sky News. J'essaie de me convaincre que si Richard m'a menti, ce n'est pas parce que c'est un salaud doublé d'un imposteur, mais un homme faible qui n'a pas eu le courage d'agir.

Je passe la nuit dans une maison vide qui appartient à la grande perche blonde. Tandis que Richard me parle de la crise qu'il traverse et me promet de trouver des solutions, je pleure… Mais, en dépit de mes craintes, je choisis de le croire.

Etendue dans ce lit que la propriétaire a eu la bonté de laisser, j'oublie un instant la grande perche blonde pour ne voir en elle que la fille amoureuse d'un homme, un homme qui n'est qu'un menteur et un drogué. Car il est inutile de se voiler la face, Richard n'est pas autre chose, même si ça ne m'empêche pas de l'aimer, moi aussi. C'est aussi simple et aussi compliqué que cela.

Je n'arrive pas à trouver le sommeil, et Lily non plus. Elle fait le tour de la pièce en sautillant, frustrée d'avoir été privée des grands titres de l'actualité. Quant à moi, étendue sur le lit les yeux grands ouverts, je me demande ce que je fais ici, et ce que je vais faire. Richard, lui, dort du sommeil du juste en ronflant comme un moteur d'avion.

Je caresse une boucle de cheveux que j'éloigne de ses yeux et je l'embrasse sur le front. Il a l'air si vulnérable quand il dort… Je vois en lui l'homme qu'il pourrait être et non l'homme qu'il est vraiment. J'ai sans doute gobé beaucoup de choses concernant Richard, mais je tiens bien trop à lui pour ne pas croire que nous serons capables de résoudre ensemble tous nos problèmes, quels qu'ils soient. Après tout, c'est ça, le mariage, non ?

Je décide alors de chasser tous mes doutes, toutes mes hésitations. Tant que nous nous aimerons, Richard et moi, tout se passera bien.

Je ferai tout ce qui est en mon pouvoir pour que ça marche.

# 19

*Même si l'état de santé d'Edward déclinait de jour en jour, les fêtes données à la Posche House continuaient de faire les beaux jours des milieux branchés de Londres. Mais ces fêtes devenaient de plus en plus excentriques. Les bals costumés se multipliaient et la liste des invités constituait le* who's who *de la vie londonienne. Lady Posche était considérée comme un cas unique en son genre, car elle quittait rarement Londres alors que Charles, son époux, était un amateur passionné de chasse et de randonnées à la campagne, et il passait une grande partie de son temps sur ses terres du Norfolk.*

*Aucun des deux, cependant, n'a rompu avec cette vieille habitude d'écrire tous les jours à l'autre, et leurs lettres étaient pleines de déclarations d'amour. La vraie raison qui empêchait Henrietta de quitter Londres, c'est sans doute qu'elle ne supportait pas l'idée d'être séparée d'Edward, son amant.*

Passage secret vers le passé :
*Biographie de Lady Henrietta Posche*
Par MICHAEL CARPENDUM

Je me réveille aux alentours de midi, et les révélations de la veille s'insinuent peu à peu dans mon cerveau. Je suis bien décidée à reconquérir mon ex-mari. J'ai trop fouillé dans le passé, bien plus loin que je ne m'y attendais. Et maintenant, je sais ce qu'Alice au pays des merveilles a pu ressentir en tombant dans le terrier du lapin.

Le mot juste est « paumée », pour ne pas dire plus…

Richard est déjà parti au travail. Il a laissé un message sur son oreiller, un Post-it avec ces simples mots :

*« Désolé, R. Bises. »*

Je descends l'escalier pour rejoindre la cuisine vide. Je trouve une bouilloire Alessi sur la table de travail en marbre, mais aucune trace de café ou de thé pour moi. Et rien à manger pour Lily… Quand je suis venue ici la première fois, je me croyais chez Richard. Mais, à présent qu'il n'y a plus aucune trace de la « patte » de Sally en matière de décoration, je me sens profondément déprimée et un peu effrayée. Dire que c'est moi qui ai viré cette femme de chez elle ! Je l'imagine débarquant ici à l'improviste, comme le font les meurtriers au cinéma.

Je ne m'attarde pas davantage. J'attrape Lily et je rassemble toutes nos affaires pour un départ précipité. Je sors à la hâte, les bras chargés d'effets personnels, et je claque derrière moi la porte de cette maison vide.

Je pars à la recherche d'un taxi. J'ai un mal de chien à en trouver un. Lorsque je monte dans la voiture, le chauffeur se lance sans me demander mon avis dans une diatribe contre la circulation à Londres puis contre sa femme. Il m'explique qu'ils voudraient bien aller habiter en Espagne, mais le problème, c'est que lui déteste les chiens et les chats qui pullulent dans les rues, là-bas. Comme je ne suis jamais allée en Espagne, j'ignore ce que les habitants peuvent penser des lapins, mais je me dis qu'il vaut mieux ne pas contrarier le chauffeur et adhérer à tout ce qu'il dit. Cela dit, je sens que Lily est un peu déconcertée !

Naturellement, la batterie de mon portable s'est déchargée pendant le week-end. La première chose que je fais lorsque je regagne mon appartement, c'est de le recharger avant de grimper prendre une douche. Je redescends en me frottant avec une serviette et je consulte mes messages. Alors que j'écoute un message de Clemmie, on sonne à la porte.

— Salut ! C'est nous…

Mes trois copines !

— Nous sommes venues avec des cadeaux !

Elles s'engouffrent en gloussant dans le minuscule placard qui me sert d'appartement, vêtues de robes dans le style fin XVIII^e^ avec des diadèmes bon marché en strass. Elles tiennent chacune une énorme gerbe de fleurs. C'est Elizabeth qui entre la dernière, croulant sous le poids d'un jéroboam de champagne. Elle ferme la porte d'un coup de pied, ou plus exactement un coup de talon signé Choo…

— Félicitations, ma belle ! Si tu savais ce que nous culpabilisons d'avoir été aussi vaches avec Richard, ces dernières semaines. Je t'annonce donc que l'heure est à la réconciliation…

Josie confirme.

— Exactement. Emmanuel m'a dit que je m'étais conduite comme une peste avec toi et que je devrais t'inviter à dîner avec Richard. Eh bien, voilà, c'est fait.

Clemmie me lance depuis la cuisine, où elle est en train de disposer les fleurs dans l'évier :

— Et nous sommes invitées, nous aussi.

Elizabeth s'enflamme :

— Tous les gens qu'on aime seront là ! Moi, je viendrai avec Hamish.

Elles m'entourent pour m'embrasser et j'ai terriblement envie de leur rendre cette preuve d'amitié avec le même enthousiasme. C'est vrai, je voudrais tellement partager ce moment de bonheur avec elles, croire à ce qu'elles croient… En d'autres termes, que je vis avec Richard un conte de fées. Je voudrais croire moi aussi que, dans cette union parfaite, ce sont elles qui posaient problème. Mais je sais bien que tout est loin d'être parfait entre Richard et moi. Aujourd'hui, on m'apporte l'homme de ma vie sur un plateau d'argent, prosterné à mes pieds, vulnérable, implorant et…

Je m'entends répondre :

— Merci. Si vous saviez ce que ça représente pour moi que vous soyez heureuses de ce qui m'arrive… de ce qui nous arrive.

Elizabeth s'exclame :

— Bien sûr que nous sommes heureuses pour toi ! Si Richard est l'homme qu'il te faut, tu dois le garder, ma belle.

Clemmie renchérit :

— Absolument ! Et maintenant, si tu nous disais quand est prévu le grand jour ? Tu nous prendras comme demoiselles d'honneur ? Compte sur nous pour choisir des robes sexy…

— Lily a déjà signé pour le poste de première demoiselle d'honneur.

— Cette pauvre Lily… c'est l'éternelle seconde ! On ne la demande jamais en mariage.

Elizabeth prend Lily pour lui faire un câlin, mais Lily – qui regardait tranquillement les gros titres du J.T. – se tortille pour échapper à son étreinte, suprêmement agacée.

Mes copines s'exclament en chœur :

— Si nous allions prendre notre petit déjeuner au Claridge ?

Une heure plus tard, j'ai passé une petite robe à fleurs assortie de sandales Manolo et j'arbore sur la tête le diadème « en diamants » de tante Camilla. Et nous voilà en route, direction le Claridge. Lily s'agite dans son sac tandis que nous nous attaquons au cérémonial du thé de l'après-midi : il faut dire qu'au Claridge on ne sert plus de petit déjeuner à partir d'une certaine heure jugée indue. Si je siégeais au conseil municipal, je ferais campagne pour qu'on puisse prendre son petit déj à n'importe quelle heure du jour et de la nuit. Les scones à la crème, c'est très bien, mais si on a envie d'un hareng fumé, comment passer son envie ?

Tandis que la harpiste gratte les cordes de son instrument, nous nous jetons sur les scones à la crème. Par un tour de passe-passe soigneusement mis au point, je réussis à glisser les restes de minisandwichs dans le sac de Lily. Je commence à me dire que tout est pour le mieux entre Richard et moi, quand Elizabeth crève la petite bulle de satisfaction dans laquelle je me complaisais, moi, la future mariée, avec un plaisir de gamine.

Elle me demande entre deux bouchées de sandwich au cresson :

— Alors, qu'as-tu l'intention de faire avec Charlie ?

Je bois une gorgée de thé, histoire de renforcer ma détermination.

— J'ai l'intention de donner ma démission.

— Ah, bon ? Comme ça…

Clemmie pose sa tasse sur sa soucoupe d'un geste brusque, choquée par la nouvelle.

— Après tout ce que vous avez vécu ensemble ?

Josie prend la parole à son tour.

— Oui, ça fait combien de temps déjà ? Cinq ans ?

— Tu ne lui laisses pas au moins une chance de donner sa version ?

Elizabeth pose sa main sur la mienne.

— C'est vrai, Charlie a toujours été là pour toi, Lola. Tu es sûre que tu n'agis pas sur un coup de tête ?

Clemmie abonde en son sens.

— En tout cas, il était là quand Richard t'a laissé tous ses problèmes sur le dos, la première fois.

Elizabeth et Josie la foudroient du regard.

Les mains sur les oreilles pour ne plus les entendre, je proteste :

— Richard ne s'est jamais déchargé de ses problèmes sur moi.

Mais Clemmie ne s'avoue pas vaincue.

— Ah, non ? Il t'a obligée à laisser tomber ton boulot pour suivre des cours de décoration. Après son dépôt de bilan, tu t'es donc retrouvée sans travail. Il ne t'est jamais venu à l'esprit que Charlie aurait pu donner ce travail à quelqu'un d'autre, à l'époque ? Tu n'as jamais...

Josie met la main devant sa bouche, encore sous le choc de ce qu'elle vient d'entendre.

— Tu te rends compte... Il a été obligé de virer quelqu'un pour te rendre ton boulot ! C'est terrible.

— Ce n'était jamais que sa sœur !

— Et alors ? Il t'a quand même prise à sa place.

Ce n'est pas faux. Charlie m'a dit quelque chose comme « ma sœur était un peu vexée » quand j'ai repris du service. Or, je sais par expérience que Charlie est un adepte de l'euphémisme, surtout pour parler de choses désagréables. Mais, après tout, il y avait des tas d'autres débouchés possibles à la Posh House, sa sœur n'était pas obligée de partir. Nous aurions même pu travailler ensemble.

Je décide que la coupe est pleine.

— Ecoutez, on pourrait peut-être parler d'autre chose, non ?

Quand on nage en pleine confusion ou qu'on a tort, c'est fou comme on joue facilement l'indignation vertueuse ! Je le constate tous les jours avec certains de mes invités indélicats qui me servent des arguments improbables, impensables voire absurdes pour essayer de justifier des comportements inadmissibles tels que la fauche ou la violence. Par moments, c'est tellement énorme que j'en suis presque admirative !

Je pense qu'on devrait créer un prix pour récompenser l'excuse la plus originale. Il pourrait même y avoir plusieurs catégories, comme pour les oscars, auquel cas je pourrais en recevoir un pour mon speech sur Charlie. Un petit chef-d'œuvre d'indignation vertueuse ! Je dis à mes copines que son agressivité était inexcusable à tous égards et que, en dépit de sa gentillesse à mon égard dans le passé, je ne peux accepter de travailler pour cet homme une minute de plus, sachant ce qu'il pense de mon futur mari…

Naturellement, je passe sous silence le fait que le futur mari en question est un S.D.F. cocaïnomane qui n'a cessé de me mentir depuis notre rencontre…

Si je m'attendais à ce que les filles en rajoutent une couche pour prendre la défense de Charlie, j'en suis pour mes frais. Elizabeth se contente de demander l'addition en disant :

— Très bien, je suis sûre que tu feras pour le mieux.

Josie est d'accord avec Elizabeth.

— Ce que tu dis est assez juste, finalement. Désolée de, euh… de t'avoir embêtée avec ça.

Clemmie, elle, hausse les épaules.

— C'est vrai, et sache que nous sommes avec toi. Nous nous sentons toutes coupables d'avoir mal réagi lorsque tu t'es réconciliée avec Richard. Tout ce que nous voulons, c'est te voir heureuse et nous te donnons…

— … notre bénédiction pour épouser Richard.

Comme pour confirmer ses dires, Elizabeth pose une main sur ma tête en faisant un signe de croix de l'autre.

Eh bien voilà ! Je viens de surmonter le dernier obstacle qui s'opposait à mon remariage avec Richard. J'ai enfin obtenu le soutien de mes copines. Mais alors, comment leur expliquer que cette approbation si longtemps espérée arrive au moment même où moi je commence à douter ? Comment leur parler de ces doutes au moment même où elles se sont enfin décidées à me dire que j'avais raison de ne pas douter… ?

Ça fait si longtemps que j'attendais leur bénédiction ! Je rêvais qu'elles me félicitent d'avoir renoué avec Richard, et j'ai fait tout ce qui était en mon pouvoir pour les convaincre que cet homme était fait pour moi. Et maintenant qu'elles semblent d'accord sur tout, qu'elles disent et pensent la même chose que moi, comment leur avouer que je doute comme elles l'ont fait avant moi ? Depuis ce fameux soir où j'ai revu Richard, j'ai fait pas mal de vagues et, maintenant que tout chavire, je n'ai personne vers qui me tourner pour m'aider. Le navire n'est plus sous contrôle, et moi qui suis à bord, je file à toute allure vers un avenir terrifiant.

Il ne reste qu'une personne pour faire campagne contre Richard : Charlie.

Dès que nous avons franchi la porte du Claridge, je grimpe dans un taxi pendant que les filles me font un petit signe d'au revoir.

— La Posh House, s'il vous plaît !

Je me cale bien au fond de la banquette et je commence à réfléchir à mon plan.

# 20

*Charles reprit le chemin de la Posche House pour apporter son soutien à sa femme, laquelle venait de lui adresser une lettre où elle lui faisait part de son inquiétude concernant la santé d'Edward. Mais le temps que son équipage arrive, Edward avait déjà quitté la maison. Son état de santé était à tous égards extrêmement précaire. Il souffrait à l'époque d'hallucinations et de gros problèmes respiratoires, mais sa dépendance à l'opium était telle qu'il avait réussi à se traîner jusqu'à l'une des nombreuses fumeries de Londres.*

*Accablée, Henrietta chercha du réconfort auprès de Charles. Ce dernier resta près d'elle pour lui apporter toute l'aide dont il était capable, mais en son for intérieur, il s'était promis de faire fouetter Edward pour les tourments qu'il infligeait à son épouse, si jamais il osait se présenter de nouveau à la Posche House. Une menace qu'il exprima d'ailleurs ouvertement dans une missive adressée à la sœur de sa femme, Elizabeth.*

Passage secret vers le passé :
*Biographie de Lady Henrietta Posche*
Par Michael Carpendum

Chemin faisant, je me fais tout un cinéma sur la façon de remettre ma démission.

Je sauterai du taxi pour régler la course. Faisant une discrète allusion à mon élégante robe de cocktail signée Dolce & Gabbana, le chauffeur me glissera d'un air complice : « Alors, la belle, on fête quelque chose aujourd'hui ? » Et, pour toute réponse, j'éclaterai de rire avec insouciance. Je jouerai la fille fortunée et sûre d'elle. Je donnerai au chauffeur un énorme pourboire qui me vaudra une réponse du genre : « Merci, ma belle. Je vous souhaite une bonne journée. » Après quoi je me dirigerai vers l'accueil d'un pas assuré.

Carl (ou Beth, voire quelqu'un d'autre) se répandra à son tour en compliments sur ma robe. Naturellement, je serai charmante avec eux, distribuant des bises autour de moi tout en leur retournant le compliment sur leur tenue. Pour Carl, j'amorcerai même un flirt discret. Les mecs gays adorent travailler leur art du flirt… Je libérerai Lily de son sac et je leur demanderai de la surveiller (pour qu'elle ne vienne pas me distraire de mon petit *speech* soigneusement préparé.) Je gravirai ensuite les marches d'escalier d'un pas léger et je franchirai la porte secrète pour remonter le sombre passage qui mène au bureau de Charlie. Il sera là, comme toujours, ses longues jambes étendues devant lui, les bras croisés derrière la tête. Il aura une expression mélancolique sur le visage et m'accueillera par un : « Tiens, Lola… Je suis ravi de vous voir. » Ce à quoi je répondrai par : « Il se peut que vous changiez d'avis après avoir entendu ce que j'ai à vous dire… »

Puis je lui expliquerai que, compte tenu de son agressivité à l'encontre de mon fiancé, je me vois contrainte de lui donner ma démission.

Il se mettra probablement à pleurer.

Notez bien, je n'ai jamais vu Charlie pleurer. Mais je l'imagine retenant au moins une larme…

Il reniflera, se tamponnera les yeux avec un mouchoir, enfin ce genre de choses. Et il se répandra en excuses. Il reconnaîtra avoir eu envers Richard un comportement indigne et infamant, puis il me suppliera de lui pardonner, me proposant même de présenter ses excuses à Richard et de m'accorder une augmentation. Puis nous ferons la paix et je parlerai à Charlie de la dépendance de Richard à la drogue. Je lui raconterai qu'il est fauché et sans domicile fixe, et Charlie viendra s'asseoir près de moi en m'assurant que tout s'arrangera…

A présent, je vais vous décrire la réalité des faits.

Je trébuche en sortant du taxi et je m'écorche le genou tandis que mon diadème tombe dans le caniveau. Alors que je me précipite pour le récupérer, un pervers qui passait par là me fait un commentaire salace. Je me recolle le diadème sur la tête et je demande au chauffeur de taxi combien je lui dois. Il me répond : « Trois livres vingt » et je lui tends un billet de cinquante en lui demandant de me rendre la monnaie sur cinq. Comme il n'a pas de monnaie, je cours à l'accueil pour avoir un billet plus petit.

La fille derrière le comptoir ne fait pas partie des visages familiers. C'est une nouvelle et, pour couronner le tout, elle fait du zèle ! Cette bêcheuse ignore qui je suis et, comme je n'ai pas de badge, elle refuse de m'aider à trouver de la monnaie en m'assurant que le club ne garde jamais d'argent sur place. Foutaises, bien sûr ! Je lui explique alors ma fonction au club, mais elle met une éternité à comprendre. Cette enquiquineuse se décide enfin à appeler Charlie pour savoir ce qu'elle doit « faire de cette personne ». Je suppose que Charlie lui demande de me donner ce que je réclame, mais quand je réussis enfin à rejoindre le taxi, je me rends compte que le compteur n'a pas arrêté de tourner et que le prix de la course s'élève à présent à neuf livres soixante ! Je donne donc un billet de dix livres au chauffeur, qui se plaint de la chaleur.

Lorsque je retourne à la réception, Mme la Bêcheuse m'informe que Charlie est en réunion et qu'il a donné l'ordre de ne pas le déranger. Il faut donc que je l'attende. Pendant qu'elle parle, je sors Lily de son sac et je lui caresse les oreilles…

Je propose à la fille d'attendre dans la cour, ce qui la met dans tous ses états. Elle est à deux doigts de l'attaque ! Elle me répond qu'il serait préférable que je prenne place sur le banc de bois ici, à la réception et elle me demande de laisser Lily dans mon sac. Au bout d'une heure, je reçois un S.M.S. de Richard qui me remonte le moral : « R. m L. »… ! Charlie finit par rappeler et la bêcheuse me fait conduire jusqu'à son bureau – en empruntant l'escalier principal – par un officier de la sécurité. Comme si j'avais l'intention de faucher quelque chose !

Il frappe à la porte de Charlie pour savoir s'il peut me laisser entrer ! Lorsqu'il a le feu vert, il m'invite à lui remettre mon « animal ». Décidément, les choses vont de mal en pis, mais je m'exécute en demandant à l'officier de sécurité de prendre soin d'elle. Soyons juste, il lui fait une petite caresse et éclate de rire lorsqu'elle commence à se frotter à son bras.

Je me retrouve devant Charlie.

— Lola ! Quelle surprise… !

Il est debout dans la pièce, à contre-jour, ce qui fait ressortir sa stature athlétique. Il porte un vieux T-shirt à l'effigie de The Cure troué à l'épaule, ce qui me permet d'apercevoir sa peau bronzée.

— Eh bien… c'est-à-dire… je…

Laissez-moi deviner. Vous êtes venue donner votre démission ?

— C'est-à-dire, je… euh…

— Sans rancune, j'espère ?

Il sourit et me tend la main pour que je la serre. Je donnerais ma tête à couper que jamais encore nous ne nous sommes serré la main ! Mais je m'exécute, façon homme d'affaires japonais, et je lui rends son sourire.

— Je me doutais bien qu'après les événements du week-end, vous ne vous sentiriez plus à l'aise pour travailler avec moi. Mais je suis un peu surpris, je l'avoue, que vous éprouviez le besoin de me le dire en face.

Il me tend une enveloppe en me décochant un de ces sourires craquants dont il a le secret.

— Tenez ! J'ai pensé que ça vous ferait plaisir.

Je ne peux détacher le regard de son bras à la peau bronzée, d'une jolie couleur fauve.

Tout ce cérémonial commence à me peser. Inutile d'ouvrir l'enveloppe, je suppose que c'est le règlement du solde de mon salaire. Je la fourre dans mon sac.

— Bon, eh bien… merci. Je pense que c'est mieux pour nous deux, non ?

Je tente de sourire comme lui sait si bien le faire, mais comme je suis au bord des larmes, je me contente de me mordiller nerveusement les lèvres.

J'ai l'impression que Charlie meurt d'envie de me prendre dans ses bras et moi, je n'attends que ça. Mais nous restons tous les deux figés sur place comme si nous avions pris racine, ou comme deux acteurs sur un plateau de tournage, vissés sur les repères tracés au sol.

Il finit par détourner le regard pour s'intéresser à ce qui se passe dans la cour, m'offrant le spectacle de sa nuque. Je me ressaisis. J'entends Cinders qui souffle comme un phoque à mes pieds. Elle a levé la tête et me regarde fixement comme si elle se demandait où est passée Lily. Je lui donne une petite caresse et elle me lèche la main.

Les yeux pleins d'eau, je lance à Charlie (toujours de dos) :

— Bon, alors… au revoir.

Il me répond sans même se retourner.

— Au revoir, Lola.

Et voilà ! Un chapitre de ma vie vient de se refermer. Je tourne à mon tour le dos à Charlie et je me dirige vers la porte, Cinders sur les talons.

Charlie me rappelle.

— Une dernière chose, Lola.

— Oui… ?

Je me retourne, pleine d'espoir. Je n'arrive pas à définir exactement ce que j'attends, peut-être échapper à cette succession d'événements dont je suis responsable au départ. Tout à coup, je ne suis plus du tout certaine de vouloir créer ma propre société, ni de pouvoir supporter que Charlie sorte de ma vie. Et c'est maintenant que je comprends la signification réelle de ma démission : c'est la fin d'une époque. La fin d'une amitié qui m'a aidée à survivre tout au long de ces cinq dernières années. Je voudrais tellement pouvoir revenir en arrière et changer d'avis… Hélas, mes espoirs sont anéantis lorsque Charlie me lance :

— Naturellement, j'ai dû rayer Richard de la liste des membres du club. Je lui ai écrit pour l'en informer, mais je me devais de vous en parler.

Je ne sais pas quoi dire. Alors j'ouvre la porte qui donne sur le passage secret et je dévale les marches de bois plongées dans la pénombre. Je récupère Lily auprès du type de la sécurité qui était en train de jouer avec elle à la réception sous le regard réprobateur de la bêcheuse. Je remercie la nounou, je mets Lily dans le sac offert par Charlie et je sors dans la rue en courant.

Je hèle un taxi et je pleure pendant tout le trajet.

Une fois rentrée chez moi, j'allume la télé pour le J.T. de Lily et je me jette sur mon lit en sanglotant. Lorsque Kitty m'appelle, je ne peux m'empêcher de tout lui raconter.

— Comment a-t-il pu me laisser partir aussi facilement ?

— Lui as-tu demandé pourquoi il avait frappé Richard ?

— Non, il ne m'a même pas donné l'occasion de le faire. C'était affreux, Kitty, comme s'il était incapable de me regarder en face et n'attendait qu'une chose : être débarrassé de moi.

— C'est bien ce que tu voulais, non ?

Mes copines ne sont pas étonnées non plus, même si Elizabeth et Clemmie sont sciées d'apprendre que je n'ai pas discuté avec Charlie des conditions de la rupture du contrat. C'est vrai que ça ne m'est même pas venu à l'idée ! En tant que responsable des R.P. de la Posh House, j'ai signé un contrat d'exclusivité qui m'empêche de reprendre contact avec tous les clients ou prospects que j'ai été amenée à rencontrer pendant que je travaillais à la Posh House. En résumé, je suis dans l'impossibilité de recontacter les V.I.P. de Londres !

Elizabeth n'en revient toujours pas.

— Comment as-tu fait pour lui filer ta dém sans en discuter avant ? Je ne vois vraiment pas comment tu vas t'y prendre pour lancer ta boîte de R.P. si tu ne peux pas utiliser ton réseau de contacts…

C'est alors que les premiers doutes m'assaillent, qui ne font que se confirmer lorsque Richard passe me voir après le boulot. Richard me cajole et me rassure en me disant que tout va pour le mieux, mais il ajoute :

— De toute façon, ce mec est dingue. Je n'ai pas envie que ma femme travaille avec un fou furieux dans son genre.

C'est plus fort que moi, je me mets alors à hurler.

— Non ! Stop ! Ça suffit !

Je me rends soudain compte que je tiens à Charlie autant que je tiens à Richard. Je les aime tous les deux, mais différemment. Je ne peux supporter qu'on parle de Charlie en ces termes, Charlie n'a rien d'un fou furieux. Le problème, c'est que je ne peux pas le dire à Richard, sa fierté en prendrait un coup. Et je suis de nouveau assaillie par le doute. Je prends conscience du sacrifice que je dois faire pour récupérer Richard… ce qui est totalement aberrant puisque, au plus profond de mon être, je sais que Richard et moi sommes faits l'un pour l'autre.

Serais-je en train de devenir perverse ? De toute façon, je ne peux plus reculer. J'ai arraché Richard à la grande perche blonde de haute lutte et, maintenant qu'il est fauché et qu'il a besoin d'aide, je ne vois vraiment pas comment je pourrais lui expliquer qu'une partie de moi-même n'est pas mûre pour un second mariage avec lui…

Surtout au moment où il se bat contre sa dépendance à la drogue.

Dieu sait si j'ai passé du temps à tout organiser, tout planifier jusque dans le moindre détail pour renouer avec Richard ! Mais, dans mon *master plan*, j'ai omis de prévoir un plan d'urgence pour battre en retraite en cas d'imprévu.

Alors je ne dis rien, en espérant que mes doutes disparaîtront comme ils sont venus.

Richard me caresse les cheveux.

— Je pense qu'il faut fêter ça. Je t'invite au restaurant. En plus, j'ai une surprise pour toi, je pense que tu vas aimer.

Le moment est peut-être mal choisi pour lui rappeler qu'il n'a quasiment plus un sou et qu'il est de surcroît sans domicile fixe ! C'est vrai qu'il n'a pas les moyens de m'inviter à dîner, encore moins de m'offrir des surprises. Mais je le suis quand même jusque chez Scotts, un restaurant de Mount Street spécialisé dans les fruits de mer. Nous commandons deux douzaines d'huîtres d'Irlande, un homard et une bouteille de Dom Pérignon, mon champagne préféré. Je ris de ses blagues et je fais des efforts louables pour suivre la conversation, mais pour être franche, je ne peux m'empêcher de penser à Charlie et à quel point il me manque déjà.

Nous sommes en train de faire un sort au homard lorsque Richard m'annonce qu'il a une déclaration à faire.

Je me redresse sur ma chaise. Il a l'air sérieux comme un pape. Va-t-il m'annoncer qu'après mûre réflexion, il a décidé qu'il ne pouvait plus m'épouser, fauché comme il est ?

— J'ai pris une décision.

Je hoche la tête, me préparant à la nouvelle, un peu soulagée qu'il ait des doutes sur notre remariage. Je devine déjà comment il va me présenter les choses : « Je ne veux pas me précipiter, cela demande réflexion. » J'essaie d'avoir l'air ouverte à toute proposition, du style : « Ne t'inquiète pas pour moi, je suis capable d'affronter la réalité. »

Mais je n'en crois pas mes oreilles…

— J'ai réservé une place au Prieuré.

Alors là, j'en reste sans voix ! Le Prieuré est un hôtel de luxe situé à la campagne et spécialisé dans la désintoxication des alcooliques et des drogués sur la base d'un programme en douze étapes. Je suis tellement fière de lui, tellement soulagée qu'il se décide enfin à me parler franchement et à reconnaître qu'il a un problème, qu'il ne me vient même pas à l'esprit qu'un séjour dans cet hôtel coûte une véritable fortune…

Je lui embrasse la main.

— Tu sais, Lola, le fait que nous soyons de nouveau ensemble m'a donné envie de devenir meilleur. J'ai retrouvé un nouveau souffle et je ne voudrais pas tout gâcher.

Je lui souris tandis qu'il fait signe au serveur de nous apporter une autre bouteille.

Je m'interroge *in petto*… Une autre bouteille ? Alors qu'il est sur le point d'entrer au Prieuré ? Est-ce bien raisonnable ? Naturellement, je ne dis rien car, après tout, c'est peut-être normal de faire des folies la veille d'une cure de désintoxication. C'est toujours mieux que de s'énerver en attendant Marcus. Depuis qu'il est arrivé, il n'est pas allé une seule fois aux toilettes. Si vous voulez mon avis, il peut bien boire tout le Dom Pérignon qu'il veut, au contraire !

Tandis que le serveur lui verse un autre verre de champagne, je lui demande quand est prévue son entrée au Prieuré.

— Ce soir. A quoi bon faire traîner les choses ? J'aurais même pu y aller dans la journée, mais je voulais d'abord t'en parler. J'ai… un petit service à te demander. Trois fois rien.

Il me presse la main.

Je lui réponds d'un ton enjoué.

— Tout ce que tu veux !

— Ça t'ennuierait de ne pas essayer de me joindre ? On nous recommande de couper tout lien avec l'extérieur.

— D'accord, chéri. Je ferai tout ce qui peut t'aider. Je suis tellement fière de toi.

— J'aimerais aussi que tu n'en parles à personne. Je ne tiens pas tellement à ce que ça se sache. Je n'en ai parlé qu'à mon associé, c'est d'ailleurs lui qui me conduira là-bas ce soir. Mais à part lui, je n'aimerais pas que quelqu'un d'autre soit au courant.

Après que j'ai réglé l'addition, Richard me demande si je verrais un inconvénient à ce qu'il rentre directement chez lui pour préparer quelques affaires. Je lui hèle un taxi et nous nous disons au revoir sur le trottoir. Il m'embrasse tendrement sur les lèvres et me rappelle qu'il fait tout ça pour moi. Puis il grimpe dans le taxi et disparaît dans la nuit.

Je passe un coup de fil à Elizabeth pour lui dire que j'aimerais la voir.

— Je suis au Met avec Clemmie. Je t'attends.

Lorsque j'arrive, Elizabeth est en train de danser avec Hamish. Je sais, c'est stupide, mais ça me fait un petit pincement au cœur. Ce n'est pas de la jalousie, non, c'est juste que… c'est bizarre de voir mon ex évoluer dans mon cercle d'amis. Dans mon monde à moi. Comme je n'ai jamais vu Hamish au Met Bar, j'en déduis que c'est Elizabeth qui l'a invité.

La seconde d'après, je vois Elizabeth enlacer Hamish tandis qu'il la prend par la taille. Ils s'embrassent…

Ma copine est en train de draguer mon ex !

Lorsqu'ils reviennent s'asseoir en se tenant par la main, Hamish me fait un bisou sur la joue et me demande si j'ai envie de boire quelque chose. Je commande un thé vert, puis j'attends qu'il soit parti pour me confier à Elizabeth.

Je lui donne un coup de coude complice.

— Dis donc, vous allez l'air très copains, tous les deux ! Je ne savais pas que vous sortiez ensemble.

— Ça t'ennuie ?

— Non, pas du tout.

Je le pense vraiment. J'ajoute même :

— C'est vraiment un mec super.

— Et toi, tu es sûre que tout va bien ?

— Mieux que ça. Richard s'est inscrit au Prieuré.

Il m'a dit de n'en parler à personne, mais j'en meurs d'envie ! Et puis, si je ne dis pas tout, absolument tout, à ma meilleure amie, je ne pourrai jamais plus me regarder dans la glace !

— Ça, alors ! c'est vraiment une supernouvelle !

— N'est-ce pas ? Mais promets-moi de garder le secret. Je n'aurais jamais dû t'en parler, mais c'était plus fort que moi.

Hamish revient avec les consommations. Elizabeth change aussitôt de sujet.

— Et où en es-tu, côté démission ?

Je mens effrontément.

— Ça va. Je me sens juste un peu triste. Je pensais que Charlie ferait au moins semblant de me dissuader de partir…

— Tu aurais aimé qu'il le fasse ?

— Sur le moment, je ne me suis pas posé la question. Mais quand j'ai vu qu'il ne bronchait pas, je me suis sentie vraiment très mal. C'était comme si tout ce que nous avions vécu et traversé ensemble ne comptait absolument pas pour lui…

Hamish éclate de rire. Nous le foudroyons du regard.

— Désolé. Mais à t'entendre, on croirait que tu as rompu avec un petit ami, pas avec ton patron.

Elizabeth prend ma défense.

— Ils étaient très proches.

— C'est vrai, je le considérais comme un de mes meilleurs amis.

Hamish s'exclame :

— Les amis proches ne vous paient pas !

Elizabeth rétorque :

— C'est vrai, mais nous aimions tous Charlie, n'est-ce pas, Lolly ? Et je suppose qu'après tout ce qui s'est passé, nous ne le verrons plus. Mais peut-être que lorsque les choses se seront tassées, tu pourras reprendre ta place.

Hamish boit une gorgée de bière avant de lâcher :

— En fait, il a quelqu'un d'autre.

Sur le moment, je me dis qu'il parle d'une nouvelle petite copine. Allez savoir pourquoi, je suis soulagée d'apprendre qu'il s'agit d'une nouvelle responsable des R.P. pour me remplacer.

Elizabeth semble aussi troublée que moi, car elle ajoute :

— Eh bien, on peut dire qu'il n'a pas perdu de temps ! Lolly n'a même pas eu le temps de vider son bureau ni de discuter des conditions de son départ. A propos, Lolly, que comptes-tu faire concernant tes clients ? Et la clause de ton contrat qui t'interdit de prendre contact avec tous ceux que tu as connus dans le cadre de la Posh House ?

Hamish croit bon d'ajouter d'un ton goguenard :

— Ce qui, *grosso modo*, correspond à la totalité de tes contacts… En fait, tu ne devrais même pas m'adresser la parole.

Jusque-là, j'étais encore sous le choc, trop bouleversée pour songer aux détails pratiques. Maintenant que je prends conscience de l'énormité de ce que j'ai fait, je me dis que je suis bonne pour retourner voir Charlie… J'espère qu'il sera prêt à négocier un accord qui me permette de rappeler au moins quelques membres de l'équipe de la Posh House… Sinon, autant dire que je serai dans l'incapacité d'exercer mon métier dans cette bonne ville !

— Attendez une minute… S'il a déjà pris quelqu'un pour me remplacer avant même que je lui aie remis ma démission en bonne et due forme, c'est qu'il se doutait que j'allais partir. Ou pire encore, qu'il envisageait de me virer.

Hamish enfonce le clou.

— C'est une grande blonde, apparemment. Je ne l'ai pas vue personnellement, mais j'ai entendu parler d'elle au club.

# 21

*« Ma chère Hen,*

*» Se marier par amour ne serait pas chose condamnable si nous ne constations que, sur dix mille couples, il s'en trouve à peine un qu'on puisse prendre en exemple et qui prouve qu'une telle union est possible sans qu'on le regrette ensuite.*

*» Et pourtant, ma bien-aimée, mon Henrietta, l'amour que je vous porte arrive tout juste une fois tous les deux siècles. Ne nous attendons pas à ce que le monde s'aperçoive que nous n'étions pas comme les autres. Si vous saviez les souffrances que vous m'avez infligées chaque fois que vous le faisiez revenir dans votre lit. Je vous en parlerai lorsque vous et moi nous retrouverons seuls, lorsque les dernières braises de la fête se seront éteintes, nous laissant en tête à tête vous et moi, Charles et Henrietta, mari et femme.*

*» Mon très cher amour, ma passion,*

*» Partager l'éternité avec vous me semble bien trop court. »*

Extrait d'une lettre de lord Charles Posche à sa femme Henrietta

Je laisse Hamish et Elizabeth à leur soirée pour rentrer chez moi de bonne heure. Mon appartement me semble plus vide et plus minuscule que jamais. Dès l'instant où j'y mets le pied, tout ne m'est que trop familier : l'écran plasma mural de Lily, sa minimaison de lapin avec le réservoir d'eau. Je me sens cernée, j'étouffe…

Dans cet espace vital confiné – qui me donne l'impression d'être enfermée dans une boîte –, je m'assieds sur mon canapé en cuir blanc et j'essaie de m'intéresser aux nouvelles du monde, comme Lily. Mais c'est inutile… Après avoir pris connaissance des gros titres, je tente de mettre la main sur la télécommande, mais j'ignore où elle est. A vrai dire, je ne sais même pas si j'en ai une car Lily est la seule à regarder la télé ! D'ailleurs, plus j'observe cet appartement, plus je me dis que c'est davantage celui de Lily que le mien…

Depuis ma séparation avec Richard, il y a deux ans, ma vie s'est recentrée sur la Posh House. Oui, mon travail est devenu toute ma vie et, brusquement, on dirait que tout se ligue pour me rappeler que cette vie est en train de m'échapper.

Cet appartement est devenu peu à peu l'endroit où je changeais de tenue et où je venais finir ma nuit avant de retourner à la Posh House, rien de plus. Un arrêt au stand… Mais, pour y vivre, c'est un endroit bien trop petit et mal adapté. Et puis Charlie me manque déjà et la seule pensée que je ne côtoierai plus son charme langoureux, son esprit brillant et son accent un peu snob me mine encore davantage le moral.

Pour l'amour de Richard, j'ai fait ce qu'il fallait en donnant ma démission, même si je n'ai pas apprécié la désinvolture avec laquelle Charlie l'a accueillie. Il aurait pu réagir un peu, non ? Me dire que j'allais lui manquer… ! Il ne m'a pas parlé de Lily non plus, d'ailleurs. Il s'est contenté de me tendre mon solde de tout compte et de m'expédier.

Je prends dans mon sac l'enveloppe qu'il m'a donnée et je l'ouvre. Voyons un peu à combien il m'estime…

Mais il n'y a pas de chèque dans l'enveloppe, juste une lettre. Une lettre très ancienne écrite à l'encre sur du papier vieilli au fil des ans et d'une fragilité évidente. L'écriture en pattes de mouche est celle d'un homme éperdument amoureux d'une femme. Je relis chaque phrase plusieurs fois, en essayant d'y trouver un sens, de comprendre pourquoi Charlie m'a fait cadeau de cette lettre. C'est signé « Votre mari qui vous Aime, Charles ». Mon cœur fait un raté, puis je me rends compte que la lettre est frappée du sceau de la Posche House. C'est sans doute l'une des lettres découvertes dans le mur du passage secret à l'époque des travaux de rénovation.

Je pars à la recherche de mon exemplaire du livre *Passage secret vers le passé* et je commence à le feuilleter. Il est parsemé de lettres, mais je suis bien trop impatiente pour rechercher celle-ci. Je la relis pour la énième fois. Il y a un paragraphe qui me touche particulièrement.

*« Si vous saviez les souffrances que vous m'avez infligées chaque fois que vous le faisiez revenir dans votre lit. Je vous en parlerai lorsque vous et moi nous retrouverons seuls, lorsque les dernières braises de la fête se seront éteintes, nous laissant en tête à tête, vous et moi, Charles et Henrietta, mari et femme. Et vous saurez enfin l'estime et le respect que j'ai pour vous.*

*» Mon très cher amour, ma passion,*

*» Partager l'éternité avec vous me semble bien trop court. »*

La lettre me tombe des mains. Charlie essaierait-il de me faire comprendre, à travers cette lettre, qu'il éprouve de l'amour pour moi ?

Incapable d'apporter une réponse à cette question, je décide que Charlie est tout simplement jaloux. Peut-être se fiche-t-il de moi parce qu'il me reproche d'avoir trouvé l'amour et de l'avoir laissé en plan… Je me dis que j'accorde bien trop d'importance à cette lettre parce que je me sens seule. J'ai besoin de parler à Richard, je crève d'envie de lui dire combien je suis fière de lui et de sa démarche. Et puis j'ai aussi besoin de lui dire à quel point il me manque… Je voudrais être rassurée, être certaine que nous avons pris la bonne décision.

Comme il m'a quasiment suppliée de ne pas prendre contact avec lui, je décide de contourner le problème en me connectant au site Web du Prieuré. Je connais très bien cet établissement, qui est situé tout près de chez mes parents. C'est un magnifique bâtiment blanc de style colonial doté de grands espaces verts et de tout le confort d'un hôpital moderne. Il est connu pour avoir reçu un certain nombre d'hôtes de marque venus s'affranchir de leur problème de drogue ou d'alcool, voire de troubles du comportement alimentaire. Cela dit, j'ignore totalement en quoi consiste le traitement.

Je parcours le site Web pour essayer de savoir comment cet hôpital lutte contre la dépendance à la drogue. Ils exposent leur programme de façon nette et précise, passant en revue les stratégies utilisées pour aider chaque personne. Mais ce qui me frappe le plus, c'est l'explication des méthodes auxquelles ils ont recours pour aider le patient (le mot « intoxiqué » n'apparaît pratiquement jamais) à comprendre la raison qui l'a amené à devenir dépendant de la drogue et à surmonter le problème en adoptant une attitude résolument positive en mettant l'accent sur l'estime de soi.

J'ai toujours vu Richard prendre un petit remontant de temps en temps, mais dans les milieux que nous fréquentions, cela n'avait rien d'inhabituel.

En lisant la page consacrée à l'importance, pour le patient, de l'aide et de la compréhension qu'il reçoit de ses amis et de sa famille, je me sens concernée au premier degré : je vais bientôt devenir sa femme, ce qui fait de moi à la fois unc amie et un membre de sa famille.

Lily est en train de regarder un reportage sur l'amélioration des mesures de sécurité dans les aéroports. Je me demande quel soutien elle est prête à apporter à Richard. Finalement, je crois que c'est sur mes épaules – et elles seules – que reposera cette charge.

Car les parents de Richard n'ont même pas pris la peine de venir à notre mariage, et les contacts qu'ils ont avec leur fils sont pour le moins sporadiques… Je ne les ai rencontrés qu'une fois et je les ai trouvés très froids. Très bizarres aussi.

Ils nous ont invités à dîner à l'hôtel où ils étaient descendus, le Basil Hotel. La conversation s'est focalisée sur la politique et l'effondrement de l'Angleterre. Sa mère m'a posé des questions sur mon métier avec un manque d'intérêt évident. Je me suis contentée de lui en faire une brève description pendant que Richard et son père discutaient des prix de l'immobilier ! Je me sentais terriblement mal à l'aise. Je crois bien que c'est le pire repas auquel il m'ait été donné de participer !

Richard ne parle pour ainsi dire jamais de ses parents. C'est toujours moi qui dois le harceler pour qu'il leur écrive ou qu'il les appelle. A l'époque, je me disais que mes parents étaient bizarres, eux aussi. Mais ils ont toujours été là pour moi.

Sur ce site Web, on encourage les familles à s'impliquer dans le traitement des patients et, pourtant, Richard m'a dit qu'il n'était pas autorisé à me joindre. Il m'a même précisé qu'Hamish, Jeremy ou toute autre personne proche devaient ignorer où il était. Je n'ai pourtant pas la berlue, ce site Web vante les mérites des séances psychopédagogiques qui sont organisées parallèlement au traitement proprement dit.

Mais alors, pourquoi Richard m'a-t-il demandé de garder mes distances pour lui donner du temps ? Pourquoi ne m'a-t-il pas demandé de venir à ces séances, d'autant qu'il sait que j'ai donné ma démission et que j'ai donc du temps devant moi ? Je vais bientôt m'engager vis-à-vis de lui une seconde fois « pour le meilleur et pour le pire », j'ai donc le droit et le devoir de participer à ces réunions. Je ne peux m'empêcher de me sentir mise à l'écart.

Frustrée, j'emmène Lily à Berkeley Square pour lui faire faire un peu d'exercice et pour m'éclaircir les idées. Il fait toujours nuit, mais le clair de lune est magnifique. J'entends les types de la sécurité s'approcher car Lily, complètement surexcitée, est à deux doigts de me faire faire un vol plané au moment où j'escalade la barrière. Je leur fais signe gentiment et ils me rendent mon salut, comme si le monde dans lequel je vis continuait de tourner autour de son axe et que tout était parfaitement normal.

Assise sur mon banc de prédilection, j'essaie de comprendre pourquoi je suis assaillie de doutes. Je suis ravie que Richard se fasse soigner, mais en même temps, j'ai la sensation qu'il cherche à m'éloigner de lui. Je vais bientôt devenir sa femme, j'ai besoin de participer à sa guérison.

Et puis il y a autre chose… C'est moi qui paie sa cure de désintoxication. Naturellement, je suis heureuse de pouvoir le faire, mais il aurait pu au moins me le demander. Je suis quasiment certaine qu'il n'a pas d'assurance sociale. Lily hume l'air et commence sa tournée des arbres… Tandis que le soleil se lève peu à peu, je me dis qu'une petite conversation avec Richard s'impose. Il se peut qu'il essaie de me protéger, peut-être ne comprend-il pas que j'ai envie de l'aider et, si tel est le cas, il faut que je dissipe au plus vite ce malentendu. Tandis que la nuit cède la place à l'aube, j'empoigne Lily pour la remettre dans son sac, puis je grimpe par-dessus les grilles pour réintégrer mon appartement.

J'ai décidé d'appeler le Prieuré.

J'épelle son nom pour la troisième fois. Et pour la troisième fois, la standardiste – une femme très serviable – me dit qu'il n'y a aucun dossier au nom de Richard Arbiter Bisque. Sans doute fait-elle ça par discrétion, pour préserver l'anonymat des patients. Les endroits comme ceux-là se doivent de respecter la vie privée de leurs hôtes. Qu'à cela ne tienne, je vais l'appeler sur son portable. Richard décroche, mais il est clair qu'il n'apprécie guère ma surprise.

Il me chuchote :

— Ecoute, je ne peux pas te parler maintenant. Je t'avais pourtant dit de ne pas m'appeler !

Je mens effrontément.

— Je voulais simplement m'assurer que tu étais bien traité.

Il réplique d'un ton sec :

— Mais oui, pas de problème. Simplement, je ne peux pas te parler maintenant.

— Quand pourrai-je venir te voir au Prieuré ? Si tu veux que je t'accompagne à l'une de ces séances…

Il me coupe la parole, mettant fin à mon envolée lyrique dans le plus pur style Florence Nightingale.

— Je ne sais pas. Mais surtout, ne me rappelle pas. Bon, il faut que j'y aille.

Et il raccroche.

Je suis incapable de rester dans cet appartement. Je tremble de tous mes membres. Il m'a menti, il n'est pas au Prieuré. Mais alors, où est-il ? Je commence à craindre le pire. Mue par un étrange sentiment de désespoir, j'appelle Kitty. J'ai besoin qu'elle me remonte le moral.

Je comprends mon erreur dès que je m'entends lui relater les faits d'une voix mourante. Au bout du fil, un long soupir ponctue mon récit à la limite de la cohérence.

— Chérie, je suis avec ma manucure, j'ai du mal à me concentrer. Si Richard s'est terré quelque part, il va falloir attendre qu'il réapparaisse. C'est ce que font les toxicomanes, paraît-il.

— Kitty, il n'est pas toxicomane !

— Réfléchis un peu… Un homme qui décide de se faire désintoxiquer parce qu'il est accro à la drogue, tu appelles ça comment ?

J'essaie d'en appeler à sa magnanimité.

— D'accord, mais tu sais, dans certains milieux…

— Oui, je sais… Les gens branchés ont besoin de se détendre. Ouvre les yeux, ma fille ! A dire vrai, je crains le pire.

— Oh ! Tu exagères, comme toujours. Ce n'est pas si grave et puis il a décidé de prendre les choses en main.

Elle soupire.

— Ma pauvre Lola, si tu as confiance en lui, je ne peux que t'approuver. Mais toutes ces histoires de drogue, je trouve ça sordide, tu le sais.

— Mais je vais l'épouser, Kitty. Nous nous aimons !

— En es-tu bien certaine ? A cent pour cent ? Je n'ai pas voulu jeter de l'huile sur le feu pendant la fête organisée par Camilla, mais je vous ai observés tous les deux, et je n'ai pas eu le sentiment de voir deux êtres submergés par la passion… Et maintenant, c'est toi-même qui me dis que Richard a un sérieux problème. Ça signifie que son obsession, ce n'est pas toi. C'est la drogue.

Je raccroche, atterrée par la façon habile dont Kitty vient de résumer ma relation avec Richard. Mais non, elle a tort, elle a forcément tort… !

Ces dernières semaines, je n'avais qu'une idée en tête : ramener Richard à moi. Et voilà que, loin d'être fière de ma réussite, je suis envahie par un sentiment d'impuissance… Le scénario que j'ai mis au point est en train de me rendre folle. Allongée sur mon lit, je pense au couple que nous formons, Richard et moi. Nous sommes faits l'un pour l'autre, ça, je n'en démords pas. Toute ma stratégie est d'ailleurs fondée sur cette évidence.

Mais… mais si jamais ce n'est pas l'homme qu'il me faut, j'aurai fait une énorme bourde et gâché ma vie pour rien. Non, où qu'il se trouve en ce moment, Richard et moi sommes faits l'un pour l'autre !

Le problème, c'est que s'il n'est pas au Prieuré, où est-il ? Je finis par m'endormir tout habillée et c'est la sonnerie du téléphone qui me réveille dans l'après-midi.

— Lola ? Charlie à l'appareil.

Je me redresse sur mon coude tout en essayant de reprendre mes esprits.

— Charlie…

Le fait de répéter son nom me fait gagner suffisamment de temps pour être tout à fait réveillée.

— Oui, de la Posh House. Vous avez travaillé pour moi, rappelez-vous.

Je repense à la lettre de lady Posche qu'il m'a remise et je réponds d'un ton un peu trop cassant :

— Je sais qui vous êtes. Mais que voulez-vous ?

— Vous.

Mon cœur se met à battre la chamade.

— Moi ?

Je pose la question juste pour savoir si j'ai bien entendu. Puis je me souviens de la lettre que j'ai rangée dans le livre pour éviter de l'abîmer. Charlie me veut, moi ! Mais, bien sûr, comment ai-je pu être aveugle à ce point, après toutes ces années passées avec lui ?

— Pourquoi *moi* ?

— Vous n'avez pas rangé votre bureau. Et puis nous avons quelques affaires à régler. Auriez-vous le temps de passer dans l'après-midi ou en début de soirée ?

Mon cœur s'arrête presque de battre… Quand je pense à ce que j'allais m'imaginer !

Il est temps de me ressaisir. Je lui annonce ma visite pour 18 heures.

# 22

*« Je ne voudrais pas vous alarmer, mais chaque jour qui passe, mes relations avec Edward se dégradent un peu plus. Il est gravement malade et une fois de plus, je lui cache la vérité en lui disant que c'est moi qui suis malade. Je ne voudrais pas gâcher votre partie de chasse, mais peut-être pourriez-vous me conseiller sur l'attitude à adopter concernant son état de santé.*

*» Je suis désemparée. Il devient de plus en plus difficile de cacher sa présence car il est à présent bien trop faible pour se déplacer. Il respire avec peine. Mais comme je crains d'éveiller les soupçons d'un médecin, je n'en ai appelé aucun. Je vous aime et je vous respecte trop pour ternir votre réputation par un scandale. J'attends donc vos conseils avec impatience.*

*» Votre épouse bien-aimée, Hen. »*

Extrait d'une lettre de lady Henrietta Posche à Charles, son époux

Je parle à Elizabeth du coup de fil de Charlie.

— C'est quand même curieux, comme discours, non ?

— Franchement, je comprends mal pourquoi tu te mets dans cet état. Vous avez pas mal de choses à régler, tous les deux, surtout si tu as l'intention de créer ta propre boîte de relations publiques. Et même si tu souhaites travailler chez un concurrent, il faut te mettre d'accord avec Charlie sur les clients que tu peux joindre d'après les termes de ton contrat.

— Tu as sans doute raison, mais il y a autre chose, Elizabeth. Tu te souviens de ce que je t'ai dit, lorsque je suis allée lui présenter ma démission, il avait déjà préparé son chèque… Eh bien figure-toi que lorsque j'ai ouvert l'enveloppe, je me suis aperçue que ce n'était pas un chèque. C'était une lettre très ancienne adressée à lady Posche.

— Sans blague ! Tu sais qu'elle doit avoir une sacrée valeur !

— J'imagine, mais ce qui est très bizarre, c'est qu'on dirait une lettre d'amour.

— Une *quoi* ?

— J'ai sûrement mal compris… Il s'agit d'une lettre de lord Charles Posche à sa femme. Simplement… on sent que c'est une lettre dictée par le désir, comme si lord Posche voulait faire comprendre à sa femme à quel point il l'aimait. Je me demande, enfin, crois-tu que…

— … que Charlie est amoureux de toi ?

— Non. Mais avoue que c'est un peu sibyllin…

— Tu veux dire, c'est sibyllin pour une déclaration d'amour, c'est ça ?

— Tu penses que ma théorie est plausible ?

Elizabeth me tourne le dos. Je la sens nerveuse.

— Ecoute, Charlie m'a confié un secret, mais je lui ai promis de ne pas t'en parler.

— Ce n'est pas très sympa.

— Le problème n'est pas là. Du moins, pas directement. Je veux dire, je ne sais pas, il ne m'a jamais dit un seul mot sur ses sentiments à ton égard, je le jure. Mais… j'ai vu la façon qu'il a parfois de te regarder. Nous l'avons toutes vu.

— Qu'est-ce qu'il t'a dit ?

— Lola, je ne peux pas…

J'insiste.

— Dis-moi ce qu'il t'a dit !

Elle secoue la tête.

— Pourquoi ne pas lui demander toi-même ce qu'il pense de toi ? Après tout, tu as donné ta démission, non ? Alors tu n'as rien à perdre. Et puis c'est un cadeau très personnel, tu devrais lui offrir quelque chose à ton tour. Une façon de mettre fin agréablement à votre collaboration.

— Dis-moi ce qu'il t'a dit !

— Il vaut mieux que tu le lui demandes toi-même, Lola.

— Ce n'est pas très loyal.

— Tu es injuste avec moi et tu le sais parfaitement. Je préfère que tu l'entendes de sa bouche.

J'insiste encore, mais je finis par abandonner. Quand elle s'y met, Elizabeth peut être têtue comme une bourrique ! Je sais que je ne pourrai rien en tirer.

Une demi-heure plus tard, je demande conseil à la vendeuse de chez Prada.

— Je voudrais quelque chose de personnel, pour un homme.

— Un portefeuille, peut-être ?

La vendeuse de chez Gucci n'a guère plus d'imagination. Je finis donc par atterrir chez William & Son, dans Mount Street. Ils ont des choses très chouettes, notamment des articles en cuir, des damiers de backgammon, des échiquiers, des coffrets artisanaux en box souple, avec un grand choix de couleurs. Je finis par tomber sur une enveloppe en cuir orangé avec un petit cœur en argent gravé dessus. L'enveloppe idéale pour ma lettre à lady Posche…

Un monsieur d'un certain âge tenant en laisse un labrador noir qui ressemble furieusement à Cinders me demande d'un ton affable :

— Puis-je vous aider ?

Il a bien du mal à retenir son chien, qui tire sur sa laisse, prêt à bondir sur moi.

— Vous savez, elle est encore jeune ! Il faut lui pardonner, elle déborde d'enthousiasme avec les gens.

Je lui montre mon sac.

— Elle doit avoir flairé la présence de mon lapin. Mais ce n'est pas grave, Lily adore les chiens.

L'homme éclate de rire. Je lui explique, alors, que ce sac

est un cadeau de mon patron, et que je voudrais lui rendre la politesse. Il approuve mon choix : cette enveloppe en cuir est le cadeau idéal.

Armée de mon paquet joliment enrubanné, je prends un taxi. Je n'arrive pas à m'extirper cette lettre du crâne… Mais je me demande si j'aurai le courage d'aborder le sujet, et si Charlie, lui, ne se dégonflera pas pour m'expliquer ce que tout ça signifie.

Cette fois, c'est Carl qui est à l'accueil. Il me suggère de rejoindre directement Charlie dans son bureau. Il n'a pas de rendez-vous.

J'emprunte donc l'escalier secret du même ton orangé que l'enveloppe. Je ne peux m'empêcher de penser à ce pauvre lord Charles Posche et à ce qu'il a pu endurer, sachant que son épouse faisait entrer discrètement son amant par cet escalier. Etait-il vraiment au courant, d'ailleurs ?

Je me pose des questions sur mon avenir, sur les secrets de Richard et notre avenir commun.

Un avenir où je n'emprunterai plus jamais cet escalier.

Je frappe à la porte et j'entends Charlie me crier :

— Entrez !

Debout près de la fenêtre, Charlie est plongé dans la contemplation de la cour. C'est une habitude chez lui, mais comme je suis restée plusieurs jours sans le voir, j'avais oublié qu'il dégageait un tel magnétisme. Il respire la force par tous les pores de sa peau, comme s'il avait été conçu par des maîtres artisans et non par des amateurs comme tout un chacun.

Je sors Lily de son sac et elle fonce droit sur Cinders en sautillant. Le chien lui donne un coup de langue amical. Je m'étais dit en venant ici que cette réunion serait entièrement consacrée à la négociation de mon départ, mais je me sens tout à coup déprimée et triste à l'idée que Richard nous ait séparés, Charlie et moi.

Avant ce fameux soir où j'ai repéré Richard en train de discuter et de rire en compagnie de Jeremy et d'Hamish, et où j'ai surpris plus tard sa dispute avec la grande perche blonde, j'étais vraiment très proche de Charlie. Le souvenir de cette soirée est encore si vivace… Je le revois s'accroupir près de moi derrière le distributeur de boissons, et un peu plus tard, conscient de la souffrance que j'éprouvais à voir Richard avec une autre fille, appeler un taxi pour moi. C'était à la fois un patron exceptionnel et un ami sur lequel je pouvais compter. Chaque fois que j'avais besoin de lui, il était là… et voilà que je suis en train de le perdre.

— Alors, Lola, vous tenez le coup ?

Qu'entend-il par là ? Il doit sûrement parler de la mort de ma tante, je ne vois que ça.

— Oui, ça va. Tante Camilla était très âgée.

— En effet, mais ce n'est pas d'elle que je parlais. Je faisais allusion au cas Richard. Ce n'est pas trop dur pour vous ?

— Le cas Richard… ?

Ça y est, c'est officiel : ma vie privée est devenue « un cas » ! Je m'assieds, un peu déboussolée. On dirait que Charlie est au courant pour Richard et sa cure de désintoxication.

— J'ai pensé que vous pouviez avoir besoin d'un ami de plus.

— Richard va bien, merci.

Après mon entretien téléphonique avec Richard, ce matin,

je suis bien décidée à être un modèle de discrétion. Où qu'il se trouve, je dois lui faire confiance et continuer à croire qu'il se bat pour la bonne cause.

Charlie interrompt le fil de mes pensées.

— Tout ça est très bizarre, pour tout le monde.

— Comment ça, « très bizarre »… ?

J'insiste sur l'expression « très bizarre » en adoptant un ton exagérément snob.

— Eh bien, le fait qu'il soit de nouveau avec Sally après vous avoir demandée en mariage !

— Il est « de nouveau avec Sally » ?

Il confirme.

Je plonge les yeux dans son regard bleu clair, sans avoir vraiment intégré la nouvelle. Je lui repose la question :

— Vous dites qu'il est retourné avec *Sally*… ?

Du coup, Charlie a l'air aussi perdu que moi.

— Oui, c'est bien ça. Pourquoi ? Il ne vous en a pas parlé ?

Je regarde Lily et Cinders se renifler et se tourner autour. On entend monter depuis la cour le bourdonnement des conversations entre membres du club. J'ai les mains posées sur le cadeau de Charlie.

— Lola, ça va ? Je pensais que vous aviez été la première à l'apprendre…

Je ne peux m'empêcher de rétorquer (même si je subodore que c'est faux) :

— Richard est au Prieuré.

Il répète « le Prieuré ? » comme si j'avais parlé de la cinquième dimension.

Je prends un ton moralisateur de dame patronnesse.

— Oui, et je trouve ça admirable.

— Lola, il a convaincu Sally de le reprendre. Dieu seul sait pourquoi. Sans doute n'avait-il pas d'autre endroit où aller, mais je vous donne ma parole que je ne vous mentirais pas pour une chose comme celle-là.

Il s'approche de moi et s'accroupit à mes pieds. Je tourne et retourne le cadeau dans mes mains sans pouvoir en détacher les yeux.

— Lola ?

Je le regarde droit dans les yeux et je repars à l'attaque.

— Et comment sauriez-vous où se trouve Richard ? Je doute qu'il se confie à vous après que vous l'avez agressé à la fête, samedi. Vous êtes la dernière personne à qui il parlerait de ses problèmes personnels. A moins que ce ne soit votre fameux secret, celui que vous avez confié à Elizabeth ?

— Mon *quoi* ?

— Elizabeth m'a dit que vous lui aviez confié un secret mais qu'elle n'était pas autorisée à m'en parler.

Charlie tend la main pour me caresser les cheveux.

— Sally est ma sœur, Lola. Je… j'ignorais si vous le saviez, je n'étais pas sûr. J'ai supposé que Richard vous l'avait dit et quand j'ai eu des doutes sur ce point, je ne voulais pas être celui qui…

Difficile de décrire ce que l'on ressent quand on reçoit une révélation comme celle-là en pleine figure. Je suis tellement sonnée que je suis incapable de réagir. Alors je me dépêche de fourrer mon cadeau entre les mains de Charlie.

— Tenez, c'est pour vous.

Il prend le paquet d'un air gêné, et pour cause : c'est le

moment choisi par la grande perche blonde pour entrer dans la pièce. Tournant le dos à Charlie, je me dirige vers la porte.

En croisant Sally, je ne peux m'empêcher de la détailler des pieds à la tête. Bien qu'elle soit plus mince et plus blonde que son frère, elle a le même sourire chaleureux. C'est d'ailleurs à moi qu'elle sourit en ce moment précis, mais elle pique aussitôt un fard en voyant la tête que je fais…

La voilà donc en chair et en os, cette grande perche blonde ! Et je repasse dans ma tête toutes les fois où je l'ai vue : ma première rencontre, c'était ce fameux soir où elle se disputait avec Richard, puis elle nous a surpris, Richard et moi, en train de faire l'amour. Et la dernière fois, c'est moi qui l'ai surprise lovée contre Richard sur le canapé tout en caressant Lily.

Je jette un coup d'œil vers Charlie. J'ai l'impression d'être victime d'un coup monté, le dindon d'une très mauvaise farce. Pourquoi ne m'a-t-il jamais rien dit à propos de sa sœur et de Richard ? Pourquoi m'a-t-il laissée dans l'ignorance de ce qui se passait, moi comme *elle*, d'ailleurs ! A moins que… Sally était peut-être au courant des choses qu'il aurait dû partager avec moi.

Charlie et sa sœur ont tous deux la tête (et la voix) de gens bien élevés. Comme les chevaux de race, ils sont « lisses », sans le moindre défaut.

Sally me tend la main.

— Vous êtes Lola, je présume. J'ai tellement entendu parler de vous !

Quelle amabilité… Quand je pense que c'est elle qui tend une main amicale à « l'autre » femme ! Parce qu'en définitive c'est bien ce que je représente pour elle : sa rivale.

J'ai beaucoup de mal à supporter toutes ces marques de courtoisie, elles ne font que souligner mes carences dans ce domaine. Personnellement, j'aurais plutôt envie de lui flanquer une gifle. Mais qui me dit que, derrière ces marques de bonne éducation, elle n'a pas envie de me taper dessus, elle aussi ? Je serre donc poliment la main qu'elle me tend en bredouillant :

— Et vous, vous devez être celle qui m'a pris mon boulot… *et* mon fiancé.

C'est sorti tout seul… Les mots sont sortis de ma bouche sans me demander mon avis, mais je ne me suis pas départie de mon flegme. Jamais je n'ai été aussi *calme, cool, zen.*

Je la défie du regard pour la faire rougir. Mais, au final, c'est moi qui pique un fard.

Sally tente de s'expliquer, mais il est clair qu'elle commence à perdre son sang-froid.

— Je n'étais pas au courant. Je l'ai appris il y a deux semaines et je l'ai quitté. Mais… c'est à cause de lui. Je ne peux pas m'en empêcher. Je l'aime et…

Je perçois dans sa voix la douleur qu'elle ressent, cette douleur qui m'a si souvent assaillie, moi aussi. Un terrible cocktail de désillusion, de résignation et de fatalisme.

Alors je m'en vais, car je sais très bien que je serai incapable de rester *calme, cool, zen* une minute de plus. Mais en arrivant à mi-chemin du passage secret, alors que mes larmes commencent à couler, je me souviens tout à coup que j'ai oublié Lily dans le bureau de Charlie. Il va falloir que je retourne la chercher et j'en suis malade !

Charlie et Sally tentent de me retenir. Charlie m'agrippe même le bras.

— Lola, attendez ! Ne partez pas comme ça.

Sally se joint à lui.

— Je vous en prie, Lola, ne partez pas. Je sais très bien ce que vous ressentez. C'est ce que je ressens moi aussi.

Je la regarde avec de la haine dans les yeux.

— Non, je ne crois pas. C'était mon mari.

Comme si cela me conférait un statut spécial !

— Lola, je lui ai dit que je n'en pouvais plus. Je voulais vous en parler, vous expliquer…

Charlie me supplie.

— S'il vous plaît, Lola, restez ! Ecoutez ce qu'elle a à vous dire.

Mais je m'enfuis en sachant que je ne reviendrai jamais dans ce bureau. Car je commence à comprendre le pourquoi de tout ce qui m'arrive en ce moment.

C'est parce que j'ai voulu revenir en arrière.

# 23

*«… Ce que je vais vous révéler n'aura probablement pas beaucoup de sens pour vous. Ma tête est si lourde que je ne parviens pas à écouter ce que me dit mon cœur. La seule chose dont je sois sûre, c'est qu'il continue de battre, même s'il serait préférable pour tout le monde qu'il s'arrête. Si j'ai dit un jour que mon amour pour Edward n'aurait aucune incidence sur mon mariage avec Charles, c'est parce qu'à l'époque son comportement à mon égard justifiait mes dires.*

*» Je me faisais fort de vivre dans le bonheur conjugal et je considérais que mon amour pour Charles était digne de celui d'une épouse. Mais ce faisant, j'ai commis une grave injustice à l'égard de mon mari.*

*» Et maintenant, force m'est d'avouer que je ne représente plus rien pour Edward. Parfois, je me demande même s'il sait seulement qui je suis. Ses hallucinations sont telles qu'il ne reconnaît plus ni rien ni personne. »*

Extrait d'une lettre de lady Henrietta Posche à sa sœur Elizabeth

Pendant le trajet du retour, je suis assaillie par une foule de sentiments contradictoires. Juste au moment où je réintègre mon appartement, Richard m'appelle.

Je prends un air enjoué, pour ne rien laisser transparaître.

— Alors, ça se passe comment ?

— Superbien. Mais c'est de toi que je veux parler. Comment vas-tu ?

Je lui dis que je viens de régler les derniers détails de mon contrat avec Charlie. Je n'en reviens pas d'être capable de mentir aussi facilement ! Ce doit être le fruit de toutes ces années de travail où j'ai dû rester *calme, cool, zen*, même sous pression… L'expérience finit toujours par payer. Et j'ai envie d'entendre ce qu'il a à me dire, car je suis sûre et certaine que Sally a dû l'appeler après notre rencontre.

Mais s'il est au courant, il n'en laisse rien paraître. Il se contente de me raconter qu'il commence déjà à se sentir mieux. Les médecins du Prieuré pensent qu'il pourra sortir vendredi.

— Désolé d'avoir été aussi bref au téléphone, ce matin. Mais ils sont très stricts concernant nos contacts avec l'extérieur. Après tout, tu pourrais très bien être mon fournisseur…

— Marcus.

— Quoi ?

— Rien.

Il n'est même pas capable de rester cohérent dans ses mensonges ! Je sens une vague de colère me submerger. Comment ai-je pu être aveugle à ce point ?

— Si je comprends bien, tout se passe comme tu le voulais, au Prieuré. Tu te sens mieux. As-tu fait connaissance avec des gens qui ont le même problème que toi ?

Je parle d'un ton jovial qui sonne faux. Ça me rappelle le bruit d'un ongle sur un tableau noir…

Mais Richard n'a pas l'air de s'en apercevoir. Il me chuchote d'une voix sensuelle :

— Tu me manques, Lola. Tu me manques beaucoup. Tu sais que je fais tout ça pour toi.

Je suis convaincue que si on venait de passer Richard au détecteur de mensonges, l'appareil aurait fait la preuve qu'il disait la vérité… ! C'est triste, non ? Car je pense très sincèrement que Richard croit en ses propres mensonges. C'est le comble de l'ironie quand on sait que, en dépit de toutes les preuves attestant le contraire, j'ai cru en ses mensonges, moi aussi.

Malgré tout ce que j'ai appris sur mon ex-mari, j'ai plus que jamais besoin de le croire. C'est quand même dingue ! Oui, j'ai envie de le croire en ignorant ces petites voix intérieures qui ne cessent de me harceler et de me souffler que Richard est un menteur.

Je regarde Lily s'approcher de son bol d'eau en sautillant.

Richard me dit quelque chose, mais je n'y prête pas vraiment attention. Quelle importance ? Il a tout faux sur toute la ligne et j'ai une envie folle de lui dire ce que je pense vraiment de lui. Mais je m'entends répondre :

— Tu ferais bien de ne pas t'attarder au téléphone. Ils risquent de te surprendre. Inutile d'éveiller les soupçons.

— Tu as raison. Je te rappelle demain si j'en ai l'occasion. Sinon, à vendredi, mon chou !

J'appuie sur la touche « fin de communication » et je prends Lily à témoin : « Non mais, tu te rends compte ? Je suis amoureuse d'un mec qui m'appelle *mon chou* ! » Lily me regarde fixement comme si elle me comprenait car elle se rapproche de moi et commence à se frotter affectueusement à mon pied. Je la prends et la maintiens au-dessus de ma tête.

— Ma Lily, qu'est-ce que j'ai fait ?

La pauvre Lily gigote dans tous les sens pour que je la repose par terre. Les lapins ont beau faire de leur mieux pour nous aider, ils ne seront jamais le meilleur ami de la femme !

Alors j'appelle mes vraies copines.

Elizabeth et Clemmie me donnent rendez-vous au Met Bar à 23 heures. J'arrive la première, incapable de passer une minute de plus seule dans mon appartement. Je fais glisser mon badge à l'entrée et je commence à me décontracter dès que je retrouve le décor rouge du bar et le bourdonnement familier des conversations. J'aperçois une autre de mes amies, Niki, assise près d'un couple d'acteurs pour lequel j'ai organisé plusieurs réceptions à la Posh House. Je leur fais un petit signe de loin et je me glisse dans le box le plus proche du D.J. Puis je commande au serveur un bellini. Difficile d'expliquer ce que je ressens après ce choc, c'est un mélange curieux de honte et de désespoir. Surtout de désespoir.

Je regarde autour de moi. Rien que des hommes et des femmes fortunés en train de papoter. Certains se laissent bercer par la musique et un couple s'embrasse à une table, au beau milieu du bar. Je les observe tout en dégustant mon bellini : comment se sont-ils rencontrés, depuis combien de temps sont-ils ensemble ? Pensent-ils que leur amour durera toute la vie et qu'en sera-t-il vraiment… ?

Impossible de me voiler la face plus longtemps. Richard ne m'a jamais aimée. Mais il y a pire encore que cette terrible vérité : je commence à penser que peut-être, je dis bien *peut-être*, je ne l'ai jamais aimé non plus. J'ai aimé l'idée d'aimer et d'être aimée, j'ai adoré la perspective des lendemains qui chantent. Et l'idée que j'avais enfin trouvé ce que Kitty et Martin ont réussi à trouver : une passion sans réserve pour un autre être humain et qui dure en dépit de quelques coups durs. Un amour à l'épreuve de tout, même du divorce…

Mes copines me rejoignent dans le box et se commandent des cosmopolitans. J'en déduis qu'elles ne savent pas par où commencer. Il est vrai qu'elles ont déjà dit tout ce qu'elles meurent d'envie de me dire maintenant. Que Richard est un drogué et un menteur doublé d'un salaud.

Tout a déjà été dit sur Richard, mais mes amies ont tenu à être là ce soir, à mes côtés, pour tenter désespérément de recoller les morceaux de mon cœur en lambeaux. Elles m'avaient pourtant mise en garde contre l'obsession que j'avais de cet homme… Mais elles se gardent bien de pavoiser et de me faire la morale.

En fait, elles ne me parlent ni de Richard, ni de Sally, ni

de Charlie… pas même de moi. Non, elles me parlent du bon vieux temps. C'est Elizabeth qui ouvre les festivités en racontant qu'elle est tombée sur Clive par hasard.

Je me souviens de l'histoire qu'elle a racontée au bal, le jour des funérailles de tante Camilla. Le seul moment drôle de la soirée.

— Le Clive qui a pris de la poudre acidulée… ?

Elle rigole.

— C'est ça. Le Sniffeur de Mistral.

Le barman s'approche de notre table et nous tend trois cocktails en avant-première. C'est nous qui lui servons de cobayes.

— Je suis en train d'y mettre la dernière main. Dites-moi ce que vous en pensez.

Nous obéissons en descendant le breuvage cul sec… pour le recracher aussitôt. Nous nous tournons alors vers Andy, le pouce tourné vers le bas.

— Si je comprends bien, ce n'est pas terrible ?

J'avale une gorgée de cosmopolitan pour m'enlever le goût de la bouche.

— Andy, tu as mis quoi dedans ? C'est dégoûtant !

Josie prend le relais tout en reniflant son verre d'un air soupçonneux.

— C'est vrai ça, il y a quoi là-dedans ?

— De l'absinthe, du vermouth et du gin. Je remets au goût du jour un cocktail qui s'appelle Piccadilly. Je l'ai déniché dans le livre des cocktails du Savoy.

Je lui dis d'un ton sans réplique :

— Oublie-le ! Si la recette a disparu, c'est qu'il y avait une raison, non ?

Elizabeth enfonce le clou :

— Ça, c'est sûr. Une très bonne raison !

# 24

*« Que le Seigneur ait pitié de mon infortune… Comment ai-je pu – sous l'emprise de rêves et de fantasmes insensés – traiter un homme tel que Charles de façon aussi blessante… ! Car je prends à présent conscience de la véritable nature de mon amour pour Edward : la conduite irréfléchie et égoïste d'une enfant qui m'a empêchée de chérir mon époux comme il le méritait.*

*» Je me sens si honteuse que j'ai supplié Charles de disposer de moi comme il l'entend. Mais il continue de m'écrire chaque jour pour m'assurer de son amour indéfectible. Ma très chère sœur, j'ai commis la plus terrible erreur que l'on puisse commettre… »*

Lettre de lady Henrietta Posche à sa sœur Elizabeth

Pendant les deux jours qui suivent, je réfléchis beaucoup à Richard et à la raison qui m'a poussée à croire aussi fermement que j'étais toujours amoureuse de lui. Car tout le problème est là : lorsque nous essayons de revivre le passé, notre mémoire est sélective. Nous nous souvenons uniquement de ce qui nous arrange. Nous avons des bribes de souvenirs…

Je ne me suis pas arrêtée à la réalité des faits, j'ai imaginé comment les choses *auraient pu* se passer. La dépendance de Richard à la drogue et ses mensonges m'ont suivie pendant tout le temps que nous avons passé ensemble, comme une sorte de fil d'Ariane (dans le mauvais sens du terme)… Je suis parvenue à me convaincre que si je tirais suffisamment fort sur ce fil, je parviendrais à le faire disparaître. Mais tout ce que j'ai réussi à faire, c'est mettre le tissu en lambeaux.

Au début, je suis tombée follement amoureuse de Richard. Il m'a aimée comme personne ne l'avait fait auparavant et j'étais désemparée à l'idée que quelqu'un puisse avoir une telle emprise sur moi. Mais moi, l'ai-je vraiment aimé ? En définitive, ce que j'aimais le plus, c'était sans doute l'idée qu'il était amoureux de moi… Une idée qui s'est d'ailleurs révélée fausse puisque son prétendu amour avait pour ressorts la drogue et la commodité de la situation plus qu'une réelle affection. Je crois que j'aimais en lui l'homme qu'il aurait pu être. Mais j'ai été rattrapée par la réalité : plus le temps passe et moins Richard a de chances de devenir celui que j'attendais.

Voilà où me mène ma réflexion. Une analyse saine de la situation, en somme.

Mais d'autres pensées nettement moins avouables me viennent à l'esprit. Une envie de vengeance, par exemple. Il n'a pas arrêté de me tromper, de me mentir, c'est le dernier des salauds ! Je ne vais pas le laisser chambouler ma vie sans rien faire. Je suis devenue si vulnérable à cause de lui... Comment ose-t-il ruiner ma carrière et briser mon amitié avec Charlie ?

En ce vendredi, le temps d'arriver à mon appartement, j'ai réussi à me ressaisir. La tête froide, je décide de lui jouer un tour à ma façon.

Lorsqu'il sonne à ma porte, tout est prêt. Lily arbore son plus beau ruban Hermès, le brun, celui qui va le mieux avec ses yeux. J'ai mis ma nouvelle robe Miss Sixty, et une bouteille de Dom Pérignon nous attend dans le salon, dans son seau à glace. Sur ma table de chevet, j'ai déposé un petit sachet qui devrait attirer sa convoitise...

— Heureuse de te revoir !

Il entre dans la pièce. Je note qu'il a emporté quelques bagages, mais je ne fais aucun commentaire.

Il m'assied sur ses genoux.

— Lolly, si tu savais ce que tu m'as manqué... !

— Alors, tu as tenu le coup ? Je suis si fière de toi ! Ils ont dû t'en faire baver, n'est-ce pas ?

Je le regarde avec une admiration sans bornes, persuadée

qu'il va tomber dans le panneau et me servir un monceau de mensonges, comme à son habitude.

Puis je l'embrasse avec tendresse, des étoiles dans les yeux.

— Tu es un vrai héros, j'ajoute avec emphase.

Richard se met à rire, insouciant des dangers qui le guettent.

— Non, tu exagères un peu ! Finalement, ce n'était pas si difficile…

Je reprends d'un ton mélodramatique :

— Oh, Richard, tu es trop modeste ! Quand je pense que tu ne toucheras plus jamais de toute ta vie à la moindre drogue ! Et ce sacrifice, tu l'as fait pour moi, je me trompe ?

Je sais, j'y vais un peu fort, mais je ne peux pas résister.

Il devient soudain tout pâle. Mon petit jeu commence à le mettre mal à l'aise.

— Eh bien… Dit comme ça, en effet, ça paraît un peu radical. Peut-être que de temps en temps…

— Ah ! Tu sais ce qu'on dit : c'est tout ou rien ! Et je te connais, tu n'es pas le genre à faire les choses à moitié. Et comme tu veux que notre remariage marche à fond…

Il m'enlace avec fougue.

— Bien sûr que je veux que notre mariage marche à fond… Bien sûr…

Je suis sidérée par sa capacité à continuer à jouer cette comédie. Et aussi par mes talents de comédienne. Je suis rentrée dans son jeu avec une facilité déconcertante et lui rend mensonge pour mensonge. Richard se comporte comme un joueur de poker qui bluffe, incertain d'avoir les bonnes cartes en main.

Je lui ébouriffe les cheveux et l'embrasse sur la joue.

— Comme tu as été un gentil garçon, je t'ai préparé une

petite surprise : ton champagne préféré ! Tu as bien droit à un petit remontant…

Il a l'air sincèrement surpris.

— Tu vois, c'est pour ce genre d'attentions que je t'aime, répond-il avec un sourire radieux.

Je lui rends son sourire, puis j'ouvre la bouteille de champagne et remplis deux verres. Je trouve que nous nous débrouillons comme des chefs, tous les deux : chacun joue son rôle à la perfection. Richard dans son rôle d'ancien patient du Prieuré, moi bouillant d'impatience. Côté manipulation, c'est fou ce que nous nous entendons bien !

Je lui tends un verre et porte un toast :

— A ta nouvelle vie !

— Euh… Oui !

C'est tout juste s'il n'avale pas de travers. Mais il se reprend aussitôt :

— Je bois à la santé de celle qui me donne envie d'avancer.

Il me passe un bras autour de la taille et m'attire sur ses genoux.

Je l'embrasse furtivement, puis je me débrouille pour échapper à son étreinte.

— Excuse-moi, Richard, mais je dois te fausser compagnie. J'ai juste une course à faire. Ça ne sera pas long.

Il me propose de m'accompagner. Je lui montre ses bagages du doigt.

— Non, reste ici. Je n'ai que la rue à traverser. Tu devrais en profiter pour ranger tes affaires. Oh ! J'y pense : Marcus est passé déposer un petit paquet ici. J'ai pensé qu'il s'agissait d'une erreur, mais je préfère te laisser t'en occuper…

— Bien sûr, ne t'inquiète pas, je vais m'en débarrasser…, répond-il nonchalamment.

Mais dans ses yeux brillent l'étincelle de la convoitise. Voilà, le piège est en place…

Je m'éclipse avant qu'il ait le temps de me poser d'autres questions.

Dès que je sors de mon immeuble, je me dirige sans me presser vers la boutique la plus proche pour acheter une bouteille d'Evian que j'emporte à Berkeley Square. Je la bois en regardant les gens sillonner les allées pour se rendre au travail et rejoindre leur station de métro. Puis je me dis que Richard a largement eu le temps de tomber dans mon piège et je retourne à mon appartement.

Quand j'arrive à l'appartement, je n'entends aucun bruit. Je me précipite dans la chambre et qu'est-ce que je vois ? Richard… avachi sur le lit, les yeux dans le vague. On peut dire qu'il s'en est donné à cœur joie ! Apparemment, il a avalé *toutes* les petites pilules prétendument laissées par ce bon vieux Marcus… qui n'étaient rien d'autre que des somnifères.

— Pris la main dans le sac ! je crie en me plantant devant lui.

Mais Richard ne réagit pas. Et pour cause, il est complètement groggy.

En fait, je crois que j'y suis allée un peu fort. Moi qui voulais lui passer un savon bien senti, je suis privée de ce plaisir. Car Richard est sonné : il n'entend pas un mot de ce que je dis !

Je le secoue pour l'obliger à m'écouter, mais il est au bord de l'inconscience.

Soudain, je panique. Et s'il avait ingurgité trop de somnifères ? Mon désir de vengeance s'évapore aussitôt et je me mets à tourner en rond. Je ne sais vraiment pas quoi faire. Dans un premier temps, j'essaie de joindre Elizabeth sur son portable, mais elle ne décroche pas.

Richard ne réagit plus du tout. Mon Dieu ! Qu'ai-je fait ? Certes, il avait mérité une bonne leçon, mais tout de même…

J'envisage d'appeler une ambulance et de leur dire ce que j'ai fait. Et pourquoi pas le Prieuré ? Mais non, c'est stupide puisqu'il n'a jamais mis les pieds là-bas ! Le Prieuré n'était qu'un élément parmi tant d'autres dans ce jeu de société idiot auquel nous avons participé, chacun de notre côté…

Alors je décide d'appeler Charlie. Ce brave Charlie… Un mec décontracté, compétent et qui a toujours une solution en cas de crise. Je lui raconte ce que j'ai fait pendant que Richard est allongé par terre dans une mare de sang et que Lily sautille autour de lui, l'air très inquiet.

Charlie me dit qu'il sera là « en moins de deux ». Lui seul est capable de répondre à un cri de détresse en utilisant une expression de ce genre ! Mais sa parole est sacrée et il arrive quelques minutes plus tard. Il sonne à l'Interphone et me demande si je peux descendre Richard toute seule en empruntant l'ascenseur. Je lui réponds en sanglotant que c'est au-dessus de mes forces et que, de toute façon, Richard est probablement en train de mourir. Alors il monte à mon appartement et se retrouve accroupie près de mon ex, lequel ne bouge plus du tout.

Charlie compose le numéro des urgences.

— Euh… allô ? Ecoutez, nous avons un problème. Un type d'une trentaine d'années qui vient apparemment d'avaler plusieurs somnifères… Non, il croyait que c'était… autre chose… Et il a perdu connaissance…

Lily s'approche de moi en sautillant et je la prends dans mes bras. Je cache mon visage dans sa fourrure pendant que Charlie donne l'adresse de mon appartement.

Quelques minutes plus tard, une ambulance vient chercher Richard et l'emmène au Chelsea & Westminster Hospital. Nous grimpons dans l'Aston Martin de Charlie et nous fonçons à sa suite.

# 25

*Votre vie est un poème, votre poème. Un poème composé des moindres faits et gestes et décisions qui constituent la trame de votre vie. Il est donc impératif de décider très tôt du type de poème qui vous correspond : un poème lyrique, épique ou tragique, voire un poème exaltant la vertu.*

*Quand vous aurez choisi le thème principal de votre poème, chaque mot, chaque initiative prendra tout son sens. Car tout a un sens. La façon dont vous croisez le regard d'un gentleman dans le reflet d'un miroir, dont vous inclinez la tête quand vous parlez, la façon dont vous riez, dont vous tenez votre verre, votre façon d'aimer, de supporter le chagrin et le deuil, tout cela constitue la trame du poème de votre vie.*

*Extrait de* Tiens ton verre comme un poème
Par lady HENRIETTA POSCHE

Richard est pris en main dès son arrivée par le personnel hospitalier. Charlie et moi nous efforçons de remplir au mieux les formulaires d'entrée et, après une longue attente, une jeune femme médecin vient nous parler comme si nous étions des parents à lui. Elle nous explique que Richard n'a en fait pas perdu connaissance. Certes, il a pris trop de somnifères, mais pas suffisamment pour mettre sa vie en danger. A présent, il fait seulement une bonne cure de sommeil.

Soulagés, nous nous asseyons côte à côte sous la lumière crue des néons. Les chaises sont un peu dures. Nous ne parlons pratiquement pas, mais j'imagine aisément ce qu'il peut penser de moi.

Tandis que nous attendons des nouvelles de Richard et de l'intervention des urgentistes, je romps le silence :

— Je suppose que Sally ne va pas apprécier ce que j'ai fait…

— Je ne sais pas. Je lui ai dit quel genre d'homme est Richard. Elle est au courant.

Puis il ajoute, en posant la main sur mon genou :

— Il faudra qu'elle affronte cette réalité à sa façon.

Je prends la main de Charlie dans la mienne et je ne la lâche plus.

— J'espère qu'elle l'affrontera mieux que je ne l'ai fait.

Il porte alors ma main à ses lèvres, mais au lieu de l'embrasser comme je le pensais, il la serre très fort en me regardant dans les yeux.

Je lui dis bêtement :

— Merci.

— A votre service.

Je souris.

— Je ne suis pas près de recommencer ce genre de tour !

— C'est préférable, en effet.

— Je voulais juste lui faire une mauvaise blague parce que…

Ma phrase reste en suspens.

Charlie a les yeux rivés sur le linoléum.

— Je vois… J'ai dans l'idée que Richard s'en souviendra, vous avez donc atteint votre objectif.

Je hoche la tête.

— Il m'a dit qu'il était entré au Prieuré.

— Je sais, vous me l'avez dit. Sally est également au courant. Il lui a dit qu'il allait réserver une chambre aujourd'hui.

— Je suis désolée pour Sally. Je regrette beaucoup de m'être mal comportée avec elle.

— Eh bien, si ça peut vous soulager, sachez qu'elle aussi s'en veut beaucoup…

— De s'être laissé abuser par Richard et ses mensonges ? Ça, je m'en doute. Et qu'a-t-elle dit quand Richard lui a fait part de son intention d'entrer au Prieuré ?

Charlie hausse les épaules, la mine triste.

— Elle s'est dit qu'en fin de compte, il allait peut-être vraiment le faire.

— C'est vrai… ?

— Mais non, voyons, je plaisante ! Elle lui a dit d'aller se faire voir avant de raccrocher.

— Voilà une réaction saine ! Plus intelligente que la mienne, en tout cas. Vous allez lui parler des somnifères ?

Il sourit.

— Je sens que je vais avoir beaucoup de mal à résister.

Mon sourire se fige sur mon visage quand je vois arriver le médecin. Il nous autorise à voir Richard. J'échange un regard avec Charlie, et je m'aperçois qu'il tient toujours ma main dans la sienne. Mais je n'ai aucune envie qu'il me libère, et nous nous rendons ensemble – main dans la main – au chevet de Richard.

Lequel est un peu pâle, mais semble dormir tranquillement.

Je sais qu'il ne m'entend pas, mais je me sens obligée de me justifier :

— Je suis désolée pour les… euh… les pilules. Je voulais juste te faire une blague. Mais de toute évidence, elle n'était pas très drôle.

Richard a toujours les yeux clos. Au bout d'un moment, Charlie me fait un signe du menton en direction de la porte et nous quittons la chambre. Nous nous tenons toujours la main, et je me dis que nous serons bien obligés de nous lâcher à un moment ou un autre. Dans l'ascenseur, peut-être ? Ou en montant dans la voiture ? J'essaie de nous imaginer en train de grimper dans la voiture main dans la main. Je vois d'ici le tableau… Pas facile de s'asseoir en évitant le levier de vitesses ! Ce sera la croix et la bannière… Et après, il faudra quitter notre place de parking en marche arrière et ça, ce n'est pas gagné non plus ! J'imagine Charlie au volant, remontant Kings Road et faisant le tour de Hyde Park, négociant tous les virages en me tenant toujours par la main…

Du calme, Lola. Tu as trop d'imagination…

Dans l'ascenseur, Charlie me prend les mains. Ignorant les hommes en blanc et leur chariot, il m'embrasse sur les lèvres et je lui rends son baiser. Mon cœur bat la chamade. Les hommes en blanc sortent de l'ascenseur avec leur chariot et les portes se referment. Mais notre baiser se prolonge.

C'est Charlie qui s'écarte le premier. Il sourit.

— C'est très marrant, finalement, cette histoire de poudre. Je veux dire, après coup. Tout ce sang, en revanche, c'était plutôt désagréable.

— Vous avez raison. Ne parlons pas du sang.

Charlie m'embrasse. L'ascenseur finit par s'arrêter et les portes s'ouvrent au niveau du parking.

A mi-chemin de la voiture, Charlie m'embrasse de nouveau, ce qui est une bonne occasion pour lui lâcher la main. Comme ça, nous pourrons grimper sans problème dans la voiture. A chaque feu rouge, Charlie m'embrasse et j'aime la façon dont nos lèvres se soudent. On dirait que nos bouches sont faites l'une pour l'autre.

Lorsque la voiture s'engage dans Kings Road, Charlie me confie, la main sur le levier de changement de vitesses :

— J'attendais ce moment depuis si longtemps…

Je pose ma main sur la sienne.

— Vous n'en avez jamais parlé.

— Vous ne m'y encouragiez pas beaucoup.

— Pour vous, je n'étais pas du genre à embrasser quelqu'un, c'est ça ?

— Non. Ce que je veux dire, c'est que vous n'étiez pas du genre à m'embrasser, *moi* !

— Mais pourquoi ?

— Vous étiez toujours si professionnelle. Toujours *calme, cool, zen*… Je cherchais la faille…

— La faille… ?

— Une ouverture. Une chance d'accéder à votre bouche.

La voiture longe le parc.

— Avant d'agir, vous avez donc attendu que je sois une loque sur le plan affectif, que je me retrouve sans boulot et que mon petit ami fasse une overdose de poudre acidulée…

— C'était la première fois que j'avais une ouverture !

Un large sourire éclaire son visage. Au feu rouge de Hyde Park Corner, je lance à Charlie :

— Si je comprends bien, votre stratégie est d'embrasser les filles complètement paumées…

— Je dirais plutôt les jeunes filles en détresse.

Le soir, nous restons chez moi avec la bouteille de champagne à laquelle Richard et moi avons à peine eu le temps de toucher. Nous passons un coup de fil au Scotts pour nous faire livrer des huîtres. Du « prêt à consommer », dirait Kitty.

Et puis, au moment où l'atmosphère s'électrise, Charlie lâche :

— J'étouffe un peu ici. Si nous retournions à la Posh House ?

Sur le moment, je me renfrogne. Je n'apprécie pas qu'il se détache de moi au moment même où je souhaitais exactement l'inverse ! Mais j'accepte. Depuis le canapé, je le regarde ramasser les affaires de Lily et la fourrer dans son sac.

— D'ailleurs, il faut que je change la voiture de place.

Il fait allusion aux contractuelles zélées du quartier de Westminster.

Il m'aide à me lever. J'accepte l'idée de quitter mon appartement pour retourner au boulot. Et ce n'est pas sa façon de me caresser la jambe tout au long du trajet qui m'incite à changer d'avis !

Carl sourit d'un air entendu lorsque nous pénétrons dans l'immeuble, main dans la main, comme deux ados. Arrivé devant la porte qui mène au passage secret, Charlie passe en mode espion, comme la nuit où j'ai repéré Richard avec Hamish et Jeremy.

Il me pousse en avant en murmurant :

— Vite, entrez pendant que personne ne nous regarde !

En me précipitant dans l'étroit escalier de bois, j'ai du mal à retenir un fou rire. Charlie n'arrête pas de me pousser et de me parler comme un agent en mission. Mais au moment où je m'apprête à franchir la porte du passage secret qui donne dans son bureau, Charlie m'arrête. Et il se met à pousser le mur de brique noirci par le temps… ou du moins ce que je prenais pour un mur de brique. Car le panneau pivote sans effort. Charlie appuie sur un interrupteur et je me retrouve à l'entrée d'une chambre à coucher du XVIIIe siècle.

Je me tourne vers Charlie d'un air interrogateur.

— C'était la chambre privée de Madame.

Il me prend dans ses bras et me porte jusqu'au lit à baldaquin en chêne finement ciselé.

— Mais je croyais…

— Mon bureau ? Non, ça, c'était sa chambre à coucher officielle. Pour donner le change et dissimuler une alcôve autrement plus séduisante.

Je suis époustouflée par la splendeur des lieux. C'est incroyable.

— C'était donc là qu'elle amenait son amant ? Comment s'appelait-il, déjà ?

— Vous voulez parler d'Edward ? Vous n'y êtes pas du tout, ma chère. C'est avec Charles, son mari, qu'elle venait ici !

Il me dépose sur le lit et me regarde.

— Si je vous disais que j'ai eu l'idée folle de vous amener dans cette chambre et de vous voir sur ce lit le jour où vous êtes entrée pour la première fois dans mon bureau pour avoir le job…

— Vous êtes fou, lord Charles Mannox MacField Orbington.

C'est la première fois que je prononce son nom en entier.

— Si vous le dites… Je vous demande une minute, le temps de mettre Lily dans mon bureau, devant son J.T. Je reviens toute de suite…

Mais je n'ai pas l'intention de le perdre de vue une seule seconde de plus, pas maintenant. Je l'agrippe pour le forcer à s'allonger sur moi, à m'embrasser longuement, voluptueusement… Je voudrais que cet instant ne s'arrête jamais.

Lily se passera bien de ses gros titres, ce soir.

*Selon toute probabilité, Edward est mort de causes naturelles, bien qu'aucun certificat de décès n'ait jamais été délivré. Il n'existe aucun registre officiel prouvant qu'il soit mort et il n'existe aucune tombe.*

*Dans une lettre adressée à sa sœur Elizabeth, Henrietta raconte qu'elle l'a trouvé tout froid dans son lit un matin, après avoir passé la nuit dans la chambre de son époux. Appeler un médecin et tenter d'étouffer l'affaire aurait très certainement ruiné la réputation de lord et lady Posche et gravement perturbé la vie de leurs enfants. Il semble que ce soit lord Posche en personne qui ait échafaudé ce plan macabre : emmurer le cadavre d'Edward dans un placard à l'intérieur même de l'escalier secret.*

*Le mariage de Charles et Henrietta fut donc cimenté par cette sinistre et funèbre complicité. Edward n'avait aucune famille et il était boudé depuis longtemps par la bonne société. D'après les archives et les rumeurs de l'époque, sa disparition ne suscita aucune curiosité. La comtesse d'Harlow fit même remarquer à l'occasion d'un bal : « Cet homme a vécu comme une fripouille, il est sans doute mort comme une fripouille ! » Personne ne sut que ses restes se trouvaient emmurés dans le passage qu'il avait emprunté tant de fois en secret durant toutes ces années…*

*Son nom ne fut jamais mentionné dans la correspondance de Charles ou d'Henrietta.*

*Les restes d'Edward furent exhumés après la mort d'Henrietta, laquelle, avant de mourir, avait confessé toute l'histoire à sa sœur.*

Passage secret vers le passé :
*Biographie de Lady Henrietta Posche*
Par Michael Carpendum

DANS LA MÊME COLLECTION
par ordre alphabétique d'auteur

| | |
|---|---|
| LAUREN BARATZ-LOGSTED | *Un très gros mensonge* |
| LAUREN BARATZ-LOGSTED | *Dans la peau d'une autre* |
| LAUREN BARATZ-LOGSTED | *Un très gros changement* |
| DEBORAH BLUMENTHAL | *Big Love* |
| DEBORAH BLUMENTHAL | *Mon meilleur ennemi* |
| BETSY BURKE | *Lucy, un peu... beaucoup... à la folie* |
| BETSY BURKE | *Journal d'une apprentie séductrice* |
| LAURA CALDWELL | *People attitude* |
| LAURA CALDWELL | *Méfiez-vous de vos vœux...* |
| YVONNE COLLINS & SANDY RIDEOUT | *Mariée, moi ?... Jamais !* |
| YVONNE COLLINS & SANDY RIDEOUT | *Promotion canapé* |
| LYNDA CURNYN | *Confessions d'une ex* |
| LYNDA CURNYN | *Opération bague au doigt* |
| LYNDA CURNYN | *Cherche prince charmant désespérément* |
| LYNDA CURNYN | *Petits meurtres en Bikini* |
| LYNDA CURNYN | *Les petits secrets de Carly****** |
| KYRA DAVIS | *Sexe, meurtres et cappuccino* |
| KYRA DAVIS | *Crimes, passion et talons aiguilles* |
| KYRA DAVIS | *Séduction, meurtres et chocolat noir* |
| KYRA DAVIS | *Rupture et conséquences******* |
| KYRA DAVIS | *Coups de foudre, crimes et rouge à lèvres* |
| KYRA DAVIS | *Sexe, mensonges et petite robe noire* |
| JODY GEHRMAN | *Vent de folie en Californie**** |
| JODY GEHRMAN | *Bons baisers de Californie***** |
| KELLY HARTE | *Ma rivale et moi* |
| KELLY HARTE | *Coup de folie sur la City* |
| SUSAN HUBBARD | *Petites confidences entre amies* |
| SUSAN HUBBARD | *Miss London emménage* |
| HOLLY JACOBS | *Opération Cupidon**** |
| HOLLY JACOBS | *Un scénario diabolique***** |
| BRENDA JANOWITZ | *Comment j'ai survécu au mariage de mon ex* |

... / ...

DANS LA MÊME COLLECTION
par ordre alphabétique d'auteur

| | |
|---|---|
| BRENDA JANOWITZ | *Mon fiancé, sa mère et moi* |
| MINDY KLASKY | *Comment je suis devenue irrésistible !* |
| MINDY KLASKY | *Comment trouver (rapidement !) l'homme idéal ?* |
| COURTNEY LITZ | *Ça n'arrive que dans les films !* |
| LIBBY MALIN | *Il m'aime... un peu... beaucoup ?* |
| WENDY MARKHAM | *Vous avez dit célibataires ?* |
| WENDY MARKHAM | *Ex in the City* |
| WENDY MARKHAM | *A quand le grand saut ?* |
| WENDY MARKHAM | *Moi & mon secret* |
| WENDY MARKHAM | *Mon fiancé, mon ex et moi* |
| WENDY MARKHAM | *Talons aiguilles et peinture fraîche* |
| LYNN MESSINA | *Fashion Victim* |
| LYNN MESSINA | *Made in New York* |
| LYNN MESSINA | *Héritière malgré moi* |
| SARAH MLYNOWSKI | *City Girl* |
| SARAH MLYNOWSKI | *Trois filles en folie* |
| SARAH MLYNOWSKI | *Télémania* |
| SARAH MLYNOWSKI | *Hommes, femmes : mode d'emploi* |
| SARAH MLYNOWSKI | *Moi & Moi, Vice Versa* |
| MELANIE MURRAY | *Miss Bubbles vole la vedette* |
| MELANIE MURRAY | *Un Noël (presque) parfait !*** |
| LEE NICHOLS | *Eleanor débarque !* |
| LEE NICHOLS | *Un fiancé qui a du chien* |
| LEE NICHOLS | *Eleanor s'en mêle !* |
| LEE NICHOLS | *Drôle de tandem* |
| TYNE O'CONNELL | *Absolutely fantastic* |
| TYNE O'CONNELL | *Lola et ses ex* |
| ERICA ORLOFF | *Diva attitude** |
| ARIELLA PAPA | *Manhattan et moi* |
| ARIELLA PAPA | *Pas de répit pour Rebecca******* |
| ARIELLA PAPA | *Au secours, ma meilleure amie est enceinte !* |
| ARIELLA PAPA | *New York, l'amour, les hommes... et moi !* |
| LEIGH RIKER | *Ce que veulent les filles...* |
| WENDY ROBERTS | *Crimes et cocktails en série* |

... / ...

DANS LA MÊME COLLECTION
par ordre alphabétique d'auteur

| | |
|---|---|
| JACKIE ROSE | *Au secours, il m'aime !* |
| JACKIE ROSE | *Comment j'ai trouvé le prince charmant...* |
| ALLISON RUSHBY | *Apprentie fermière* |
| ALLISON RUSHBY | *Je hais la Saint-Valentin* |
| MELISSA SENATE | *Célibataire à New York* |
| MELISSA SENATE | *Trois sœurs à New York* |
| MELISSA SENATE | *J-30* |
| MELISSA SENATE | *4 amis à Manhattan* |
| MELISSA SENATE | *La revanche d'une brune* |
| MELISSA SENATE | *Quinze questions à se poser avant de l'épouser****** |
| MELISSA SENATE | *Miss Yorkville******* |
| POONAM SHARMA | *Bientôt 30 ans, toujours célibataire !* |
| POONAM SHARMA | *Une célibataire à Los Angeles* |
| JANE SIGALOFF | *Lizzie dans tous ses états* |
| JANE SIGALOFF | *Personnel et Confidentiel* |
| JANE SIGALOFF | *Pour le meilleur et pour le pire* |
| JANE SIGALOFF | *Telle mère, telle fille* |
| JANE SIGALOFF | *Chassé-croisé à Notting Hill* |
| JANE SIGALOFF | *Mister Mariage******* |
| JANE SIGALOFF | *Toute la vérité******* |
| P. JACQUELINE DE SOIGNÉE | *Princesse attitude** |
| JENNIFER STURMAN | *Le pacte* |
| JENNIFER STURMAN | *Miss Malchance mène l'enquête* |
| JENNIFER STURMAN | *Micmacs à Manhattan* |
| JENNIFER STURMAN | *Mystère à San Francisco* |
| KAREN TEMPLETON | *Moi, l'amour et autres catastrophes* |
| CATHY YARDLEY | *Aller simple pour Los Angeles* |

* titres réunis dans un volume double
** titres réunis dans un volume double
*** titres réunis dans un volume double
**** titres réunis dans un volume double
***** titres réunis dans un volume double
****** titres réunis dans un volume de cinq nouvelles : *Cinq citadines branchées*

# Également ce mois-ci

RED DRESS INK®

*La collection des citadines branchées*

Ce que j'adore à New York, c'est qu'on y trouve de tout, n'importe où et à n'importe quelle heure ! Des tempuras de crevettes au soja, des cours de yoga africain, des soldes d'enfer chez Marc Jacobs, des Teapuccinos, des glaces sans la moindre calorie...
Le rêve n'est-ce pas ? Mais moi, ce que j'aimerais bien qu'on m'explique quand même, c'est pourquoi, dans une ville où il est possible de trouver des Jimmy Choo en cuir bio à des prix dérisoires, il est impossible de trouver un mec bien. Un mec mignon, fidèle, attentionné et qui envisagerait même, pourquoi pas, de me passer la bague au doigt ? Enfin, c'est peut-être aussi parce que je n'ai pas bien cherché. L'homme idéal est forcément là, quelque part dans Manhattan, perdu au milieu de tous les autres...

*Dès le 1er juin*

RED DRESS INK®

*La collection des citadines branchées*

---

2 titres
à paraître
le 1er août 2011

---